KB186827

문학과 존재의 지평

박 진 희

박문사

문학과 존재의 지평 머리말

문학이 진정 무엇인지, 문학이 어떠해야 하는지를 명징하게 밝힌다는 것은 가능하지도 않거니와 가능하다 해도 무모한 일로 여겨지는 것이 사실이다. 이는 시대가 처한 상황에 따라 문학에 요구하는 바가 다를 뿐더러 그 요구하는 바를 수용하는 문학 주체의 태도 또한 다양하게 나타나기 때문이다. 그럼에도 불구하고 그 저변에 흐르는 본질적인 것이랄까 변하지 않는 근본적인 속성이라 하면 인간 존재에 관한 문제를 탐구하고 해명하려는 언어적 노력이라는 점에서 찾을 수 있을 것이다. 따라서 문학에는 작가가 세계를 바라보는 관점과 그 세계에 기투된 존재로서 응전하는 태도가 드러나게 마련이며 독자의 반응이라는 것은 결국 그것에 대한 깊은 공감이라든가 비판이라는 측면에서 발로하는 것으로 이해할 수 있다.

문학에 대해 이러한 관점에 설 때 비평의 임무란 작품에서 구체적인 언어로 발화된 의미는 물론이고 발화되지 않은, 혹은 언표의 이면에 내재된 의미를 읽어내고 그것을 시대와의 맥락에, 인간 존재의 총체적인 진실과의 관계에 올곧게 자리매김하는 것이라 할 수 있을 것이다. 이를 위해 작품 자체를 꼼꼼하게 그리고 성실하게 읽는 것이 전제가 되어야 함은 물론이다.

편편의 시 작품을 모아 한 권의 시집을 엮어낸다 할 때 그 시집에는 시인의 세계를 보는 시선의 방향이랄까 관점, 관류하는 주제가 포회되어있기 마련인데 평론집이라고 해서 예외가 되는 것은 아닌 듯하다. 어느 하나의 일관된 주제를 가지고 써온 것은 아니지만 그동안 써 왔던 원고를 정리하는 과정에서 작품을 바라보고 해석하는 태도에도 어느 정도 일정한 방향성이 내재되어 있음을 보게 되었기 때문이다.

그 방향성이라는 것을 거칠게나마 세 층위로 나누어 볼 수 있었다. 첫 번째는 시인이 인간 존재를, 인간이 세계에 존재한다는 것의 의미를 어떻게 규정하고 있는가, 또한 존재의 완성에로 나아가는 구성 요건을 무엇으로 상정하고 있는가에 관해서이다. 이는 존재론적인 성찰과 사유의 측면으로 어찌 보면 문학에 대한, 나아가 인간에 대한 가장 근원적인 물음에 해당되는 것이라 할 수 있을 것이다.

두 번째는 세계에 피투된 존재로서의 상처에 관한 것이다. 정반합이라는 변증법적 관계가 현시하듯 긍정이든 부정이든 어느 한 편에 머문다는 것은 정체를 의미하는 것이다. 한 편은 다른 한 편에 의해 부정되거나 극복되어야 보다 고양된 상태로 나아가게 된다는 의미이다. 인간 삶에 있어 상처 또한 동궤에 자리하는 의미 중 하나이다. 상처를 어떻게 인식하고 그것에 어떻게 대처하는가에 따라 삶은 완성에로 혹은 파괴에로 방향지어지기 때문이다.

인간이 삶을 영위하는 한 상처가 없을 수는 없다. 그러나 그 상처가 개인적인 한의 차원으로 한정된다면 그것은 문학 영역 밖에 자리하는 하나의 특정한 사실에 해당되는 것일 뿐이다. 문학의 영역에서라면 그것은 개인적인 특정한 사실을 넘어 인간 삶의 총체적 진실을 드러내는 기제가 되어야 하며 그러할 때 그 대상 또한 자연스럽게 나에서 타자로, 사회로, 세계로 확장되게 될 것이다.

근대 이후 인간이 상실한 것은 신이라든가 영원성뿐만이 아닌 듯하다. 고통이나 상처의 승화가 인간 존재의 고양이랄까 완성에로 이끈다고 할 때 이 진정한 의미에서의 상처 또한 인간이 상실한 것 중 하나가 아닌가 한다. 상처여야 할 것이 상처로 각인되지 않고 그저 하나의 정보로 처리되거나 존재 사이로 미끄러져 가도록 하는 것이 지금 여기의 현실이기 때문이다. 문제는 그렇다고 해서 상처가 그대로 사라지는 것이 아니라는 점이다. 극복되지 않은 상처는 반드시 되돌아오게 마련인데 우리 사회에 끊임없이 반복되고 있는 비극이 이를 말해주고 있다. 그러므로 상처여야 할 것을 상처로 그려내고 덧나게 하여 아픔을 공유하는 장을 마련하는 것 또한 시인의 임무 중 하나라 할 수 있을 것이다.

마지막으로 인간의 가장 근원적 정서라 할 수 있는 사랑에 관해서이다. 상처를 상처로 인식하고 그것을 극복하고 승화시키고자 하는 의지는 자신에 대한, 타자에 대한, 삶에 대한 사랑에서 비롯되는 것이다. 사랑이야말로 인류의 지속을, 인간 역사의 진보를 추동케 한 가장 강인한 힘이었음은 의심할 나위가 없다.

지극히 개별적이고 내밀한 성질의 것이기도 하면서 인간 존재에 '사랑'이라는 개념만큼 보편적으로 적용될 수 있는 것 또한 드물지 않을까 싶다. 예로부터 사랑이 변함없는 주된 시적 주제 가운데 하나로 자리해왔던 것도 이러한 맥락에서일 터이다. 그러므로 한국 현대시에 구현되고 있는 사랑의 여러 다양한 방식과 양상, 그에 대한 인식주체의 사유를 읽어내는 것, 그리고 그것을 시대와의 문맥 속에, 인간 삶의 보편적 진실의 차원에 자리매김하는 것은 매우 의미 있는 작업이고 또 흥미로운 일이 아닐 수 없다.

세 층위로 나누어 본다고는 하였지만 결국 인간 생의 진실과 존재의 완성에 대한 탐구라는 문학의 가장 근원적인 본질의 차원으로 귀결되고 있음을 알 수 있다. 가변성과 일시성을 특징으로 하고 있는 현대 사회에 있어 이러한 생에 대한 근원적이면서도 총체적인 어떤 진실을 찾기 위해 고투하고 있는 시인들의 열정과 마주할 수 있어서 행복한 시간이었음을 말해두고 싶다.

2013년 11월
박진희

제1부

문학과 존재의 지평
존재론적 성찰과 그 상상력

제1장

이항대립의 변증적 통일과 그 승화 : 오세영론

제1부 존재론적 성찰과 그 상상력

1. 존재방식에 대한 사유로서의 모순

　예술의 본질은 존재의 진리를 드러내는 데 있다. 하이데거는 예술 중에서도 시가 예술의 본령이라고 인식했다. 즉 시작詩作이야말로 존재의 진리 정립이라는 예술의 본질을 가장 잘 구현하는 방법으로 보았던 것이다. 시에서 이미 인식된 존재는 의미가 없다. 익숙하고 자연스럽게 생각하였던 것을 새롭게, 낯설게 사유하도록 하는 것이 시작의 본질이기 때문이다. 이는 '낯설게 하기'가 시작詩作의 근원적 방법 가운데 한가지임을 의미하는 것이 아닐까. 이러한 관점에서 볼때 오세영은 40여년의 시작 활동을 통해 지속적으로 새로운 시세계를 탐색하면서 존재와 가치에 대한 '낯설게 하기'를 끊임없이 시도해온 시인이라 할 수 있겠다.

오세영의 초기 모더니즘시에서 이후 전통적이고 보수주의적인 시 세계에 이르기까지 그의 시에 드러나는 소재의 다양성이나 시적 경향의 변화에도 불구하고 그의 시 세계를 관류하는 일관된 시의식은 바로 존재의 근원에 대한 사유로서의 새로운 물음들이다. 그는 존재와 그 가치, 사물의 존재 방식에 대한 깊이 있는 해석을 보여주고 있는데, 이러한 시 이해의 중심에는 '모순'이라는 시적 의장이 자리하고 있다. '모순'은 오세영의 시에서 '낯설게 하기'의 방법적 장치로서 작용함과 동시에 시인의 존재 혹은 세계에 대한 인식의 정수로 자리하고 있는 개념이라 할 수 있다.

모순은 상충이며 대립이다. 한 쪽은 다른 쪽의 부정을 통해서만이 그 존재가치를 획득하는 것이 모순의 방법적 의장이다. 그러나 이는 또한 상호 연관관계에 있을 수밖에 없다는, 단독의 고립자로서는 존재할 수 없다는 의미와도 연관된다. 이러한 측면에서 모든 사물은 그 자체로 이미 모순적이라 할 수 있다. 기실 사물이 모순적으로 존재한다는 사실은 여러 철학자들에 의해 인식되어진바 있어 '모순'을 개념들의 대립에서만 그 의미를 찾는다면 그것은 전혀 새로운 사유가 될 수 없으며 매우 현상적이고 단면적인 사유에 그치게 될 것이다. 오세영의 시에서 '모순'은 세계를 인식하는 틀의 하나이며, "모순을 조화시켜 보다 차원 높은 세계로 승화시킨다"[1]는 세계인식의 방법으로써 의미를 갖는다.

시인은 인생과 자연의 본질뿐 아니라 문학의 본질 또한 모순에 있다고 보았다. 그가 생각하는 시는 "개인과 전체, 영원과 현실, 이념

---

1 오세영, 「현실과 영원 사이」, 『서정적 진실』, 민족문화사, 1983, p. 73.

과 생활이 결코 분열되어서는 안 되며, 이념이 즉 생활인 어떤 세계, 그것을 지향하는 정신적 몸부림"²인 것이다. 이러한 시학은 그의 시에서 상호 대립관계에 있는 개념들을 매개로 현현되고 있는데, '일자 —者'와 '그것의 타자他者', '자기 자신'과 '자신의 대립물'을 자체 내에 포함하는 대립 속의 통일에서 구현된다. 사랑/이별, 삶/죽음, 영원/순간, 파멸/완성, 소유/완전한 자유와 같은 극단적인 양가성의 관계에 있는 개념들이 그의 시에서는 공허한 대립으로 남는 것이 아니라 공속 혹은 통일의 관계로 나아가고 궁극적으로 이를 초월하여 '보다 차원높은 세계'로 승화되는 것이다.

이러한 모순의 개념들은 지금까지 대립적 관계로 익숙했던 의미들이기에 공속과 통일이 매우 생소하고 낯설게 인식되는 것이 사실이다. 시인은 물과 불, 흙과 그릇, 모래 등의 객관적 상관물이나 수직과 수평, 상하의 공간개념을 통해 심리적 거리를 심화시키면서 시적 긴장을 유지한다. 그의 시에서 '모순'은 이와 같이 '낯설게 하기'의 방법으로 기능하면서, 다른 한편으로는 동양적 사유와도 접맥되고 있다. 동일하지 않지만 다르지도 않은, 하나가 아니면서 둘도 아닌 '불일불이不—不二(異)'의 사상이 그것이다.

'불일불이'는 불교적 세계관에서 흔히 볼 수 있는 사상이지만 그렇다고 오세영의 시들이 불교적으로 이해되는 것은 아니다. 시인의 사유가 특정한 종교적 이념에 치우쳐 있다고 보기는 어렵기 때문이다. 그의 시에서 끊임없이 등장하는 '지움', '버림', '비움', '깨어짐'의 이미지는 일편으로 집착과 욕망에서 벗어나고자 하는 구도의 도정과 관

---

2 오세영, 「멀고도 먼 길」, 『말의 시선』, 혜진서관, 1989, p. 79.

련되어 있긴 하지만 궁극적으로 허·공·무와 같은 개인적인 깨달음의 세계로 귀결되고 있지는 않다. 그보다는 존재와의 본래적인 관계맺음에 그 시선이 닿아있다고 보는 편이 옳을 것이다. '정신적인 몸부림'으로 시인이 지향하는 세계란 각 존재가 제각기 독특한 정체성을 유지하면서도 하나라는 전체 안에서 상호교통하는 불이성不二性이 병존하는 세계이다. 이러한 세계가 바로 모순의 조화이며 화해로 승화된 '차원 높은 세계'인 것이다.

2. 물과 불의 모순적 융합으로서의 사랑

사랑은 오세영 시의 중심 주제 가운데 하나이다. 오세영은 '완전한 삶'을 "사랑 같은 것의 토대 위에서 이루어지는 어떤 정신적 가치"[3]로 규정하고 시는 그에 가까워지려는 노력의 소산이라 했다. 이는 시인이 인식하는 '완전한 삶'이 사랑의 정신과 밀접하게 관련되어 있음을 의미하는 것이며 조금 성급하게 표현하자면, 사랑이라는 주제는 오세영 시의식의 근원이자 궁극적 지향점이라 할 수 있는 것이다. 그의 시에서 사랑은 인간과 존재, 자아와 타자, 남성과 여성, 이성과 감성 사이에서 때론 밀착하고 또 때론 거리를 두면서 그 균형감각을 이루어내는 매개항이다.

사랑은 결합과 통일을 본질적 요소로 가지고 있으면서 동시에 고독과 고통을 배태하고 있다는 점에서 모순적이라 할 수 있다. 시인

---

3 오세영, 『꽃들은 별을 우러르며 산다』, 시와시학사, 1991.

은 이러한 사랑의 양극적인 속성을 거리화한 상관물로 물과 불을 상
정하고 있다. 물과 불은 시인의 초기시에서부터 끊임없이 등장하는
물질로 매우 복잡다기한 의미를 내포하고 있다. 이는 물과 불이 각
기 긍정과 부정의 대립되는 의미를 양가적으로 내포하고 있다는 것
과 무관하지 않은 것으로 보인다.

불은 성적 상징을 의미하기도 하고, 뜨거운 활력으로 표상되는 긍
정적 의미와 소멸과 파괴로 표상되는 부정적 의미도 함께 가지고 있
다. 물은 창조, 재생, 소생이라는 긍정적 흐름과 함께 파괴, 소멸, 죽
음이라는 부정적 흐름의 양가적 속성 또한 지니고 있다. 시인은 독
특한 상상력으로 물과 불을 결합시켜 이를 의미화한다. 가령 '흐르
는 불', '타오르는 물' 등의 표현과 같이 각기 모순을 내재하고 있는
물질들과 모순적 통사관계라는, 이러한 이중적 모순성에 있는 두 물
질간의 힘의 내면적 결합을 보여주고 있는 것이다. 불과 물의 결합
은 순화, 정화의 기능을 가지면서 동시에 사랑의 근본적 모순에 대
한 포용과 초극의 의미 또한 갖는다.

물도 불로 타오를 수 있다는 것은
슬픔을 가져본 자만이 안다.
여름날 해 저무는 바닷가에서
수평선 너머 타오르는 노을을
보아라.
그는 무엇이 서러워 눈이 붉도록 울고 있는가.
……
사랑이 불로 타오르는 빛이라면

슬픔은 물로 타오르는 빛,
눈동자에 잔잔히 타오른 눈물이 어둠을 밝힌다.

▌「눈물2」 부분

불에 달궈진 시우쇠를
힘차게 두드리는 대장장이의
망치소리와
찬물에 담금질하는 그 거친 신음 소리,
무엇을 만들고 있을까,
사랑일지 몰라,
혹시 미움일지도……
그러므로 없어서는 아니 될 것 또한 슬픔일지니

▌「슬픔2」 부분

하루로 보면
밤과 낮이 별개 아니고,
삶으로 보면
낳고 죽음이 또한 별개가 아니라는 것은
오랜 동양의 가르침이지만
사랑과 미움 역시 그렇다는 것도
물을 보면 안다. 수력 발전을 보아라.
……
물은 즉 불인 것이니
그러므로
이 세상 살면서 굳이

사랑과 미움을 애써 분별치
말기를⋯⋯⋯

┃「달관」 부분

「눈물2」에서 화자는 '슬픔을 가져본 자', 혹은 '슬픔을 가진 자'이다. 슬픔을 가진 화자는 노을빛이 반사되는 바다를 서러움으로 인해 '눈이 붉도록 울고' 있는 형상으로 인식한다. 첫 행의 '물이 불로 타오르는 것'은 노을빛이 반사되는 바다를 의미하는 것이기도 하면서 '잔잔히 타오른 눈물이 어둠을 밝힌다'는 마지막 행과 연결되어 화자의 눈물을 의미하기도 한다.

이 작품에서 화자의 슬픔은 사랑에서 비롯된 것이다. 그러나 그 슬픔이 이별이나 님의 부재와 같은 현상적인 것에서 기인한 것이 아니라 보다 본질적인 이유에 그 연원을 두고 있다. "사랑의 대상이 되는 타자는 본질적으로 결코 나 자신으로 환원될 수 없는 고유한 개성을 지녔으며 '너'와 '나'의 친밀한 결합 관계 속에 용해될 수 있는 존재가 아니다. 타자는 항상 나에게 일정한 거리를 두고 있는 '낯선 이'로 남아 있는"⁴ 것이기에 사랑의 본질이 결합과 통일에 있다 하더라도 자아와 사랑의 대상인 타자와의 완전한 결합이란 존재할 수 없다. 따라서 그 근원에는 고독, 슬픔이 본질적으로 내재해 있게 된다. 화자가 '없어서는 아니 될 것 또한 슬픔'(「슬픔2」)임을 깊이 인식하게 되는 것도 같은 맥락인 것이다.

사랑속에 내재 된 모순에는 슬픔뿐 아니라 미움도 있다. 불에 달구어진 시우쇠가 찬물에 담금질 되어 만들어 지는 것이 '사랑'일 수

---

4 강영안, 『주체는 죽었는가 - 현대 철학의 포스트모던 경향』, 문예출판사, 1996, p. 240.

도, '미움'일 수도 있다(「슬픔2」)는 것은 사랑과 미움이 불일不—이나 결국 그 근원이 같다는, 즉 불이不二라는 깨달음에서 나온 것이다. 시인은 밤과 낮, 생과 사가 다르지 않다는 '동양의 가르침'에서처럼 사랑과 미움 또한 별개가 아님을, '물은 즉 불'이라는 관계를 통해서 이해한다.(「달관」) '물이 불을 만들어 냄'이란 사랑으로 인해 미움이 생기고 미움 안에는 사랑이 자리하고 있음을 의미한다. 화자는 사랑의 대척관계에 있는 미움이 결국 사랑에서 비롯된다는 것, 그리하여 사랑이 곧 미움이라는 모순을 깨닫고 이에 순응하는 자세를 보인다.

인용시들에서 알 수 있는 것처럼 물은 불을 소멸하기도 하지만 소멸은 소멸 그 자체로 끝나는 것이 아니다. 그것은 또 다른 생성으로 이어지는데, 물이 불을 만들어 내고, 불로 타오르며 결국에는 '물은 즉 불'이라는 불 그 자체가 되는 관계인 것이다. 이러한 물과 불의 결합적, 융합적 관계를 통해 시인은 사랑의 근원적 모순에 대한 깨달음과 초극에 이르게 된다.

> 얼릴 수만 있다면
> 불은 아마도 꽃이 될 것이다.
> 끓어오르는 불길을
> 싸늘하게 얼리는 튤립.
> 불은 가슴으로 사랑하지만
> 얼음은 눈빛으로 사랑한다.
> 어찌할 꺼나
> 슬프도록 화려한 이 봄날에
> 나는 열병에 걸렸어라.

추위에 떨면서도 달아오르는
내 투명한 이성,
꽃은 결코 꺾어서는 안 되는 까닭에
눈빛으로 사랑해야 한다.
밤새 열병으로 맑아진
내 시선 앞에
싸늘하게 타오르는 한 떨기 튤립.

▋「사랑의 방식」전문

불이 물 속에서도 타오를 수
있다는 것은
연꽃을 보면 안다.
물로 타오르는 불은 차가운 불,
불은 순간으로 살지만
물은 영원을 산다.
사랑의 길이 어두워
누군가 육신을 태워 불 밝히려는 자 있거든
한 송이 연꽃을 보여 주어라.
달아오르는 육신과 육신이 저지르는
불이 아니라.
싸늘한 눈빛과 눈빛이 밝히는
불,
연꽃은 왜 항상 수면에
잔잔한 파문만을 그려 놓는지를……

▋「연꽃」전문

「사랑의 방정식」은 제5시집 『사랑의 저쪽』(미학사, 1990)에 실린 작품이고 「연꽃」은 제14시집 『꽃피는 처녀들의 그늘아래서』(고요아침, 2005)에 실린 작품으로 이들 사이에는 15년 이상의 시간적 낙차가 있지만 사랑에 대한 시인의 인식은 일관되게 흘러왔음을 보여주고 있다. 「눈물2」, 「슬픔2,」, 「달관」에서 물과 불의 관계가 사랑의 근원적 모순을 드러내고 있다면, 위 두 인용시에서는 물과 불속에 내포된 특성들의 환치를 통해서 사랑에 대한 이성과 감성의 조화를 그리고 있다.

위 시들에서는 물, 혹은 물의 변형태인 얼음과 불, 꽃이 등장한다. 그리고 물과 불의 결합이 꽃으로 귀착되는 구도 또한 동일하다. 가령, 인용시의 첫 행인 '얼릴 수만 있다면/불은 아마도 꽃(튤립)이 될 것이다'와(「사랑의 방식」), '불이 물속에서도 타오를 수/있다는 것은/연꽃을 보면 안다'가 그러하다.

여기에서 꽃은 욕망의 절제, 정화된 사랑, 사랑의 완성쯤으로 볼 수 있을 것이다. 불은 '달아오름', '타오름', '육신', '가슴', '순간' 등의 감성을 상징하고 물, 혹은 얼음은 '싸늘함', '차가움', '눈빛', '영원'과 같은 이성을 상징한다. 표면적으로는 '눈빛으로 사랑해야 한다', '눈빛이 밝히는 불' 등의 표현에서 보듯 사랑에 있어 이성을 우위에 두고 있는 것처럼 보인다. 그러나 열병으로 인한 '투명한 이성'과 '맑아진 시선', 물에 의한 불의 소멸이 아니라 물속에서 타오를 수 있는 불을 그리고 있다는 점에서 궁극적으로는 이성속의 감성, 감성속의 이성을 이야기하고 있다고 보는 것이 옳을 것이다.

3. 불일불이不—不二의 공간적 상상력

하이데거는 아리스토텔레스에 대한 강의에서 "아리스토텔레스는 태어났고, 살았고, 죽었다"라고 간단하게 그의 생애에 대해 묘사한 바 있다. 그의 이러한 언급은 '어떻게', '왜', '무엇을'에 해당하는 구체적 정황들에 앞서 '존재함'과 '존재하지 않음'에 대한 의미가 궁극적으로 탐구되어야 함을 말하는 것이다. 이는 특정한 인물에 대한 언급에 그치는 것이 아니고 보편적 인간의 '존재'와 '비존재', '삶'과 '죽음'에 대한 사유를 말하는 것이다.

많은 철학자들에 의해 주요하게 다루어지는 주제 가운데 하나가 바로 삶과 죽음의 관계인데, 삶과 죽음을 단절적 관계로 보는 경우와 죽음을 삶의 연장선에서 응시하고 이를 해결되어야 하는 문제로 파악하는 경우가 있다. 오세영은 이 가운데 후자의 경우에 속한다. 그는 삶과 죽음의 연관성에 대해 천착하고 있음을 알 수 있는데, "하루로 보면/밤과 낮이 별개 아니고,/삶으로 보면/낳고 죽음이 또한 별개가 아닌"(「달관」)것으로 인식하기 때문이다. 또한 시인이 바라는 "진정한 의미의 영원이란 현실을 초월해 존재하는 것이 아니라 현실이 거기에 내포된 뜻으로서의 영원성"[5]이다. 삶을 초월한 죽음, 죽음을 배제한 삶이 아닌 삶과 죽음의 연관성에 주목하고 있는 것이다.

오세영의 시에서는 삶과 죽음이 '하늘', '지상', '지하'와 같은 공간과 밀접하게 관련되어 나타난다. 그는 이러한 독특한 공간적 상상력으로 이원적 모순관계에 있는 삶과 죽음이라는 개념의 융합을 풀이

---

5 오세영, 「현실과 영원 사이」, 『서정적 진실』, 민족문화사, 1983, pp. 68-69.

하고자 한다.

> 땅 속이 어디 암흑뿐이더냐
> 지상에 강이 흐르는 것처럼
> 수맥이 <u>흐르고</u>
> 지하의 하늘에서도 별들은
> 반짝거린다.
> 다이아몬드, 사파이어, 에메랄드, 루비……
> 노동하는 지하의 삶을 보아라.
> 수맥에 뿌리를 대고
> 탐스럽게 익어가는 땅속 과일들
> 감자, 무, 당근……
> 영원이 항상 낮에 있는 것만이 아니듯
> 삶 또한 지상에 있는 것만은 아닐지니
> 죽음이란
> 삶이 잠깐 그 자리를 바꾼 것일 뿐,
> 그러므로 영원을 약속하며 내
> 별을 하나 따다가
> 네 손가락에 반지로 끼워 주마.
> 이세상의 목숨 다하는 날
> 함께
> 우리들의 지하를 화안이
> 밝히기 위해.

■「죽음」 전문

죽은 자라 하지만
너희가 공기로 살듯
나는 흙으로 사는 사람,
아, 이제 바람 따라 헤매지 않고
비로소 안식을 얻었나니
흙은 항상 영원하기 때문이니라.
……
하늘은 흙 속에도 있느니
너희는 닿을 수 없는 허공의 별들을 우러르지만
나는 영롱한 보석들과 함께 산다.

▌「죽음의 노래」 부분

날리는 꽃잎들은 어디로 갈까,
꽃의 무덤은 아마도 하늘에
있을 것이다.
해질 무렵
꽃잎처럼 붉게 물드는 노을.

떨어지는 별빛들은 어디로 갈까,
별의 무덤은 아마도 바다에
있을 것이다.
해질 무렵
별빛 반짝이는 파도,

삶과 죽음이란 이렇듯 뒤바뀌는 것,

지상의 꽃잎은 하늘로
하늘의 별은 지상으로…….

┃「우리는 너무 가까이 있다」부분

　인용시들에서는 '하늘', '지상', '지하', '땅속', '무덤', '흙속' 등의 공
간이 모두 등장한다. '지상'은 삶의 공간, '하늘'이나 '지하', '무덤', '흙
속'은 죽음의 공간으로 상정되어있다. 이들 공간 사이는 실질적으로
는 닿을 수 없는 간극이 존재하지만 오세영의 시세계에선 지하와 흙
속에 존재하는 하늘, 하늘에 존재하는 무덤, 지하에 존재하는 지상
의 삶 등 각 공간이 서로 혼재되어 있거나 융합되어 있다. '땅속', '흙
속', '지하'는 암흑을 상징하는 죽음의 공간이 아니다.(「죽음」) 영롱한
보석과 환한 빛이 있고 생명을 생성시키며 안식이 있는 공간, 곧 영
원의 공간이다. 또한 '죽은 자'는 소멸, '존재하지 않음'을 의미하지
않는다. 산자가 공기로 살듯 '죽은 자'는 흙으로 '사는' 존재이며 흙
은 영원성을 담보하고 있기 때문이다.(「죽음의 노래」)
　특히 인용시 「우리는 너무 가까이 있다」는 공간적 상상력과, '붉
게 물드는 노을', '별빛 반짝이는 파도'에서 삶과 죽음의 이치를 인식
하는 시인의 혜안이 돋보이는 작품이다. 시인은 '노을'과 '파도'를 각
각 '꽃의 무덤'과 '별의 무덤'이라는 공간적 이미지로 변환시키면서
동시에 '지상'의 꽃잎은 '하늘'로의 상승으로, '하늘'의 별은 '지상'으
로의 하강으로 묘사하여 '지상'과 '하늘'이라는 두 공간의 연관성을
보여주고 있다. '지상'과 '하늘'사이에는 '닿을 수 없는 허공'이 존재
하며 이는 삶과 죽음의 닿을 수 없는 거리이기도 하다. 그러나 시인
은 이 영원한 거리를 '꽃잎'과 '별'을 매개로 무화시키면서 두 공간의

치환을 통해 "삶과 죽음이란 이렇듯 뒤바뀌는 것"이라고 인식하고
있다.

　이렇듯 오세영의 시에서 '죽음'은 또 다른 '삶'의 변형태이며 죽음
을 표상하는 공간은 매우 긍정적이며 역동적인 이미지로 현현되고
있다. 그러나 죽음에 대한 시인의 긍정적 인식이 '지상'의 삶에 대해
부정적이거나 비관적인 인식으로 비춰지지는 않는다. 죽음과 삶의
관계에서 죽음이 현실로부터의 도피라거나 구원 혹은 궁극적 희망으
로서의 의미를 갖는 것이 아니라 삶과 죽음은 동전의 앞뒷면과 같이
'잠깐' 자리를 바꾸거나 '뒤바뀌는' 것일 뿐 별개의 독립된 존재가 아
니라는 것이다. 삶과 죽음을 '존재함'과 '존재하지 않음', '있음'과 '없
음'의 관점에서 본다면 죽음이란 '있음'을 배태한 '없음'이요, '있음'이
란 '없음'과 '없음'을 잇는 잠깐 동안의 '있음'이며 결국 '있음'과 '없음'
은 잠시 자리를 바꾸는 것일 뿐 불일불이不一不二의 관계라는 것이다.

　　　눈에 보이는 것보다
　　　보이지 않는 것의 현신은
　　　얼마나 찬란한 경이더냐.
　　　음6월 해가 긴 날의 어느 하루를 택해
　　　호미로 밭두렁을 허물자
　　　우수수 쏟아지는 감자, 감자,
　　　겉으로 드러난 줄기와 잎새는
　　　시들어 보잘 것 없지만
　　　흙 속에 가려 묻혀 있던 알맹이는
　　　튼실하고 풍만하기만 하다.

부끄러워 스스로를 감춘 그 겸손이
사철 허공에 매달려 맵시를 뽐내는
능금의 허영과
어찌 비교될 수 있으랴.
보이지 않는 것은 보이는 것의 어머니,
세상이란 보이지 않는 반쪽이 외로 지고 있을지니
눈에 보이는 것보다
보이지 않는 것의 현신은
얼마나 아름다운 경이이더냐.

▌「감자를 캐며」 전문

이 작품은 생성이 이루어지는 '흙 속' 공간이 그려져 있다는 점에서 앞의 인용시 「죽음」을 연상케 한다. 물론 위 시에서의 '허공'과 '흙 속'이라는 공간이 「죽음」에서처럼 분명하게 '삶의 공간'과 '죽음의 공간'을 의미하는 것은 아니다. 그러나 '허공'과 '흙 속'이라는 지상과 지하의 대비, '탐스럽게 익어가는 땅속 과일들'(「죽음」)과 '튼실하고 풍만한 흙 속 알맹이'(「감자를 캐며」)의 관계 속에서 그 의미 또한 유추해 볼 수 있을 것으로 보인다. 이러한 구도에서 보자면 '보이는 것' = 삶 = 존재 = 있음, '보이지 않는 것' = 죽음 = 비존재 = 없음으로 거칠게나마 정리할 수 있을 것이다. '보이지 않는 것은 보이는 것의 어머니'란 의미는 '있음'을 배태한 '없음'이며 죽음 또한 삶의 모태일 수 있음을 뜻한다. '보이는 것'만이 존재하는 공간은 허영의 공간이며 허공이다. 따라서 '보이지 않는 반쪽'의 현신이 존재하는 '흙 속'의 공간과 조화되어야만 온전한 '세상'이 된다는 것이다.

4. 깨어짐, 그 '완전한 자유'

오세영은 사물과 존재가 이미 그 자체로 모순적임을 인식하고 그 존재방식에 대한 사유의 끈을 놓지 않는다. 시인의 '그릇'에 대한 상상력은 존재의 근원적 모순에 대한 천착과 '열망이나 어리석은 갈망'의 부질없음이 무엇인가를 잘 드러내고 있다.

그의 시에서 그릇은 원의 형상을 하고 있는데, 원이란 절제와 균형의 완전함을 의미한다. 그러나 이 완전함은 인위적인 완전함이며, 완전하다고 보여지는 불완전한 완전함이다. 따라서 원의 깨어짐, 곧 그릇의 깨어짐은 불완전한 완전함의 '파멸'을 의미하게 된다.

깨진 그릇은
칼날이 된다.

절제와 균형의 중심에서
빗나간 힘,
부서진 원은 모를 세우고
이성의 차가운
눈을 뜨게 한다.

맹목의 사랑을 노리는
사금파리여,
지금 나는 맨발이다.
베어지기를 기다리는

살이다.
상처 깊숙히서 성숙하는 혼

깨진 그릇은 칼날이 된다.
무엇이나 깨진 것은 칼이 된다.

▌「그릇」 전문

　오세영의 시에서 그릇은 '원'으로 표상된다. 원은 한 점에서 같은 거리에 있는 점들의 집합이기에 '절제와 균형'으로 표상된다. 그러므로 깨어지기 전의 그릇은 '차가운 이성'과 '맹목의 사랑'이 '절제와 균형'으로 중심을 이룬 존재, 곧 완전한 그 무엇이다. 균형이 깨어질 때 원은 부서지고 깨진 그릇은 '맹목의 사랑을 노리는' 칼날이 된다. 그런데 '나'는 '맨발'로 '베어지기'를 기다리는데, 이는 회피나 방어가 아닌 능동적으로 상처를 받아들이고자 하는 의지의 표현이다. 시인은 존재가 결코 절제와 균형으로 이루어진 원이 아님을, '빗나간 힘'을 내포한 불완전한 존재, 모순적 존재임을 인정한다. 능동적으로 상처를 받는다는 것은 존재의 근원적 모순을 부정하지 않음을 의미하고 시인은 나아가 상처를 통한 성숙을 꿈꾸기에 이른다.

부서지지 않으면
안된다. 밀알이여
고운 흙이
고운 청자를 빚듯
가루가 되지 않고서는 이루어지지 않은

빵,
한때 투명했던 이성과 타는 욕망도
고독의 절정에서는 소멸된다.
가장 내밀한 정신의 깊이로
화해되는 물과
불,
빵은 스스로
자신의 이념을 포기하는 까닭에
타인을 사랑할 줄 안다.
마음이 가난한 자의 식탁 위에
외롭게 올려진
한 덩이의 빵

▌「빵」 전문

화석 속엔 한 마리
새가 난다.
결코 지상으로 내려오지 않는 새,

결국은 한 알의 모래가 된다.

파멸이, 저 존재의 중심에서 깨어진 접시가
이루는 완성.

결국은 한 알의
결정이 된다.

깨어지고 깨어져서 이겨내는 외로움
그는 시방
바닷가에 서 있다

들려오는 건
허무의 바람 소리와
애증의 기슭에서 부서지는 파도 소리.

가장 밝은 지상에서 뒹구는
결국은 한 알의 모래가 된다.

해조음이 된다.

▌「모래」전문

시인은 능동적으로 상처를 받는 것에서 스스로 깨어지고 부서지는 적극적인 단계로 나아간다. '부서지지 않으면' 다시 '이루어지지' 않는다. '밀알'은 부서져 가루가 되어야만 '빵'을 이룰 수 있다. '투명했던 이성'과 '타는 욕망'의 균형을 이루고자 했던 의지, 이념마저도 소멸시키고 포기하여 초연히 내어맡길 때 '가장 내밀한 정신의 깊이'에서 '빵'이 된다. 따라서 '빵'은 '타인', 세상과의 조화 속에 놓이게 되는 것이다.

'화석 속의 새' 또한 그 형태를 온전히 유지하고서는 지상으로 내려오지 못한다. '깨어지고 깨어지는 외로움'을 감내할 때 '한 알의 결정'이라는 완성을 이루게 된다. '한 알의 모래'는 '접시'의 입장에서 보면 중심에서 벗어난 '파멸'이지만, '모래'의 입장에서 보면 인위적인 '절제와 균형'에서 자연自然 즉 스스로 그러한 상태로 되돌아옴을 의미한다. '한 알의 모래'는 태양과 바다와 조화를 이루어 '가장 밝은 지상'의 '해조음'이 된다.

> 흙이 되기 위하여 흙으로 빚어진
> 그릇
> 언제인가 접시는 깨진다.
>
> 생애의 영광을 잔치하는
> 순간에
> 바싹
> 깨지는 그릇,
> 인간은 한번 죽는다.
>
> 물로 반죽되고 불에 그슬려서
> 비로소 살아 있는 흙
> 누구나 인간은
> 한번쯤 물에 젖고 불에 탄다.
>
> 하나의 접시가 되리라.
> 깨어져서 완성되는
> 저 절대의 파멸이 있다면,
>
> 흙이 되기 위하여

흙으로 빚어진
모순의 그릇.

‖「모순의 흙」 전문

깨진 것은 모두 보석이 된다.
한때 값진 도자기였을지라도,
한때 투박한 사발이었을지라도,
그것은 한낱
장에 갇힌 그릇일 뿐.
깨지는 것은
완전한 자유에 이른 까닭에
보석이 된다.

‖「보석2」 부분

그러나 지금 나는
당신의 아무것도 되지 않으려 합니다.
완전한 자유가
완전한 소유임을 아는 까닭에……

‖「완전한 소유」 부분

　　인간이 흙에서 와서 흙으로 돌아간다는 것은 삶과 죽음이 자연의
일부라는 관점에서 나온 것이다. 그릇 또한 흙에서 나서 종국에는
흙으로 돌아가는 물질이므로 시인의 시에서 핵심적인 소재로 자리
하는 ‘그릇’은 인간 존재에 대한 또다른 표상이다. 「모순의 흙」에서
는 ‘그릇’과 ‘인간’이 교차적으로 등장하면서 ‘언제인가 죽는 그릇’과

'한 번은 죽는 인간', '물로 반죽되고 불로 그슬리는 그릇'과 '한번쯤 물에 젖고 불에 타는 인간' 등으로 대응적 구조를 이루며 발전된다. 흙이 물로 반죽되고 불에 그슬리면 '그릇'이 된다. 그러나 '그릇'은 흙의 완성이되 우주적 질서에서 본다면 불완전한 완성, 잠시의 '있음'일 뿐이다. '흙이 되기 위하여 흙으로 빚어진 그릇'이라는 것은 달리 말하면 '없음'에서 온 잠시의 '있음'이 깨어짐을 통해 다시 '없음'으로 돌아가는 자연의 순환적 이치를 말하는 것과 다른 것이 아니다. 오세영의 시에서 '깨어짐'은 온갖 욕망과 냉철한 이성까지도 소멸시키는 '절대의 파멸'이자 '완전한 자유'이다. 이는 '아무것도 되지 않음'이 '완전한 소유'라는 역설과 동일한 맥락이다.

5. 깨달음의 시쓰기, '새벽 3시'의 시각

사랑, 삶과 죽음, 완전한 삶, 완전한 자유 등 시인은 존재의 근원적 문제에 대해 끊임없이 모순적 시각으로 바라보면서 사물에 대한 다양한 상상력을 통해 이를 풀어내고 있다. 사랑의 모순과 연관한 물과 불에 대한 상상력, 삶과 죽음의 모순에 대한 공간의식, 깨어짐과 완성에 대한 역설적 상상력은 존재의 진리를 구하는 완성도 높은 사유의 정점이다. 사랑/미움, 삶/죽음, 완성/깨어짐, 있음/없음, 자유/소유의 대립항처럼 이들 사이의 분별이란 부질없는 것이며 만물은 불일불이不—不二한 가운데 조화를 이루고 있다는 것이 시인이 얻어낸 결론이다. 시인의 이러한 탐색과 귀결은 정언명제에 가깝다. 이에 이르는 길은 시인의 성실성과 노력의 결과이다. 그는 여기에 이

르기 위해 경건하게 글을 계속 써 온 것이다. 그럼에도 그 여정은
쉽게 멈추어지지 않을 것으로 보이는데, 지금까지 그가 보인 성실성
을 감안하면 이는 충분히 납득 할 수 있을 것이다. 가령 다음의 시에
서처럼 그는 새벽에 '깨어' 순도 높은 본질들에 대해 끊임없이 탐색
할 것이다.

> 3시에 깨어
> 경을 읽는다.
>
> 일-은 다이며 다는 일-이며, 가르침에 따라서 의미를 알고 의미에
> 의하여 가르침을 알며, 비존재는 존재이며 존재는 비존재이며, 모습
> 을 갖지 않은 것이 모습이며 모습이 모습을 갖지 않은 것이며, 본성
> 이 아닌 것이 본성이며 본성이 본성이 아니며……
>
> ▮「새벽 3시」 부분

'새벽 3시', 시인은 구도자의 자세로 경을 읽는다. '새벽 3시'는 무
한한 고독의 시간, 존재를 확인하는 시간, 내면의 소리를 듣는 시간,
만물의 소리에 귀를 기울이는 시간이다. '말만이 말이 아니고 이 세
상 모든 것이 말'이라는 시인의 언급처럼 시인은 세상의 모든 말에
귀를 기울이나 결코 시류에 편승해 목소리를 내지 않는다. 다만 홀
로 깨어 조용히 경을 읽고 있을 뿐이다. 시에도 시각을 부여할 수
있다면 그의 시의 시각은 아마도 '새벽 3시'가 될 것이다. 시인은 그
경건한 시각에 존재에 대한 일깨움들을 새로운 언어의 의장을 빌어
서 계속 쏟아낼 것이다. 깨달음에 대한 경건한 시어들이 그의 평생
의 시업詩業이자 글쓰기의 목적이기 때문이다.

제2장

세계와 자아, 그리고 신 : 고진하론

제1부 존재론적 성찰과 그 상상력

　세계와 자아와의 관계는 문학의 필수구성관계라 할 수 있다. 이는 서정시의 본질을 세계와의 동일성으로 언명하고 있는 데에서도 확인 되는 바이다. 그런데 동일성이라는 개념은 이미 동일화 되지 않는 대상 혹은 비동일성이라는 개념을 전제로 하고 있다. 동일성이란 대상과의 일치, 상호교통의 의미를 본질로 하고 있지만 또 한편으로 그것은 환원되지 않는 대상에 대한 타자화를 배태하고 있다는 의미이다. 그 방식이 세계의 자아화이든 미메시스이든, 시적 자아가 동일화하는 대상과 범주는 결국 세계에 대한 시인의 인식의 틀과 깊이에 긴밀하게 관련되어 있는 것이다.

　고진하는 잘 알려진 바대로 성직자이자 시인이다. 고진하에 관한 논의가 그리 많은 편은 아니나 논의의 대부분이 전면적으로든 부분적으로든 종교주의적 관점에서 이루어졌다는 것, 그리고 기독교적

교리와 이반되는 시인의 종교관이 그의 시적 특성으로 강조되고 있
는 경향 또한 이러한 사실에서 기인하고 있는 것이다. 세계와 자아
와의 관계에서 시인이 성직자라는 사실은 매우 중요하다. 성직자란
종교의 교리로써 자아를 규율하는 자이자 그것을 자신의 중심으로
삼기로 서원한 자이다. 구원과 영생이라는 개념과 관련하여 동일성
의 경계와 범주가 견고한 기독교적 세계관에서도 간취되는 바, 성직
자이자 시인인 고진하에게는 세계에 대한 인식의 틀이 어느 정도 주
어져 있다고 해도 과언이 아니기 때문이다.

　종교주의적 관점이 고진하론의 한 축이라면 생태주의적 관점이
다른 한 축을 이루고 있다고 할 수 있다. 그런데 이러한 논의에서
고진하 시의 생태주의적 상상력은 결국 종교적 영성과 결합하는 양
태를 보여준다. 이 사실은 성직자인 시인의, 세계에 대한 인식의 틀
을 확인시켜주는 일면이기도 하다. 그렇다면 고진하의 시에서 이러
한 틀은 어떻게 작용하고 있는가. 주어진 틀 내에서 동일성의 범주
와 비동일성의 세계가 구획지어지는가, 견고한 틀을 초월하는 보다
근원적인 세계가 제시되는가. 또한 종교주의적 관점과 생태주의적
관점의 경계를 초월하는 시의식은 무엇인가. 이는 종교적 의식과 그
것 아닌 것의 구분을 넘어서는 보다 근원적인 고진하의 시의식에 대
한 궁금증이며, 결국 시인의 작품세계를 관류하는 시의식이자 궁극
적인 지향점에 관한 물음이라 할 수 있다. 이러한 물음에 세계와 자
아, 자아와 신, 신과 세계의 관계 구도를 그려보는 것으로 접근해 보
고자 한다.

1. 세계와의 불화, 닿을 수 없는 거리

　고진하는 1987년 『세계의 문학』에 「빈들」, 「농부 하느님」을 발표하면서 등단한 이래, 『지금 남은 자들의 골짜기엔』(민음사, 1990), 『프란체스코의 새들』(문학과지성사, 1993), 『우주배꼽』(세계사, 1997), 『얼음수도원』(민음사, 2001), 『수탉』(민음사, 2005) 등 다섯 권의 시집을 상재하였다. 거의 사 년 단위로 새로운 시집이 출간되었음을 알 수 있는데 고진하의 시세계는 시집을 기준으로 본다면 『프란체스코의 새들』 이후로 뚜렷한 변화를 보인다. 그의 시를 두고 중기, 후기를 논하는 것은 무리가 있겠지만 이 시기까지의 시들을 고진하의 초기시라 부르는 데 큰 이견은 없을 것으로 본다.

　그의 초기시에서 시적 자아는 세계와도 신과도 상당한 거리를 두고 있다. 그의 초기시가 핍진한 현실에 대해 현상만 드러내고 그것의 원인이나 근거는 드러내고 있지 않다는 것, 소외와 고통받는 자 없는 공동체를 꿈꾸고 있지만 이에 대한 의지나 구체적 실천 방향은 표출하고 있지 않다는 평가는 이러한 자아와 세계와의 거리에서 연원하고 있는 것이다.

　　　　지금 남은 자들의 골짜기엔 깨진 항아리 조각 같은달이
　　　　터진 상처에서 비쳐 나오는
　　　　붉게 엉킨 피를 물고 지상에 이별을 고하고 있다 짧은
　　　　이별 뒤엔 곧 漆桶 속 어둠이 뚜껑을 열어
　　　　검은 새들을 풀풀 날리고, 한밤 내
　　　　검은 새들이 텅 빈 골짜기를 배회하며

목젖 없는 아이가 질러대는 시끄러운 소리처럼
알아들을 수 없는 지저귐을 토해 낸다 왜 새들은
이 밤 칠통 속 둥지로 돌아와
주둥이를 박고 잠들지 못하는 것일까

…… 중략 ……

악취 풍기는 폐수와 썩지 않는 쓰레기 더미 위로
무성하게 피어난 인공 독버섯이 뒤덮인 땅에
식식거리는 두 마리 황소를 앞세워
분노의 쟁기질을 하고 있는지도 모른다 아니,
아니다 그들은 지금
품안으로 날아드는 검은 새들과 함께
쑥넝쿨만 우거진 조상들의 무덤 속 죽음의 磁力에 이끌려
숯처럼 깨끗한 죽음을 연습하고 있을 것이다.
아니, 사실 나는 모른다 지금 남은 자들의 골짜기에
무슨 일이 벌어지고 있는지……

▌「지금 남은 자들의 골짜기엔」 부분

위 시에서 세계에 실존하는 현존재는 '남은 자'로, 세계는 '남은자
들의 골짜기'로 표상되고 있다. '남은 자'란 '떠난 자'를 주체의 위치
에 둔 표현이다. 고진하의 시에서 '빈들', '빈집', '텅 빈 골짜기' 등 황
량한 '빈 공간'의 이미지가 자주 등장하는 것도 같은 맥락으로 볼 수
있다. 그의 시에서 이 '떠남'은 구체적으로 피폐한 농촌을 떠나는 행
위로 나타나기도 하고 이생의 종말로 의미지어지기도 한다. 위 시는

이 두 의미를 이중적으로 내포하고 있다고 할 수 있다.

　'붉게 엉긴 피', '검은 새', '목젖 없는 아이', '漆桶 속 어둠', '악취 풍기는 폐수와 썩지 않는 쓰레기 더미', '인공 독버섯이 뒤덮인 땅' 등, 위 시에서 세계는 그야말로 생명성이라고는 찾아볼 수 없는 폐허 그 자체이다. 이런 까닭에 '남은 자'들이 '무덤 속 죽음의 磁力'에 이끌리는 것은 필연적이라 할 수 있겠다. 그렇다고 이 죽음의 세계가 '남은 자'들의 안식처가 되는 것은 아니다. 그의 초기시에서 죽음은 고통, 불행, 우환의 연장으로 등장하고 있지 긍정적으로 그려지고 있지는 않기 때문이다. "아니, 사실 나는 모른다 지금 남은 자들의 골짜기에/무슨 일이 벌어지고 있는지……"라는 시구에서 이러한 출구 없는 불모의 현실에 대한 시적 자아의 불안의식을 엿볼 수 있다.

　그렇다면 이러한 세계에서 자아는 어디에 위치해 있는가. 그리고 그의 신이 존재하는 곳은 또한 어디인가. 결론적으로 말하자면 시적 자아도 신도 이 현장에 존재하지 않는다. '남아있는 자들'이나 '그들'이라는 표현에서도 일면 간취되는 바이지만 위 시 뿐 아니라 그의 초기시에서 시적 자아는 철저하게 관찰자의 위치에 서 있다. 죽음이 이 세계에 속한 것이 아니듯 신 또한 이 세계가 아닌 다른 세계에 존재한다. 그 곳은 어쩌면 불멸영생의 세계일 수도 있지만 '남아있는 자들'이나 시적 자아가 현세계에서 닿을 수 있는 위치에 있는 것은 아닌 것이다. 시적 자아는 신과 '남아있는 자들'의 중간에 위치해 있다. 이는 "제발, 저 人間의 사슬로부터 날 좀 풀어다오!"(「천둥소리」)라는 '하느님의 울부짖음'을 들었다는 데에서도 확인된다. 즉 시적 자아는 신과 인간 사이의 중간자, 철저하게 사제의 위치에 자리하고 있는 것이다.

> 내 알몸뚱이에 그려진 이 고통과 죽음의 文身을
> 보라 돌을 들어 벅벅 문질러도
> 문질러도 지워지지 않는
>
> 환각 속에서도 그를 만난 적이 없고
> 환청으로도 그의 음성을 들은 적이 없지만
>
> 검은 노예의 잔등에
> 검붉게 찍힌 火印처럼
> 지울래야 지울 수 없는 이 유한성의 징표를 통해
>
> 나는 그의 얼굴을 똑똑히 보았다
> 잘 닦인 청동거울,
> 나는 그를 비추는 거울이니
>
> 나를 피하려 하지 말라
>
> ┃「욥」 전문

> 아들아, 여기가 네가 견뎌야 할 빈들이란다……
> 서서히 사그라드는 숯불을 머리에 인 외딴 마을을 지나며
> 문득 피할 수 없는 고통의 불덩이 하나가
> 시뻘건 부적처럼 내 가슴에 옮겨와 붙는다.
>
> ┃「夕陽의 수수밭에서」 부분

욥은 하느님에 대한 믿음을 간증한 인물이다. 욥은 본디 하느님에 대한 믿음이 강한 의인이었으나 그러한 믿음은 하느님의 보살핌 안에 있기 때문이라는 사탄의 말에 모든 재산과 자녀를 잃게 되는 시험대에 오르게 된다. 사탄의 손에 맡겨진 욥은 결국 자신의 건강까지 잃게 되고 온몸을 덮은 악창으로 견딜 수 없는 고통 속에 있게 된다. "돌을 들어 벅벅 문질러도/문질러도 지워지지 않는" "내 알몸뚱이에 그려진 이 고통과 죽음의 文身"은 바로 이러한 고통 중에 있는 욥의 탄식인 것이다. 자신의 생일을 저주할 만큼의 고통 속에서도 욥은 끝내 하느님에 대한 믿음을 지켜내고 그 결과 욥은 모든 것을 회복하게 된다. 이 과정에서 하느님은 욥의 내면에 더욱 깊이 내재하게 된다. 즉 욥의 고통은 하느님에 대한 믿음의 증거이자 하느님의 현존을 더 확고하게 믿게 되는 기제인 것이다.

이러한 맥락에서 위 시들은 불모의 현실에 대한 시적 자아의 인식을 현현하고 있다고 할 수 있겠다. 시적 화자에게, 혹은 욥에게 신은 '환각 속'에서도 '만난 적이 없고', '환청으로도 그의 음성을 들'을 수 없는 존재이다. 오직 '검은 노예의 잔등에/검붉게 찍힌 火印처럼/지울래야 지울 수 없는 이 유한성의 징표'를 통해서만이 그를 '똑똑히' 볼 수 있는 것이다. 즉 시적 자아에게 이 고통의 현실, 불모의 땅은 하느님에 대한 믿음을 증거하는 매개의 역할을 하는 것이다. 그의 신은 인간과 신을 잇는 사제인 시적 자아에게 이 불모의 현실이 "네가 견뎌야 할 빈들", 신의 뜻을 채워야 할 '빈들'임을 언표하고 있다.

살펴본 바와 같이 고진하의 초기시에서 시적 자아는 세계와도 신과도 동일성을 획득하지 못하고 상당한 거리에 자리하고 있음을 확인하게 된다. 이는 신과 인간의 중재자인 사제의 위치와 상동의 관

계에 있는 것으로, 피폐한 현실에 대한 절망을 신에 대한 믿음으로
전화하는 양상을 보이고 있다.

2. 자아와 신의 죽음 후, 그 동일성의 세계

초기시 이후 고진하의 시세계는 뚜렷한 변화를 보이는데 이는 '빈
공간'과 '죽음'에 대한 시적 자아의 인식을 통해 확인 할 수 있다.

> 빈 마당에 없는 너를 그리워하는,
> 빈 마당에 없는 너를 마당으로 떠올리는
> 나를 또한 지켜보다가
> 빈 마당이 넓어지고 있음을 깨달았다
> 빈 하늘
> 빈 담벼락
> 빈 화분
> 빈처, 그 모두가
> 빈 마당으로 되고 있었던 것이다
>
> ▎「빈 마당에 꿈 일기를 적다」 부분

초기시에서 빈번하게 등장하는 '빈 공간'은 '희망이 없는 빈들', '사
람이 없는 빈들', '내일이 없는 빈들'(「빈들」)이나 '빈집과 빈집 사이의
괴괴한 허공'(「달맞이 꽃」)과 같이 암울하고 황폐한 현실의 표상이었다.
그러나 위 시에서 '비어있음'은 화자의 '꿈 일기'를 적는 공간으로서

의 의미를 획득하고 있다. 이 '빈 공간'은 '빈 하늘', '빈 담벼락', '빈 처'에까지로 그 범위를 확대해가고 있다. 이는 시적 자아의 동일화 대상의 확장이라는 의미에 다름 아니다. 「챙 넓은 모자」에서 시인은 이미 '아내'와 '적敵', '창녀'와 '잡초', 온갖 사물에 이르기까지, '만물' 과 '존재'가 모두 자아의 '내면'이었음을 고백하고 있다. 이 또한 자 아는 배제한 채 불모한 현실의 현상을 노출하던 초기시와는 다른 면 모이다. 대상과 근접한 거리, 아니 대상이 자아의 '내면'에 자리하고 있는 것이다. 외경으로 향하던 시인의 시선이 자아의 내면으로 초점 을 맞추고 있다는 의미도 된다.

> 곧 미명이 밝아오리라.
> 움켜쥔 주먹을 풀고 닫힌 가슴을 활짝 열어
> 사랑해야 할 시간이다. 침묵이
> 깊어져 안팎 없이 단단해진 둥근 쇳덩이가
> 드물게 입을 뗀다. 젊은 날
> 비틀대며 탕진한 생生을 기억하지 않겠다.

> ⋯⋯ 중략 ⋯⋯

> 속이 빈 데서 울려나오는 저 소리엔 새 잎들이
> 피어날 것만 같다, 오죽烏竹의 눈부신 잎새처럼.
> 내가 모시지 못한 시詩의 어머니를 모신 존재들을 보며
> 나는 때때로 시샘을 금치 못한다.
> 이 괴로움의 언어를 벗어버릴 날이 있으리라.

헌데, 오늘 그대가 불러주는 이 말들은 무엇인가.
그 동안 나는 하늘의 말을 담아내는
맑은 영소靈沼가 되기를 바랐다. 해와 달과 별들, 새들,
푸른 갈대들이 내 안의 물거울 위에 썼다가 지워버린
경이驚異의 글자들. 나는 그걸 읽지 않고 몽매한 어둠처럼
그냥 삼켰다.

타종打鐘 뒤의 잔잔한 여운
그것이 한 순간 내 속을 다 훑고 지나간 뒤에 떠오르는
저 찬란한 여명과 고요는, 소음이
사라졌기 때문이 아니라 내가 죽었기 때문이다.
기쁘다. 내가
읽을 새 경전經典은 바로 나다.
오늘은, 초록빛 우편함 곁에서 또 한 소식
기다려도 되겠다!

▎「범종소리」부분

　　위 시에서도 '빈 공간'이 등장한다. 바로 '범종'의 속이다. '속이 빈
데서 울려나오는 소리'는 시적 자아에게 깨달음을 주는 소리이다.
그것은 '사랑해야 할 시간'임을 알리는 소리이며 '젊은 날/비틀대며
탕진한 생生을 기억하지 않겠다.'는 자비와 포용의 소리이다. 눈여겨
볼 대목은 '그 동안 나는 하늘의 말을 담아내는/맑은 영소靈沼가 되
기를 바랐다.'는 화자의 고백이다. '하늘의 말'이란 '신의 말'을 의미
하며 이 신의 말을 담아내는 '맑은 영소'란 바로 인간과 신의 중간자
인 사제로서의 시적 자아의 위치를 의미하는 것이다. '하늘'에 대응

하고 있는 '해와 달과 별들, 새들,/푸른 갈대들'은 신의 세계가 아닌 현세계의 대상들이다. 이들이 '썼다가 지워버린/경이驚異의 글자들'을 화자는 '읽지 않고' '삼켰다'는 것이다.

신의 세계를 닿을 수 없는 거리에 상정해 두고, 현세계에서도 한 발자국 떨어져 신의 세계만 우러르고 있었던 자신의 위치에 대한 깨달음인 것이다. 화자는 그러한 자아의 죽음을 선포하고 있다. 이 시에서 죽음은 생의 종말이 아니라 새로운 자아의 탄생이다. 새로운 자아는 '내가/읽을 새 경전經典은 바로 나'라는 깨달음에 기뻐한다. 세계의 모든 '만물'과 '존재'가 모두 '나의 내면'(「챙 넓은 모자」)이라는 시적 자아의 언술을 상기하면 '나'를 읽겠다는 것은 바로 현세계의 모든 대상을 읽겠다는 의미이다.

고진하의 시에서 죽음은 더 이상 고통과 연결되지 않는다. 그의 시에서 죽음은 육체의 종말이 아니라 '신생新生'(「흰줄표범나비, 죽음을 받아들이는 힘으로」)의 의미를 획득하고 있다. 작품 「몸 바뀐 줄 모르는 흰 이빨들이」에서 화자는 구더기가 득실거리는 개의 사체를 처참함으로 인식하지 않고, 개에서 구더기로 '몸을 바꾸는 것'으로 사유한다. 몸 바뀐 줄 모르고 그대로 형상을 유지하고 있는 '이빨'을 귀엽게 볼 만큼 화자의 사유는 일반적 인식의 경계를 넘어서고 있다. 자신의 노화된 관절 또한 '몸 바꾸려는 신호'로 인식한다. 길가 죽음의 대상을 통해 시적 자아는 죽음 또한 자연의 일부임을, 또 다른 삶의 연장일 수 있음을 수용하는, 순환론적인 사유를 보여주고 있다.

나는 소금인 적이 없다.
……

나는 빛인 적이 없다.
……

세상이 오해하듯, 나는
세상의 중심中心인 적이 없다.
……

…… 중략 ……

그렇다,
당신이 날 사랑한다는 것은
나를 풀어놓아 준다는 뜻이다 애시당초
내 안에 없는 족쇄를 풀어주기 위해
당신은 죽었다.

이제 일어나서 가자, 내 안의 나여.

▌「예수」 부분

위 시에서 화자는 예수이다. 그런데 시 속의 예수는 '나는 세상의
빛이요 소금이다'(마태오 5:13,14)라는 성서 속 예수의 말을 정면으로 뒤
집고 있다. '나'는 '소금'인 적도 '빛'인 적도, '중심'인 적도 없다는 것
이 그것이다. 그것은 인간에 의해 만들어진 세상의 '오해'라는 것이

다. 시 속의 예수는 시적 자아에게 진정으로 '날 사랑한다'는 것은 '나를 풀어놓아 준다는 뜻'임을 설파한다. '애시당초' 예수에게는 없었던, 인간이 만들어 놓은 '족쇄'를 풀어주기 위해 시적 자아인 '당신'은 '죽었다.' '당신'의 죽음은 '세상 오해'의 죽음이고, '오해' 속에 존재하던 시적 자아의 죽음인 것이다. 또한 이 죽음으로 예수는 인간의 '족쇄'로부터 자유로워지고, 본연의 예수로 일어서게 되는 것이다.

이 대목에서 시인은 이중적 의미를 노린 것으로 보인다. 후반부의 화자를 시적 자아로, '당신'을 예수로 설정해도 의미가 성립하기 때문이다. 신이 '나'를 사랑한다는 것은 신을 중심에 두기를 강요하고 '나'에게 온갖 죄의 명목과 구원의 약속으로 족쇄를 채우는 것이 아니라 '나를 풀어놓아 준다'는 의미이다. 이 '족쇄'는 신이 만든 것도 아니고, 마찬가지로 '애시당초'에는 없었던 것. 인간이 만들어 놓은 인간화 된 신, '당신'은 죽었다는 것이다. 이러한 맥락에서 '당신은 죽었다'는 시구는 니체의 '신은 죽었다'라는 테제를 연상시킨다.

시적 자아의 이러한 인식은 고진하의 시 곳곳에서 쉽게 발견된다. 가령 작품 「얼음수도원3」에서도 "뭉쳐진 눈덩이로/붓다의 미소를 빚고/뭉쳐진 눈덩이로/형틀에 매달린 예수의 고뇌를 빚고 나서/햇살에/천천히/천천히/녹아내리는 광경을 즐기는 것이지요"라며 인간에 의해 편협하게 틀지어지고 그것으로 고정된 신, 그리고 그러한 신의 죽음을 눈덩이로 빚은 붓다와 예수의 녹아내림으로 형상화하고 있다.

이제 고진하의 시에서 신은 더 이상 '저세계'에 위치해 있는 초월적 중심이 아니다. 현세계의 대상들에 편재해 있어 시적 자아와 쉽게 동일성을 이루는 존재이다. 그러므로 신성 또한 모든 대상에게서

발견될 수 있는 것이다. 시인은 그의 시에서, 어머니가 항아리를 닦
는 행위를 '세례를 베푸'는 것으로(「어머니의 聖所」), 흙염소의 울음을
'만트라'로 인식하는가 하면 신성한 묵언 수행도 아주 사소한 혼잣
말 때문에 작파하게 되는 상황(「흙염소의 만트라」)을 그려 세계에 편재
해 있는 신성을 드러내고 있다. 시적 자아는 세계에 발을 딛고 성聖
과 속俗을 넘나들며 그 안에서 신을 발견해 낸다. 초기시 이후 근래
에 가까운 시집일수록 여유와 위트가 빛을 발하는 것은 이러한 경
계의 무화, 그로인한 동일성 범주의 확대에서 연원하고 있는 것으
로 보인다.

3. 다시 낙원으로, 근원으로

> 무슨 신성神性이라 부를 만한 게 인간에게 있다면
> 무쇠가위처럼 자르거나 찢거나 나누는
> 분별이 싹트기 이전의 천진무구한
> 어린아이에게나 있을 것이다.
>
> ▌「어린 신성」 부분

아담과 하와가 에덴으로부터 추방된 것은 외면적으로는 하느님의
규율을 어겼기 때문이지만, 보다 핵심적인 원인은 그들이 분별을 하
게 된 것에 있다고 할 수 있다. 즉 에덴동산은 분별 이전의 세계를
표상한다. 그러므로 그들의 분별력 획득이 에덴으로부터의 추방으
로 이어지는 것은 필연적인 귀결이라 할 수 있을 것이다. 인간의 시

조가 분별로 인해 낙원에서 추방되었다는 사실은 많은 것을 시사해 준다. 인간에게 있어 분별 이전, 통합의 세계가 근원이자 동시에 낙원이었다면 인간에게 있어서 분별은 낙원의 상실을 의미하는 것이다. 이는 인류가 지속되는 한 변함없이 반복될 신화이자 현실이기도 하다. 오늘날에 있어 인간의 분별이라 함은 성聖과 속俗, 높고 낮음, 많고 적음에 대한 인식이라 할 수 있으며 이를 통해 인간은 이분법적으로 위계화된 세계질서를 내재하기에 이르는 것이다.

　고진하의 초기시는 이처럼 경계로 구획 지어진 세계 중에서도 소외된 계층의 공간을 구체적으로 노출시키고 있다. 이 시기의 시에서 시적 자아의 시선에는 이러한 세계에 대한 절망이 내포되어 있지만 이는 다른 한편으로 시적 자아가 경계에 대하여 강하게 의식하고 있음을 의미하는 것이기도 하다. 하여 시적 자아는 '속俗'과 '낮음', '적음'의 세계에서 절망 밖에는 발견할 수 없었던 것이다. 그러나 이후의 시에서 시적 자아의 경계에 대한 의식은 희미해지고 있다. 무화되었다고 하는 편이 더 정확할 수도 있겠다. '속俗'에서 '성聖'을, '낮음'에서 '높음'을, '적음'에서 풍족함을 끊임없이 길어내고 있기 때문이다.

　경계에서 자유로워진 시인은 여기에서 한발자국 더 나아가, 이러한 분별이 생기기 이전의 세계, 근원의 세계로의 회귀를 염원하고 있다. 이 세계는 최후 심판의 날 이후의 영생의 세계도 아니고, 고통과 참회를 통해 획득할 수 있는 구원의 세계도 아니다. 신과 인간의 분별조차도 존재하지 않는 상징화 이전의 세계, 절대 순수의 세계이다.

그 쇠갈퀴 같은 할머니의 손에
가끔씩 붙들리고 싶지만
벌써 쭈글쭈글한
우주배꼽으로
돌아가신 지 오래다.
오늘도 난 볼록 튀어나온
내 배꼽을 만지며
그리움을 달랜다.

▌「영혼의 흔적」 부분

그 큰 물고기의 뱃속에
장님굴새우처럼 웅크리고 있는 동안,

밤인지 낮인지
콩인지 팥인지도 알 수 없는,
그 물컹한 칠흑의 동굴 속에서
죄짓는 일도
꺽꺽거리며 참회하는 일도 없는 세상을
더디게더디게 꿈꾸는 동안,

새우처럼 웅크린 내가
꿈틀대는 시간의 창자 간 쓸개 콩팥에 슬몃 녹아들어
나보다 큰 나로
환생할 수도 있었을 텐데……

주여,

왜 나를 동굴 밖으로 내치셨나이까

▌「요나」 전문

　인간의 배꼽은 태중, 모체와의 연결을 의미하는 탯줄을 자른 흔적
이다. 그러므로 배꼽은 인간에게 있어서 분리 이전의 통합된 세계에
존재했던 자아와 그러한 세계로부터의 추방에 대한 기억과 긴밀하
게 연결되어 있다고 할 수 있다. 「영혼의 흔적」에서 '우주배꼽'은 근
원의 세계와 관련이 깊다. 할머니가 돌아가신 곳이 '우주배꼽'이라는
대목에서 이 '우주배꼽'이 죽음의 세계를 표상하는 것임을 간취할 수
있다. 그러나 화자가 자신의 '배꼽을 만지며 그리움을 달랜다'는 것
과 '우주배꼽'에서 '신생아들의 울음소리가 들린다'(「장마」)는 시구에
서, '우주배꼽'이 단순히 죽음의 세계를 의미하는 것이 아니라 인간
의 낙원에 대한 선험적 기억과 관련된 것임이 드러난다.
　작품 「요나」에서도 근원적 세계에 대한 시적 자아의 염원을 확인
할 수 있다. '큰 물고기의 뱃속'은 죽음의 세계이자 탄생이전의 세계
라는 이중적인 의미를 갖는 공간이다. 요나가 바다에 던져져 큰 물
고기의 뱃속에 갇힌 사건으로 보면 죽음의 공간이지만 '새우처럼 웅
크리'고 있다거나 '동굴밖으로 내치셨다'는 표현에서 '칠흑의 동굴 속'
은 모태를 연상시키기 때문이다. 특히 '칠흑의 동굴 속'이 '밤인지 낮
인지/콩인지 팥인지도 알 수 없는' 공간이며, '죄짓는 일도/꺽꺽거리
며 참회하는 일도 없는 세상'이라는 것은, 이 '동굴 속'이 분별이 있
기 이전의, 모든 것이 통합되어 있던, 모든 대상과 동일성을 이루고
있었던 근원의 세계를 표상하고 있음을 의미하는 것이다. 화자는 이

러한 세상을 '더디게더디게' 꿈꾸고 있는 것이다.

고진하는 초기시 이후 순환론적인 시간의식을 견지하고 있다. 이는 죽음이 또 다른 삶으로 연결되고 죽음과 신생의 공간을 동일한 것으로 인식하는 구도에서도 확인되는 바이다.

> 너무 앞으로만 걸었어.
> 앞으로
> 앞으로
> 걸어도
> 진보는 없고
> 생은
> 진부해지기만 하니
> 이젠
> 뒤로 걸어보렴.
> (혹시 알아?)
> 뒤로
> 뒤로
> 걷다가
> 네 오랜 그리움
> 영혼의 단짝을 만나게 될지……

▎「뒤로 걸어보렴」 전문

순환론적 시간의식에 상대되는 개념은 선조적 시간의식으로 이는 근대의 특성 중 하나이며 종말론적인 기독교적 시간의식도 선조적이라 할 수 있다. 선조적 시간성이란 과거에서 현재, 현재에서 미래로 진행되는 직선적 시간으로, 근대와 관련하여서는 과학적이고 합리적이며 진취, 진보와 긴밀하게 연결된 시간성이다. 이는 다른 한편으로 시간이 자연으로부터 분리되고, 경제·과학과 결합하여 분절적이고 파편화 되었음을 의미하는 것이기도 하다. 세계가 소위 진보와 발달에 박차를 가할수록 미래지향의 근대적 시간은 점점 더 작은 단위로 분절되고, 이러한 분절이 진행될수록 분절의 주체였던 인간은, 오히려 분절된 시간에 종속되게 된다. 이러한 맥락으로 현대는 시간이 돈이고, 나태는 하나의 죄목이 될 수 있는 시대가 된 것이다.

위 시에서 화자는 '앞으로/앞으로/걸어도/진보는 없고/생은/진부해지기만' 했다며 이러한 시간성에 회의적인 태도를 취하고 있다. 나아가 화자는 이제 뒤로 걸어보기를 청유하고 있다. 뒤로 걷다보면 '네 오랜 그리움/영혼의 단짝을 만나게 될지' 모른다는 것이다. 여기에서 '오랜 그리움'은 「영혼의 흔적」에서 배꼽을 만지며 그리움을 달랜다는 대목을 연상시킨다. 즉 이 '오랜 그리움'은 근원의 세계에 대한 그리움인 것이다. 따라서 '영혼의 단짝'은 분리 이전, 자아와 통합적 관계에 있었던 모든 대상, 동일성을 이룬 모든 대상을 의미한다. 그러나 '뒤로 걷'는다는 것이 과거로의 회귀를 의미하는 것은 아니다. '앞으로 앞으로' 걸어보았다는 데서 알 수 있듯이, 이 근원의 세계에 대한 지향은 현실에 대한 역사의식에서 발로하고 있다. 그러므로 이는 과거로의 회귀에 대한 욕망이라는 단선적인 의미가 아니라, 현세계에 대한 밀도 있는 역사의식 뒤에라야 선취될 수 있는 미래로서의 '근원'인 것이다.

누가 방음벽을 설치해 놓았을까 아흔이 되신

노모의 귀는 캄캄절벽이다
그 절벽에 대고
고래고래 고성을 질러봐야
말들은 주르르 미끄러져 내리고 만다

…… 중략 ……

하루해가 다 저물도록
말의 성찬에 참여하지 못하지만
절벽에 갇힌 늙은 고독은 그래도 몸이 있다고
몸을 얻지 못한 말들이 다가와
고래고래 날뛸 때

▌「몸을 얻지 못한 말들이 날뛸때」 부분

　죽음의 세계와 신생의 세계가 순환적으로 동일성을 이루며 근원
의 세계를 표상한다고 할 때 '아흔이 되신 노모'는 근원의 세계에 근
접한 인물이라 할 수 있다. '우주배꼽'에 다가선 아흔의 '노모'에게는
'말'이라는 상징화된 의미들이 '미끄러져 내리고 만다.' '몸을 얻지 못
한 말들'이란 이 상징화 되지 못한 의미들을 표징하는 것이다. 이처
럼 인간에게 낙원의 기억으로 존재하는 근원의 세계는 의미들조차
상징화 되지 않은 세계, 모든 것이 분리되지 않고 한 덩어리로 존재
하는 상상계의 시공에 다름 아니다. 이러한 맥락에서 '절벽에 갇힌
늙은 고독'은 작품 「요나」의 '밤인지 낮인지/콩인지 팥인지도 알 수
없는', '죄짓는 일도/꺽꺽거리며 참회하는 일도 없는 세상'과 동궤에

자리한다. '몸을 얻지 못한 말들이 다가와/고래고래 날뛸 때' '절벽에 갇힌 늙은 고독'이 이를 밀어낸다는 대목에서는 근원의 세계를 지향하는 시인의 시적 상상력을 확인할 수 있다. 보편적인 시각에서 보면 위 시는, 소통도 불가능할 만큼 노화될 대로 노화된 인간의 소외로부터 오는 고독의 상황이다. 그러나 시인은 이를 아흔 노모가 상징화된 세계에서 소외된 것으로 보지 않는다. 우주배꼽에 근접한 세계에서 '말이 몸을 얻지 못한' 것으로, '늙은 고독이' '키로 쭉정이를 날리듯 밀어내고' 있는 것으로 인식하고 있는 것이다.

시인의 낙원으로서의 근원적 세계에 대한 염원은 매우 강하다. 이것은 종교적 의식의 경계를 뛰어넘는, 시인의 보다 근원적이며 궁극적인 의식의 세계이다. 이러한 시의식이 보다 큰 의미를 획득할 수 있는 것은 그의 초기시에서 보여준 현실에 대한 인식과 절망 뒤에 시인이 찾은 절대 순수의 세계이자 자유의 세계이기 때문이다.

제3장
진리에 이르는 자아의 여정

제1부 존재론적 성찰과 그 상상력

: 유안진의 『걸어서 에덴까지』
: 유봉희의 『잠깐 시간의 발을 보았다』
: 김후란의 『새벽, 창을 열다』

1. '로꾸거'의 시학, 거짓말로 참말하기
   : 유안진의 『걸어서 에덴까지』

세계란 동일성identity의 개념 없이는 성립되지 않는다. 카오스의 상
태가 질서를 수용하면서 세계로 구성된다고 할 때 이 태초의 질서라
는 것에 이미 동일성의 의미가 포회되어 있기 때문이다. 차이difference
로 존재하던 의미들이 동일성의 범주 안으로 환원되면서 세계는 비
로소 질서로 구조화 될 수 있게 되는 것이다. 따라서 인간 역사의
진보라든가 문명화의 과정이 이 동일성의 개념에 기반하고 있다고
해도 그리 틀린 말은 아닐 것이다.

포괄적인 의미망에서 진보란 동일성의 변증법적 과정이라 언명할
수 있을 것이다. 인간의 세계가 동일성에 기반하고 있다고 하지만

이 동일성이 견고해질 경우 그것은 하나의 권위 내지는 권력으로 작
용하게 될 것이며 권력이 있는 곳에는 반드시 저항이 있게 마련이기
때문이다. 기실 동일성의 범주 안으로 환원되지 않는 개념들은 타자
화된다는 맥락에서 동일성은 지배 의지와 긴밀하게 연결되어 있다.
이러한 동일성의 권력에 반기를 든 것이 해체주의라는 것은 잘 알려
진 사실이거니와 해체주의의 기획은 범주적으로 동일성이 의미를
지니기 위해 차이를 억압하고 은폐해 왔다는 사실을 폭로하는 데 있
었던 것이다.

유안진의 시가 기표의 미끄러짐이라든가 언어 유희라든가 하는
해체주의적 특성으로 파악되는 것은 아니지만 적어도 그 의도에 있
어서는 해체주의의 기획과 동궤에 자리한다고 볼 수 있다. 그의 시
는 우리사회에서 기원이나 근거처럼 구동되고 있는 확정된 의미를
'의심'(「의심의 옹호」)하거나 '거꾸로'(「정전사고」) 뒤집는 방법으로 동일성
을 해체하고, 억압되고 배제된 의미들을 호명해 개별적 차이로 위치
시키고 있기 때문이다.

> 아지랑이 눈빛과
> 휘파람에 얹힌 말과
> 강물에 뿌린 노래가, 사랑을 팔고 싶은 날에
>
> 술잔이 입술을
> 눈물이 눈을
> 더운 피가 심장을, 팔고 싶은 날에도

프랑스의 한 봉쇄수도원 수녀들은
붉은 포도주 '가시밭길'을 담그고
중국의 어느 산간 마을 노인들은
맑은 독주 '백년고독'을 걸러내지

몸이 저의 백년감옥에 수감된
영혼에게 바치고 싶은 제주祭酒
시인을 팔고 싶은 시의 피와 눈물을.

▌「사랑, 그 이상의 사랑으로」 전문

위 시는 주체와 객체의 전도로 중심을 해체하고 있는 경우이다.
'아지랑이 눈빛', '휘파람에 얹힌 말', '강물에 뿌린 노래' 등은 사랑의
감정으로부터 비롯된 것이지만 위 시에서는 이들이 오히려 '사랑을
팔고 싶은' 주체의 자리에 위치하고 있다. "술잔이 입술을/눈물이 눈
을/더운 피가 심장을, 팔고 싶은" 경우도 동일한 구도이다. 주·객체
의 전도는 몸/영혼, 시/시인의 관계에서 보다 농밀하게 이루어지고
있다. 변화, 소멸, 유한성을 표상하는 '몸'이 무변, 무한, 영원성을 담
보하고 있는 '영혼'의 '백년감옥'이 되고 있고, '시'란 '시인'의 생산물
이라는 관계를 뒤집고 '붉은 포도주'라든가 '맑은 독주'가 '시인을 팔
고 싶은 시'의 '피와 눈물'로 인유되고 있기 때문이다.
　이러한 주객전도의 구도는 「기타 등등뿐」이라는 시에서도 확인되
는데 '얼룩무늬 군복'이라든가 '정류장 과외지도 쪽지', '불심검문'과
같은 '기타 등등'에 속할 지나간 추억의 편린들이 화자의 관찰자로
주체의 자리에 위치하고 있다. 유안진의 시에서는 이처럼 주체의 자

리에 "주어 목적어 본문이 완전 삭제된", '허드레', '기타 등등'이 차지하고 있는 경우를 쉽게 확인할 수 있다. 이는 "메이저를 조롱하는 마이너이고 싶"은(「마이너리티」) 시인의 시의식에서 발로하는 것으로 볼 수도 있지만 보다 확장된 의미망에서는 주/객이라는 관계를 전도함으로써 동일성을 해체하려는 전략으로도 해석이 가능하다.

해체라는 방법적 의장의 측면에서 유안진의 시가 특징적이랄 수 있는 것은 그것이 관념적인 것에 머무는 것이 아니라 사회적인 의미망에 매우 구체적인 방식으로 근접해 있다는 점이다. 가령 「베드로는 닭고기를 먹었을까?」를 보자.

> 닭과 마주칠까 늘 가슴 조였을 테고
> 닭 소리 들릴 때마다 경기에 시달렸을 테고
> 닭살이 자주 돋아 가려움에 시달렸을 테고
> 계란이란 말만 들어도 알레르기에 시달렸을 테고
> 때 없이 닭 울음보다 깊고도 길게 울었을 테고
> 십자가에 거꾸로 매달려 순교하기까지
> 닭고기는커녕 계란조차도 없이 살았을 게다
> 너무너무 가난해서.
>
> ▌「베드로는 닭고기를 먹었을까?」 부분

위 시는 베드로의 배신, 즉 첫 닭이 울기 전에 세 번이나 예수를 부인한다는 성서 이야기를 배경으로 하고 있다. 베드로는 비록 신성을 위반하였다지만 오히려 이를 계기로 교회의 반석이 된 인물이다. "십자가에 거꾸로 매달려 순교"한다는 대목에서는 숭고함까지 느끼게 된다. 이 시에서 '닭'은 베드로가 이러한 자신의 배반행위를 떠올리게 하는 매개물이다. 그러므로 "닭과 마주칠까 늘 가슴 조"이고, "경기에 시달"리고 '닭살'이 돋고 "계란이란 말만 들어도 알레르기에 시달"리는 것은 죄책감을 표상하는 행위쯤 될 것이다. 또한 죄책감과 관련된 베드로의 행위가 위 시에서는 희화화 되어 나타나고 있음을 간취할 수 있는데 이는 화자의 신성에 대한 위반행위를 드러내는 장치로 이해될 수 있을 것이다.

그런데 마지막 행에서 기막힌 반전이 기다리고 있다. 시인은 이러한 이해의 맥락과 전거들을 마지막 행에서 여지없이 무화시켜버린다. "십자가에 거꾸로 매달려 순교하기까지/닭고기는커녕 계란조차도 없이 살았"던 베드로의 행위가 죄책감에서 연원한 것이 아니라 "너무너무 가난해서", 즉 경제적인 이유에서 기인한 것이었음이 드러난 것이다. 신성 위반이라 하면 신성을 전제한 행위이다. 이 시에서 반전이라는 시적 장치는 신성 위반을 수행함과 동시에 전제되어 있던 '신성'에 대한 의식 자체를 무화시키는 기능을 하고 있다. 시의 초점이 '신성'에가 아니라 '가난'이라는 인간적 삶에 맞추어져 있다는 의미이다. 이처럼 위 시에서 동일성의 해체는 신성에 대한 위반이라는 초월적 관념에서 머무는 것이 아니라 '가난'이라는 인간의 실존적 문제에 보다 긴밀하게 연동되고 있음을 알 수 있다.

> 대낮에도 어둡고 밤에는 더 검어 세상 구석인데도
> 세상이 제 몸 아니라고 도리도리하는 곳
> 사철 돋아나는 혓바늘과 구혈嘔血로
> 때로는 화산이다가 어느새 빙하가 되는 곳

아무 데나 한발만 밀어 넣어도
고향집 아랫목이 느껴지는 곳
아리고 쓰린 어머니 냄새 묻어나는 곳
혼자 있어도 성모님 함께 있다고 믿고 싶어지는 곳
산짐승도 지나다가 풀꽃이 되고 싶은 곳
여위고 창백한 풀포기들 쓰러져도 살아내는
곳이면서 곳인 응달 내 가슴 한쪽.

▌「그늘 곳」 부분

   헤겔 변증법의 최종적 목표는 개체들 간의 대립을 통한 '합슴'에 있다. 기실 이성이라든가 합리성이란 여러 다양한 모순들을 일정한 맥락으로 종합하는 능력이라 할 수 있다. 그런데 그런 종합의 양태가 강제성을 띠게 된다거나 내면화된 방식으로 구동될 때 그것은 억압으로 작용하게 되고, 주체로 귀속되지 않는 객체를 타자로 소외시키게 된다. 헤겔의 변증법이 이와 같은 동일성의 사유에서 자유롭지 않은 것이라면, 아도르노가 제안하는 변증법은 종합이 아닌, 양극의 모순을 극단에까지 밀고 나가는 데 중심을 두고 있다. 이질적인 것, 모순의 원칙을 강조하는 비동일성의 사유라 할 수 있는 것이다.
   유안진의 시는 이러한 비동일적 사유라는 맥락에서 읽혀진다. 그의 시에서 모순된 의미들은 어떠한 통합을 지향하지 않고 개별적 차이로 공존하고 있기 때문이다. 위 시에서 화자의 '가슴'을 표상하는 '그늘 곳'이 바로 통합되지 않는 모순 그대로의 공존이 가능한 '곳'이다. 이 시에서 '그늘 곳'은 "대낮에도 어둡고 밤에는 더 검"어 세상조차도 부인하는 '곳', "사철 돋아나는 혓바늘과 구혈嘔血로/때로는 화산이다가 어느새 빙하가 되는" 광막한 곳이다. 그러나 또 한편으로는 "아무 데나 한발만 밀어 넣어도/고향집 아랫목이 느껴지는 곳/아리고 쓰린 어머니 냄새 묻어나는" 근원의 세계이자 "여위고 창백한 풀포기들 쓰러져도 살아내는" 생명성 충만한 공간이다. 그런데 눈여겨 볼 것은 '그늘 곳'이 이 두 모순된 의미가 어느 일방향으로 통합을 지향하는 것이 아니라 모순된 채로 존재하는 공간이라는 점이다. 보통 파편화된 현실에서 근원의 세계를 지향하는 것이, 유대적 세계로의 동일화를 꿈꾸는 것이 보편적인 서정의 방식일 터이다. 그러나 위 시에서는 결코 유대와 통합의 근원의 세계로 귀결되지 않는다. 고통의 현실과 근원의 세계가 똑같은 무게로 공존함으로 비동일성의 세계를 구현하고 있다.

　　　남의 헌신보다는
　　　나만의 새 신이 좋지
　　　짓밟혀 닳고 닳은 헌 길보다는
　　　나만의 새 길을 내 힘으로 열고 싶지
　　　궤도이탈 아닌 궤도탈출軌道脫出이라고
　　　내 발길이 길이 된다고
　　　남유달라서 유일하다고
　　　절호의 기회라고
　　　무문자답無問自答한다

　　　어린 발가락들 데리고 맨발바닥이 만들어가는
　　　혼자만의 궤도 탐험

힘들고 서럽다
그래도 가야 한다 두려움과 함께
그래서 그래야 자유로운 거다 그만큼 내 세계 내 우주다.

▌「小行星」 전문

　화자는 '나만의 새길'을 가고자 한다. 화자에게 있어 동일성에 대한 저항은 '궤도이탈'이 아닌 '궤도탈출'의 의미를 지닌다. 능동적인 의지의 결과라는 의미이다. 그러나 동일성의 범주에서 벗어난다는 일이 그리 간단한 일은 아니다. 그것은 차이라는 원초적 관계에 내던져졌다는 의미이며, 끊임없이 타자와의 우발적인 마주침에 직면해야 한다는 의미이기 때문이다. 바디우는 이러한 '비대칭적 차이'를 포기해서는 안된다고, 힘들어도 끝끝내 견뎌내야만 한다고 역설한다. '둘'을 '하나'로 환원하려는 유혹을 견디어 낼 때 우리는 비로소 '진정한' 주체가 될 수 있다는 것이다.

　위 시에서도 동일한 사유의 맥락을 읽어낼 수 있다. "닳고 닳은 헌 길"을 간다는 것은 동일성의 범주에 귀속된다는 의미에 다름 아니다. "혼자만의 궤도 탐험/힘들고 서럽다"는 대목에서 동일성의 범주에서 탈출한 서정적 자아의 정서를 간취해 볼 수 있다. 그것은 힘듦, 서러움, 그리고 두려움이다. 그러나 화자는 "그래도 가야 한다"고 마음을 다잡고 있다. 그 길에 두려움이 수반된다는 것을 부정하지 않는다. 두려움 또한 주체에 귀속되지 않는 이질적인 정서의 하나일 수 있다. 화자는 이러한 두려움을 '함께 가야'하는 것으로 파악하고 있다. 결코 부정/긍정이라는 이분법적 관계에서 부정적인 대상을 긍정적인 것으로 환원시키는 메커니즘을 작동시키지 않는다. 이

러한 '힘듦', '서러움', '두려움'을 견뎌낼 때만이 "나도 나라는 까닭만
으로 가장 멋진"(「공부」)존재가 되는, 존재만으로 그 가치를 지니는 세
계에 이를 수 있을 것이기 때문이다.

2. 일상에서 일궈내는 존재의 의미
: 유봉희의 『잠깐 시간의 발을 보았다』

어떠한 사물이나 현상이 인간에게 의식되는 경우는 그것이 기대
하지 않은 상황, 즉 낯선 상황으로 다가올 때이다. 이와 대척되는 현
상으로 일상성을 생각해볼 수 있는데 일상성이란 바로 우리가 세계
에 대해 습관적으로 인식하는 형식들인 것이다. 그러므로 일상적인
것은 우리 의식에 포착되기가 쉽지 않다. 그것은 의식에 머무는 시
간 없이 그야말로 무의식적으로 흘러가는 어떠한 것에 불과하다. 이
러할 때 일상성이 의미를 가질 수 없음은 자명한 이치이다.

굳이 쉬클로프스키의 이름을 상기하지 않더라도, 너무도 익숙한
세계, 하여 어떠한 의미도 찾을 수 없는 통념의 세계를 인간으로 하
여금 낯설게 인식하도록 하는 것이 문학의 존재근거 중 하나가 될
것이다. 익숙한 대상일 때 그것은 스쳐지나갈 뿐, 결코 어떠한 의미
도 내어 보이지 않는다. 그러나 그것이 낯선 것으로 인식될 때 대상
은 풍부한 의미를 지니게 되며 포회하고 있던 많은 의미들을 외현하
게 된다.

유봉희의 『잠깐 시간의 발을 보았다』의 의미 또한 이러한 맥락에
서 벗어나지 않는다. 시인은 일상 속에 은폐되어 있던 의미들을 섬

세한 시선으로 찾아내어 밀도 높게 구현해 내고 있기 때문이다. 그의 시에 등장하는 소재나 상황은 거창한 것이 아니다. 침대라든가 선인장, 산책, 퇴근길 운전 등과 같이 일상 속에서 흔히 마주할 수 있는 대상이며 상황이다. 유봉희의 시를 읽는 재미는 이러한 미물이나 사소한 현상으로부터 인간 삶에 대한 통찰을 이루어내고 있는 시인의 신선한 시선과 감각에 있을 것이다.

> 철렁, 운전대 내 가슴을 내려치고
> 길 건너는 다람쥐
> 앞뜰에 무화과 익기 전에 다 따먹고
> 공원나무 도토리는 공차기 연습하듯 털어내다가
> 산책하는 내 머리를 맞히기도 하는 다람쥐
> 이 가지 저 가지 나무 타며 마음껏 즐거울 텐데
> 다람쥐가 다람쥐답게 사는 것일 텐데
> 나를 이리 놀라게 해도 되는지
>
> 잘 먹어서 통통 살찌고 자르르 털 흐르는 다람쥐가
> 빵만으로는 살 수 없다고 말하고 싶은 것인지
> 목숨을 걸고라도 넘고 싶은 길이 있다는 것인지
> 사람들은 꿈만 꾸다가 건너지 못하는 그 길을
> 설마, 다람쥐 네가 목숨을 놓고라도
> 건너고야 말겠다는 것인지
>
> ▌「길 건너는 다람쥐」 전문

인용시는 운전 중인 화자가 길을 가로질러 건너가는 다람쥐 때문에 놀란 상황을 그리고 있다. 화자에게는 놀랄 만한 일이었겠으나 다람쥐에게 있어서는 목숨이 왔다 갔다 하는 위험천만한 상황이었을 것이다. 화자는 다람쥐의 위험한 횡단이 연명을 위한 것이 아님을 표나게 밝히고 있다. "앞뜰에 무화과 익기 전에 다 따먹고/공원나무 도토리는 공차기 연습하듯 털어내"는 다람쥐의 행위와 "잘 먹어서 통통 살찌고 자르르 털 흐르는 다람쥐"의 외양에 대한 묘사가 그것이다. 이를 근거로 화자는 다람쥐의 횡단을 "빵만으로는 살 수 없다고 말하고 싶은 것"이라 해석한다. 다람쥐가 횡단한 길은 화자의 사유 속에서 "목숨을 걸고라도 넘고 싶은 길"로까지 그 의미가 확장되고 있다. 이러한 상상이 의미를 획득하고 있는 것은 바로 "사람들이 꿈만 꾸다가 건너지 못하는 그 길"을 인유하고 있는 것이기 때문이다.

고도의 자본주의 사회는 현대를 살아가는 인간으로 하여금 자본의 확보 내지 증식이라는 속적인 범주에 욕망을 집중시키도록 추동한다. 이러한 욕망과 결부되어 있는 자본주의적 일상에서 인간이 자본주의적 메커니즘과 분리된 이상을 꿈꾼다는 것은 매우 어려운 일이다. 그것은 어쩌면 "목숨을 놓고라도/건너고야 말겠다"는 의지가 없으면 꿈조차도 꾸지 못할 일인지도 모른다. 자본주의적 욕망이라든가 그것과 맞물려 돌아가는 자본의 시스템은 현대를 살아가는 인간에게 있어 거부하기 힘든 '힘'으로 작용하기 때문이다. 화자가 '빵'과 연동되지 않는 다람쥐의 횡단길에 대해 "사람들은 꿈만 꾸다가 건너지 못하는 길"이라 언표한 것도 이러한 맥락에서일터, 다람쥐가 길을 건너는 사소한 사건에서 화자는 자본주의적 삶에 매몰되어 있는 현대 인간의 삶을 반추해 낸 것이다. 시인은 "설마, 다람쥐 네가"

라는 표현으로 "목숨을 놓고라도 건너고" 싶은 '길'을 가질 수 없는 인간을, 아니 그러한 현실을 살게 하는 사회적 구조를 통렬하게 각인시키고 있다.

산길을 오르며 보니
시퍼런 이끼가
늙은 나무를 힘들게
덮쳐 누르고 있다.

산길을 내리며 보니
새파란 이끼가
등 시린 늙은 나무를
포근한 이불로 덮어주고 있다.

▌「마음 따라 눈 따라」 전문

오후 5시를 넘으며 개미 줄로 늘어선 자동차들
하루 혹은 여러 날의 권태와 피곤이 굳어서
운전석엔 갖가지 돌들이 앉아 있다.
잘못 건드리면 한방 날아들 것 같다.
억지로 한 줄에 꿰여서
같은 시간을 한 방향으로 가고는 있지만
누가 우리를 우리라고 부르겠는지.

고무줄도 늘어날 대로 늘어나면 끊어질 때 있겠지
입 꾹 다문 인내가 몇 층 집 올리다 허물어버리려는데

옆선 차에서 웃음이 날아온다.
저런! 돌을 깨고 꽃 한 송이 피었다.
매연의 거리에 피는 돌꽃
시원한 소나기를 만난 듯
우리는 힘차게 엑셀러레이터를 밟을 것이다.
웃는 돌이 우리라고 말한다.

▌「돌이 웃다」 전문

　유봉희의 시는 일상적인 현상에서 존재함에 대한 의미를 간취해
내고 있어 특징적이라 했다. 이는 시인의 사물에 대한 깊이 있는 관
찰과 사색, 그리고 그것을 자신 내지는 인간의 삶으로 치환하는 과
정을 통해 가능해지는 것이다. 그런데 이러한 사물이나 상황에 대한
시인의 인식 과정에서 또 하나 주목되는 것은 그것이 대상과의 화
해, 유대에로 향방지어진다는 것이다. 또한 그것은 회감이라든가 미
메시스 등과 같은 서정시 특유의 동화의 방법에 의해서가 아니라 순
전히 내재적 요인, 즉 서정적 자아의 인식의 전환을 통해서 이루어
진다는 점에서 차질적이다.
　「마음 따라 눈 따라」에서는 '이끼 낀 나무'라는 같은 대상에 대해
정반대로 인식하고 있는 화자의 내면을 보여주고 있다. 그렇다고 시
적 자아의 정서적인 변화를 그리고 있는 것은 아니다. 철저히 대상
에 대한 묘사를 통해 전화된 인식을 드러내고 있다. 이끼가 덮고 있
는 나무라는 객관적 상관물이 "늙은 나무를 힘들게/덮쳐 누르고 있"
는 것에서 "새파란 이끼가/등 시린 늙은 나무를/포근한 이불로 덮어
주고 있"는 형상으로 의미의 전화를 이룬 것이 그것이다. 이로써 이

끼와 나무가 갈등의 관계에서 유대의 관계로 전화되었으며 이는 서정적 자아의 세계를 보는 따듯한 시선, 세계와의 화해적 관계를 표상하는 것과 다르지 않다.

작품 「돌이 웃다」에서도 서정적 자아의 인식의 전환으로 세계와의 화해적 관계를 이룬다는 구도는 동일하다. 막히는 차 안에서 화자는 "하루 혹은 여러 날의 권태와 피곤"이 한꺼번에 몰려옴을 느끼고 "잘못 건드리면 한방 날아들 것 같"은 팽팽한 긴장으로 포화되어 있는 상태에 놓여있다. 화자는 이러한 상황에 처한 자신을 운전석에 앉아 있는 '돌들'로 표상하고 있다. "개미 줄로 늘어선 자동차들"과 그 안의 운전자들 또한 동일한 상황에 놓여 있기는 마찬가지이다. 그런 의미에서 화자와 운전자들은 '우리'라는 범주로 묶일 수 있을 것이다. 그러나 화자는 "누가 우리를 우리라고 부르겠"냐고 반문한다. 이는 서로가 서로를 "잘못 건드리면 한방 날"릴 타자로 인식하는 것에서 기인하는 것이다. 이러한 '우리'의 관계는 옆선 차에서 날아온 '웃음'에 의해 변화된다. 시에서는 구체적으로 묘사되고 있지 않지만 이러한 변화에는 물론 화자의 인식의 전환이 전제되어 있는 것이다. '웃는 돌'이 표상하는 바가 그것이다. 인식의 전환으로 화자는 "억지로 한 줄에 꿰여서/같은 시간을 한 방향으로 가고" 있을 뿐인 우리를 비로소 '우리'라고 부를 수 있게 된 것이다.

이처럼 유봉희의 시에서는 시인이 착목하는 시적 대상을 통해 세계와의 거리를 좁혀가며 갈등의 관계를 화합과 유대의 관계로 전화시키는 일관된 자세를 보여주고 있다. 그렇다면 이러한 긍정의 서정성은 어디에서 기인하는 것일까. 그것은 시인의 근원적인 것에 대한 탐구와 복원에 의해 가능해진다.

시퍼런 물이 가로 놓여 있었어
꼭 건너가야 하는데 뛰어넘을 수도 없고
돌아가는 길도 보이지 않는데.
죽을힘을 다하여 펄쩍 뛰어보는 수밖에
물가에 닿은 발이 뒤로 넘어가려는, 그 찰나
내 허리를 받쳐서 물가로 올려놓는 손
꿈속에서도 놀라워 뒤돌아보니
두 손으로 나비 날개를 만들어
내 허리를 받친 엄마 손.

……

깊은 산 속 나무도 안 되시고
내 허리에 나비 손을 만드시는 어머니.

▐「어머니의 나비 손」 부분

팔 위에 내려앉은 나비
푸른 날개가
고요의 무게로 접혔다.

……

환하게 얼어붙은
나비가 내려앉은 몇 초
무용수가 공중에 머무는 몇 초로
태고의 정적을 모셔왔다.

▐「나비가 머문 자리」 부분

시원에 대한 선험적 기억은 통합적 상상력에서 연원한다. 근원의 세계란 아직 의미의 분화가 일어나지 않은, 분리되지 않은 통합의 세계이기 때문이다. 시에서 근원을 표상하는 대표적인 대상으로 아버지가 아닌 어머니가 상정되는 것은 모체와 분리되지 않았던 태중의 선험적 경험 때문일 것이다. 위 시들에서 '나비'는 '태고'를 상기하게 하는 근원적 대상, 더 구체적으로는 '엄마'를 표상한다. 꿈속에서의 '엄마'와의 조우는 단순한 회상이나 그리움의 결과가 아니다. 그것은 현실과 연루되어 세계와의 화합을 지향하는 서정성의 근원으로 기능하고 있다.

"시퍼런 물이 가로 놓여 있"고 "꼭 건너가야 하는" 그 길에서 "뛰어넘을 수도 없고/돌아가는 길도 보이지 않"아 "죽을힘을 다하여 펄쩍 뛰어보는 수밖에" 도리가 없을 때, 그 상황은 가히 사면초과라 할 수 있을 것이다. 그런데 "물가에 닿은 발이 뒤로 넘어가려는, 그 찰나/내 허리를 받쳐서 물가로 올려놓는 손"이 있는데 그것이 바로 어머니의 손, 근원적 대상의 손길이다. 내생의 "깊은 산 속 나무"의 삶도 포기하고 "내 허리에 나비 손을 만드시는 어머니", '고요의 무게'로 '태고의 정적'으로 자신을 떠받치고 있는 근원적 대상에 대한 기억의 복원은 현실에서 "온통 아픈 세상에 살면서 혼자만 아프지 않겠다면/참으로 죄짓는 일 같다"(「마중물」)는 유대정신의 연원이 되는 것이다.

3. 빈 의자, 존재의 자리 : 김후란의『새벽, 창을 열다』

유안진과 유봉희의 시들이 주로 구체적인 대상이나 사물을 매개로 진리에로의 여정을 보여주고 있다면 김후란의 시는 자연이라든가 우주, 절대자와 같은 형이상학적 세계에 기투하는 양상을 보여주고 있다. 50여년의 작품 활동 기간이 말해 주듯 그의 시는 잔잔한 물결과 같이 고르고 안정감 있다. 물 흐르듯 자연스러운 호흡으로 인생을, 사랑을, 생명을 노래하는 그의 시 편편들은 서로 닮은 듯 하면서도 매우 다채로운 것이 특징이다.

인생치고 치열하지 않은 삶이 어디 있겠는가. 더욱이 격동의 한국 현대사를 고스란히 살아내야 했던 시인의 고투는 미루어 짐작할 만한 것이다. 그러나 그의 시에서는 이러한 치열함이라든가 모순에 대한 날선 시선은 보이지 않는다. 거칠었을 체험들은 오랜 시간에 걸쳐 발효되고 그의 시에서는 침윤되어 있는 이러한 시적 경험으로부터 걸러지고 정제된 존재론적 사유만이 현현되고 있다.

그의 시에서 존재에 대한 폭넓은 의미망을 포회하고 있는 상관물이 바로 '빈 의자'이다.

> 눈 덮인 언덕길을 걸었다
> 아무도 밟지 않은 길
> 힘겨울 때면 잡아 주는
> 보이지 않는 손이 있었다
> 훈훈한 바람이
> 목에 감겨든다
> 앉을 자리를 둘러본다

뚜벅뚜벅 걸어온 내 발자국이
나를 쳐다보고 있다
∥「눈 덮인 언덕에서 - 빈 의자·2」 전문

의자를 보면 앉고 싶다
누군가를 기다리는
빈 의자
살아 있음을 증거하듯
바람이 쉬어 가는 그 품에
삶의 무게를
내려놓고 싶다
∥「의자를 보면 앉고 싶다 - 빈 의자·1」 전문

바람이 분다 은행잎이
흩날린다
내 마음속 빈 의자에
황홀한 몸짓으로 떨어진다
나를 버리라 한다
나 물들어
고운 낙엽이 되어
이리저리 바람결 따라
헤매다가
적멸문턱에 놓인 의자에
고이 눕는다
∥「낙엽이 되어 - 빈 의자·9」 전문

　‘빈 의자’를 소재로 아홉 편의 연작시가 씌어진 만큼, 우리는 ‘빈 의자’의 의미망에서 김후란의 시적 사유의 맥락을 짚어볼 수 있을 것이다. 먼저 위 시들에서 ‘빈 의자’는 서정적 자아와의 관계성에서 의미지어지고 있다. ‘빈 의자’는 ‘누군가’를 기다리고 있다. 그 대상은 의자를 응시하고 있는 화자 자신이었을 수도 있고 또 다른 누군가일 수도 있다. 그런데 “뚜벅뚜벅 걸어온 내 발자국이/나를 쳐다보고 있다”에서 확인되듯 화자가 마주친 것은 바로 화자 자신이다. 더 구체적으로는 “뚜벅 뚜벅 걸어온 내 발자국”, 즉 지난했던 생의 긴 여정이라고 할 수 있을 것이다. 화자는 그 긴 여정에서 “아무도 밟지 않은 길”에서 “힘겨울 때면” 그를 격려하고 잡아 주는 ‘보이지 않는 손’이 있었음 또한 돌이켜 기억한다. ‘빈 의자’는 서정적 자아에게 지나온 삶 속의 나와 마주할 수 있는 공간, 성찰과 사유의 공간인 셈이다.

　서정적 자아는 이제 그 치열했던 “삶의 무게를/내려놓고 싶”어 한다. 그러나 그것은 한가로운 쉼이라든가 여유를 기원하는 것이 아니다. ‘내려놓는다는 것’은 ‘나를 버리는 것’이다. 어쩌면 그것이 실존적인 삶보다 더 치열한 것일 수 있다. ‘물들고’, ‘고운 낙엽이 되’고 “이리저리 바람결 따라/헤매”는 것은 ‘나를 버리’고 ‘보이지 않는 손’, 즉 절대적 존재의 순리에 따를 때 가능해지는 것이다. 이러한 경지에 이를 때 서정적 자아는 비로소 “적멸문턱에 놓인 의자에/고이 눕는” 참다운 안식을 얻게 된다.

　　　모든 곳은 누군가가 앉았던 자리
　　　보이지 않아도 영원히 숨 쉬며
　　　다음 분을 위해

햇살이 가만히 손을 얹고
기다린다
한없이 다사롭다

「생명의 깃털 - 빈 의자·4」 부분

지나간 일들
지나간 사람들
다가올 일들
모두가 익숙하고 모두가 낯설다
의자는 무거운 나를 보듬고
쉬어 가라 쉬어 가라 자장가를
불러 준다
가만 가만히

「비밀의 계단 - 빈 의자·5」 부분

사라져 가는 것의 작은 흔적도
다시없이 귀한 눈물이다
내 가슴을 딛고 가는 어떤 형상이
떠난다 해도
그 울림이 영원으로 이어진다
지구를 박차고 날아오른 새 떼
하늘 아득히 물무늬 지듯

「마음의 고리 - 빈 의자·3」

자신의 삶을 반추하고 그 안에서의 자아를 만나고 나아가 그러한 모든 것으로부터 해탈하려는 의지를 현현하고 있는 것이 '빈 의자'라는 사물이자 공간이었다. 그런데 자아와의 관계에서 직조되었던 '빈 의자'의 의미는 이제 타자와의 관계에까지 나아가기에 이른다. 시적 자아의 내면에 집중되었던 의식이 외재적 세계로 확장된 것이다. 뿐만 아니라 "모든 곳은 누군가가 앉았던 자리"에서 보듯 '빈 의자'에서 느껴지는 물리적 공간성, 그 협소함 또한 탈화되고 있다. '누군가가 앉았던 자리'라는 것은 지금은 빈자리라는 뜻이고, 지금까지의 맥락에서 보면 '빈 의자'를 의미한다. 그런데 이 '빈 의자'가 '모든 곳', 즉 '모든 곳'이 '빈 의자'라는 것이다. '나'를 버려 '적멸'의 경지에 이르듯, '빈 의자'라는 기표에서 벗어날 때 '모든 곳'이 '빈 의자'가 될 수 있다는 통찰이다.

이 '빈 의자'는 '지나간' 것들과 '다가올' 것들을 연결하고 '익숙'한 것들과 '낯선' 것들의 매개가 된다. "사라져 가는 것의 작은 흔적" 또한 '영원'으로 이어지고 있다. 이러한 관계의 '고리'가 되는 것이 '마음'이다. 나를 버리고 번뇌의 경계에서 적멸의 경지에 들고자 할 때, 가장 먼저 내려놓아야 할 것이 '마음'이지만 대상과의 관계를 결정짓는 매개 또한 마음인 것이다. 결국 '빈 의자'는 시인이 지향하고 사유한 세계이자, '마음'으로 표상되는 자아의 내면세계가 되는 셈이다.

그렇다고 김후란의 시가 이러한 존재론적 사유에만 머물고 있는 것은 아니다. "지구를 박차고 날아오른 새 떼"에서 감각되는 도약과 비상의 상상력이 김후란의 시세계에서 또 하나의 축을 이루고 있다.

> 고요함 속으로 걸어오는
> 발자국 소리

존재하지 않는 소리가
태어나고
힘 있게 일어서는 생명의 빛

길 없는 길 열어 가는
새 떼처럼
나도 이 아침 날개를 펴다

▌「새벽, 창을 열다」 부분

이처럼 눈이 많이 오는 날은
내 이마에 빗물이 되어 흘러내리는
무의미의 의미를 알 것 같네

어디선가 눈발을 헤치고
오고 있을 그대여
우리는 부딪쳐 부서질
운명임을 알면서
그러나 결코 스러지지 않을
운명의 핵을 보듬고
저 별들이 환한 대낮에도
소리 없이 살아 있고
눈비 올 때도 그대로 빛을 쏘는
거대한 우주의 비밀처럼
우리는 이미 하나의 빛
깨끗한 눈물 한 줄기로

흐르고 있어

그대의 손이
나를 잡고 일어설 때
아, 그때 나는 알겠네
결코 무너지지 않을 나를
보게 된다는 것을

▌「예감豫感」 전문

　새는 김후란의 시에서 자주 등장하는 자연물로 '떼'를 이루고 있다
는 특징이 있다. 그의 시에 등장하는 '새 떼'는 "박차고 날아오"르고
"힘 있게 일어서"는 등 매우 역동적으로 묘사되고 있다. 이 '새 떼'는
"나도 이 아침 날개를 펴다"에서 보듯 바로 시적 자아의 미래를 향한
굳건한 의지를 표상한다. "우리는 부딪쳐 부서질/운명"이라는 인간
의 유한성에 대한 인식이 허무나 관조로 나아가는 것이 아니라
"힘 있게 일어서는 생명의 빛"이라든가 "결코 스러지지 않을/운명의
핵"이라는 역동적 에네르기로 뻗어가고 있는 것이다.
　비상하는 '새 떼'와 함께 김후란 시의 또 다른 소재적 특징으로 꼽
을 수 있는 것은 실존적이지 않은 대상의 등장이다. '빈 의자' 연작
시에 등장하는 '누군가'가 그러하고 위 시에서의 "발자국 소리"나 '그
대'가 그러하고 '너'('그곳에」)가 그러하다. 그의 시에서 이러한 대상들
은 구체적인 실존을 드러내지 않는다. '누군가'는 기다리는 대상이거
나 이미 지나간 존재이다. "발자국 소리"는 "존재하지 않는 소리"이
며 '그대'는 "오고 있을 그대"이다. '너'는 여기에 있는 것이 아니라

'그곳에' 있다. 다양하게 명명되고 있는 이 대상들은 시적 자아와의 실존적 마주침이 없다는 점에서 동일하다. 김후란의 시에서 드러나는 시적 자아에게 드리운 존재의 강한 아우라는 바로 이러한 구조에서 연원하는 것이 아닐까. 이 존재는 경건한 절대자일 수도 있고, 근원적 자연일 수도 있으며, 살아가면서 우발적으로 마주칠 타자일 수도 있다. 그의 시에서 이 존재는 그만큼 다양한 의미로 발현되고 있다. 중요한 것은 그것이 어떠한 형질의 존재이든 그의 "손이/나를 잡고 일어설 때", "결코 무너지지 않을 나를/보게 된다는" 것이다.

형이상학적 사유 속에서 "모든 게 새로운 도전이다/우리에겐 내일이 있다"(「태풍 앞에」)라는 실천적 의지를 발견하기란 쉬운 일이 아니다. 시인의 존재론적 사유와 생에 대한 강한 의지 사이에는 존재에의 기투, 존재와의 연대가 관류하고 있었던 것이다. 시인에게 '기다림'이 "살아 있다는 증거"(「빛이 다가오듯이」)일 수 있고, "나는 혼자이면서/혼자가 아니다"(「그림자」)라는 인식이 가능한 것은 바로 이러한 맥락에서이다.

김후란의 『새벽, 창을 열다』는 성찰과 관조의 정적인 정서와 존재에 대한 감각적 사유, 그리고 "길 없는 길을 열어가는" 도전과 극복의 의지를 동시에 담지하고 있다는 점에서 의의가 있다.

제4장
불안, 존재의 완성에로 나아가는

제1부 존재론적 성찰과 그 상상력

: 김완하의 『절정』
: 이은봉의 『걸레옷을 입은 구름』
: 정호승의 『여행』

1. 본연적 존재로의 회귀 : 김완하의 『절정』

키에르케고르가 선취했던 뛰어난 업적 중 하나는 '불안'이라는 정서를 인간의 근원적 차원으로 승화시켰다는 데에서 찾을 수 있을 것이다. 사르트르의 실존철학이 이를 계승하고 있음은 잘 알려진 사실이다. '불안'은 인간이 '자율적 존재자'라는 사실에서 기인하는 것으로, 다른 말로 하면 인간이 놓인 '자유'라는 상태에서 비롯되는 정서이다. 인간은 근본적으로 어떠한 운명에 속박된 존재가 아니기 때문에 오직 자신의 판단과 의지에 따라 삶을 영위해가야 한다는 의미이다.

정해진 것이 없다는 것, 매 순간 순간이 '무'로 주어진다는 것에서 인간은 불안을 느낄 수밖에 없다. 이러한 맥락에서라면 인간에게 자유가 주어진 것이 아니라 자유에 인간이 내던져진 것이라는 언술이 더 타당할지 모른다. 자유를 형벌로 인식한 사르트르의 사유 또한 이러한 맥락에서이다. 이러할 때 인간은 주체이기를 욕망하면서 또 한편으로는 이러한 불안에 놓이고 싶어 하지 않는 양가적인 태도를 내재하게 된다. 끊임없이 자유를 외치면서도 제 스스로 자유를 저당 잡힌 채 권위로운 대상에 복속되거나 동일성의 범주 안에 편입됨으로써 불안에서 벗어나고자 하는 태도가 그것이다.

자본주의 사회에서의 현대인 또한 예외가 아니다. '자율적 존재자'라는 불편한 직함은 일찌감치 반납하게 하는 메커니즘에서 현대인에게 있어 '불안'이라는 정서는 동일성의 범주에서 소외될까, 주어진 커트라인에 미치지 못할까, '자율적'으로 형성된 발전의 속도를 따라가지 못할까에 대한 염려와 동일한 의미역에 자리하는 것이기 때문이다.

이러한 세계에 멀미를 느끼고 지금 여기에 속해 있으면서도 끊임없이 세계와의 '거리'를 상정하고자 고투하고 있는 시인이 김완하이다. 이 '거리'는 너무 가까워도 또 너무 멀어서도 안 된다. 시인의 불안은 이 '거리'의 유지에 관한 것이라 할 수 있겠다. '거리'가 확보되어야 인식이 가능하고 비판이 가능하며 변화가 가능해지는 것이다. 『절정』에는 그러한 고투의 과정과 이를 통해 궁극적으로 이르고자 하는 본연적 존재의 표상이 현현되어 있다.

> 새벽 바트를 타고
> 샌프란시스코 공항으로 가며
> 유리창에 머리를 기대고
> 잠시, 밖을 내다본다

갑자기 역주행 하는 듯
현기증 돋고 심한 멀미가 인다

가까이 있는 사물이 속도를
바꾸어 반대로 도는 듯하고
새벽, 까만 어둠 속에서
가까운 차들의 불빛만 앞으로 나아간다

내가 탄 바트는 뒤로 밀리 듯
착각에 빠질 때,
급히 머리를 들어 저 멀리
시선을 내어 던져야 했다

세상이 너무 가깝다 싶을 때면
얼른 이마를 떼어내
반대편을 바라보아야 한다
가파른 속도에 빨려들지 않기 위해서
너무 가까이 닿지 말아야 한다

▌「바트 안에서」 전문

　전진하는 대상들에 있어 상대적으로 느리다는 것은 위 시의 상황
에서처럼 멈추어 있음을 넘어 '역주행'하는 것으로 감각될 수 있다.
자본주의적 현대 사회에서의 삶의 속도에 대한 감각 또한 이와 다른
것이 아니다. 가속화의 세계에서 속도를 따라가지 못한다는 것은 곧
삶의 질 또한 '뒤로 밀리는' 것을 의미하기 때문이다. 이러한 상황에

서 존재가 할 수 있는 최선의 방법은 두 가지이다. '가파른 속도에 빨려들'어가는 것, 즉 앞만 보며 전보다 더 높은 속도로 치열하게 거리를 좁혀가는 것이 그 하나이고 위 시의 화자처럼 '급히 머리를 들어 저 멀리' 혹은 '반대편을 바라 보'는 것이 다른 하나이다. 이도 저도 아닌 상황에 처하게 된다면 '가까이 있는 사물이 속도를 바꾸어 반대로 도는 듯'한 심한 '현기증'과 '멀미'로 이 세계에서 자신을 온전히 보전하기조차 어려워지게 되기 때문이다.

시인은 후자를 택한다. '세상'에서 벗어나 있지 않으면서 '세상이 너무 가깝다 싶을 때면 얼른' 거리를 두는 것이다. 시인은 '가파른 속도에 빨려들지 않기 위해서 너무 가까이 닿지 말아야 함'을 늘 되새기고 있다는 의미가 될 것이다. 그러나 탈속적 공간에서 수도를 하는 것보다 세속에서 도를 구현하는 것이 더 요원한 일인 것처럼 '세상' 속에서 '세상'과의 일정한 거리를 유지한다는 것 또한 강인한 의지와 고투 없이는 불가능한 일이다.

"쇠와 쇠가 부딪치는/금속성의 시간을 벗어나/골목처럼 갇힌 레일 위를 뛰쳐나가/온몸에 땀 흘리며/들판을 달려가고 싶다"거나 "한 치도 헤어날 수 없는 이 속박을/깡그리 벗어 던지고/영원 속으로 사라지고 싶다"(「KTX」)는 절규는 이러한 맥락에서 연원하는 것이다. 주목되는 것은 '한 치도 헤어날 수 없는 이 속박'이라는 표현에서 드러나듯 시인의 존재 방식에 대한 탐구는 '세상' 밖의 초월적 세계에서 이루어지는 것이 아니라 철저하게 '세상' 내의 존재를 기반으로 수행된다는 점이다.

'봄 속의 봄'(「봄 속의 봄」)이라든가 '집 속의 집'(「그늘 속의 집」)이라는 표현이 표상하는 바가 바로 세계 내 존재, '지금 여기'의 존재로서의 진정한 자아실현 내지는 존재의 완성인 것이다. 이는 시집 『그리움 없인 저 별 내 가슴에 닿지 못한다』에서 '어둠만이 빛을 지킨다'고 하였던 인식태도와는 사뭇 다른 양상이다. 빛은 어둠이 있을 때에라 야 의미를 갖게 된다는 것이 전의 사유방식이었다면 『절정』에 와서 는 빛은 '빛 속'에 진정한 빛의 의미를 포회하고 있다는 인식인 것이 다. 그것이 어둠을 통해 드러나든, 빛 속에서 드러나지 않든 변하는 것은 없다. 기능 차원에서의 빛이 아니라 존재 자체로서의 빛에 대 한 사유이기 때문이다. 존재가 본질에 앞선다는 인식인 것이다.

그림자 따라 걷다가
빈집 앞을 지난다
제 그림자 볼 수 없어 매미는
땡볕 속에 소리를 쏟아낸다
소리에는 그림자가 없다
마당엔 풀들이 가득 에워싸고
집에는 그림자 풍년이 들었다
제 그늘 속에 집은
턱 하니, 또 한 채의 집을 짓고
마당 가득 풀을 키웠다
우거진 그늘 안고 누웠다
이곳에 살던 사람들
밖의 세상으로 떠나보내고
집은 비로소 집에서 벗어나
그늘 속으로 내려 앉았다
집을 세운 사람들 품고,

> 낑낑대는 강아지 한 마리의 밤도
> 아늑하게 품어 키웠다
> 이제 새벽 별빛만 뜰팡 위로 구른다
> 사람들이 떠나자 집은
> 비로소 허물을 벗어버리고
> 한 채의 그늘로 돌아가
> 집 속에 집을 완성하였다

▌「그늘 속의 집」 전문

　화자는 자신의 '그림자'를 따라 걷다가 '빈집'과 마주하게 된다. '빈집'은 한때 '집을 세운 사람들'과 '이곳에 살던 사람들'을 품고, '낑낑대는 강아지 한 마리의 밤도 아늑하게 품어 키웠'으나 지금은 '새벽 별빛만 뜰팡 위로 구르고' 있을 뿐이다. 이러한 묘파가 아니어도 '빈집'이라 하면 버려짐과 연계된 스산함을 먼저 떠올리게 마련이다.

　그런데 위 시의 '빈집'에는 '그림자 풍년'이 들었다. '이곳에 살던 사람들 밖의 세상으로 떠나'고 나서야 '집은 비로소 집에서 벗어나 그늘 속으로' 즉 제 '그림자' 속으로 내려앉게 되었다. 그 때에서야 '비로소 허물을 벗어버리고 한 채의 그늘로 돌아가 집 속에 집을 완성'하게 되었다는 것이다. '집은 비로소 집에서 벗어나'라는 시구에서 전자의 '집'이 뒤에 나오는 '집'과 동일한 '집'이 아님은 어렵지 않게 간취할 수 있다. 전자의 '집'은 기능으로서의 '집'이고 후자의 '집'은 기능성이라는 '허물'을 벗어버린 본연의 존재로서의 '집'이다.

　이 시에서 '집'은 '살던 사람들'과 '낑낑대는 강아지 한 마리'까지도 넉넉하게 품어 키우는 그 기능을 다 한 후에도 쓸모없는 폐허로 남지 않는다는 데 의미가 있다. 존재가 본질에 앞선다는 시인의 인식을 확인할 수 있는 대목이다. 그렇다면 이 시에서 '그림자'가 표상하는 바는 무엇일까. 아마 플라톤이라면 벽에 비쳐진 본질의 허상쯤으로 말하겠지만 존재가 본질에 앞서는 것으로 인식하는 시인의 경우 이러한 패러다임을 전복한다. 위 시에서 '그림자'의 의미는 오히려 본연의 자아, 본연의 존재에 더 가깝기 때문이다.

 그러므로 '집'이 제 기능을 다 하고 나서 제 '그림자' 속으로 내려앉는다는 것은, 세계 내에서 사회의 일원으로 실존적인 삶을 살아가는 존재가 도구적 존재에 매몰되는 것이 아니라, 제 그림자를 품고 있듯 진정한 자아를 잃지 않고 있는 양태를 현현한 것이라 할 수 있다.

      히말라야의 쇠재두루미는

      나뭇가지에 앉지 않는다

      봉우리를 넘을 때 높은 암벽 칼날

      향해서 나래친다

      힘이 부치면,

      더 높은 벼랑으로 차 오른다

      천길 바닥으로 떨어지는

쇠재두루미떼 그림자 쌓여

히말라야는 점점 높아간다

▌「절정」 전문

'히말라야'는 완성된 존재의 표상이다. '쇠재두루미'는 궁극적으로 히말라야를 넘고자 하는 즉 완성에 이르고자 하는 존재를 표상한다고 할 수 있겠다. '나뭇가지에 앉지 않'는다거나 '힘이 부치면 더 높은 벼랑으로 차 오른다'는 것에서 '쇠재두루미'가 표상하는 존재의 치열한 고투를 간취할 수 있다. 그러나 궁극적으로 '히말라야'는 넘을 수 없는 '절정'이다. 존재가 고양되면 될수록 그 '그림자'가 쌓여 '히말라야'는 또 그만큼 높아지기 때문이며 또한 '점점 높아갈' 것이기 때문에 그러하다. '허공이 지은 집 한 채', 그 '절정'에는 '그렇다, 끝내 닿을 수 없'(「옹이 속의 집」)는 것이다.

'절정'은 꼭짓점이다. '절정'이란 상승과 하강의 변환점이기 때문이다. 절정의 상태로 지속될 수 있다면 그것은 이미 절정이 아니다. 다시 말해 '절정'에 이르고 나면 반드시 하강으로 이어진다는 의미이다. 그러므로 존재는 '힘이 부치면 더 높은 벼랑으로 차 오르'고 존재가 차 오르면 오를수록 '히말라야는 점점 높아간다'는 것은 존재의 완성에 이르는 도정에 끝이 없음을 의미하는 것이라 할 수 있다.

2. 죽음을 살다 : 이은봉의 『걸레옷을 입은 구름』

자본주의 현대사회에서 '불안'은 인간으로 하여금 끊임없이 계급의 경계를 강화하고 타자를 양산시키도록 추동한다. 타자화는 다시 경계를 강화하는 기제가 되고 경계 안의 계층은 이를 통해 연대를 더욱 견고히 하게 된다. 경계의 문턱이 높으면 높을수록 그 문턱을 넘고자 하는 욕망과 노력 또한 강해질 것이고 타자의 욕망이 집중될수록 경계 안 계층의 가치는 또 그만큼 높아가는 이치와 같은 것이다. 이 뫼비우스 띠와 같은 끊임없는 순환과정 속에서 모든 가치와 대상은 수단과 도구로 타자화될 가능성을 배태하게 되었으며 현대인은 진정한 주체에 대한 감각을 사장한 채 경계의 안팎에서 불안해하고 있는 것이다.

인간으로 태어났다는 것 자체가 주체가 됨을 의미하는 것은 아니다. 단지 세계에 존재한다고 해서 주체인 것이 아니라 주체로서의 책임을 다할 때 진정한 주체가 되는 것이다. 이 책임이 키에르케고르에게는 '신 앞에 선 단독자'로서의 성찰로, 사르트르에게는 앙가주망의 양태로 발현되었지만 주체됨에 있어 가치에 대한 비판적 인식과 선택, 책임이 따른다는 점에서는 동궤에 자리하는 의미라 할 수 있다.

'세상에 나온 지 60년, 시단에 나온 지 30년'이 된 시인 이은봉의 『걸레옷을 입은 구름』이 의미 깊게 다가오는 것이 바로 이러한 맥락에서이다. 그의 시에서는 인간의 끊임없는 욕망으로 타자화시켜 왔던 대상에 대한 책임의식을 확인할 수 있기 때문이다. 이은봉의 시에서는 타자화된 대상이 어떠한 모습으로 인간에게 되돌아오는지,

되돌아온 대상과는 또 어떠한 모습으로 공존하게 되는지, 그러한 공존으로 인간은 어떠한 새로운 불안에 봉착하게 되는지가 면밀하게 현상되어 있다.

나는 물이다 푸른 강물이다 출렁출렁 흐르고 있다 낮은 곳 찾아 달리고 있다 내 발길 누구도 막지 못한다 바다까지 능청능청 흐르고 있다 달리고 있다 아득한 곳 향해

나는 물이다 최고의 선이다 높고 깊은 마음으로 뭇 생명 끌어안고 있다 내 발목, 더는 다치고 싶지 않다 어떤 불도저도, 어떤 포클레인도 내 사랑, 무너뜨리지 못한다

나는 물이다 아직은 건장한 육체다 팔다리다 씩씩하고 탱탱한 구릿빛 어깨다 우람한 내 알몸, 누구도 훼손하지 못한다 당신의 낡은 삽도, 풍만한 자본도, 들끓는 욕망도.

「나는 물이다」 전문

이은봉은 인간이 끊임없이 도구화해 온 대상들 중에서도 자연에 초점을 맞추고 있다. '흙에서 나서 흙으로 돌아간다'는 말이 있듯 생명의 생성과 소멸이 자연의 섭리에 속하는 것이라는 점에서 일면 당연한 귀결이라 할 수 있겠으나 시인에게 자연은 그 이상의 의미이다. 시인은 '자연의 언어'를 '신의 언어'로, '진리의 언어'로 인식하고 있으며 이 자연의 언어를 바로 읽는 일이 시인의 임무라 생각하고 있기 때문이다. 위 시는 이러한 시인의 인식이 잘 드러나 있는 작품

이다.

위 시의 화자는 만물의 근원이라 할 수 있는 물이다. 화자의 단호하면서도 정언적인 어조는 그야말로 '신의 언어'를 연상케 한다. 특히 '나는 물이다 최고의 선이다 높고 깊은 마음으로 뭇 생명 끌어안고 있다'라는 대목이 그러하다. '최고의 선'이라든가 '뭇 생명 끌어안고 있는 높고 깊은 마음'은 그대로 절대자의 이미지와 일치하고 있다.

그런데 이러한 '신의 언어'라는 언표와는 어울리지 않는 내용이 있다. 2연의 '내 발목, 더는 다치고 싶지 않다 어떤 불도저도, 어떤 포클레인도 내 사랑, 무너뜨리지 못한다'와 3연의 '우람한 내 알몸, 누구도 훼손하지 못한다 당신의 낡은 삽도, 풍만한 자본도, 들끓는 욕망도.'가 그것이다. '나는 최고의 선이다'에서 보듯 '신의 언어'가 단언적이고 지시적인 어조인 데 반해 '더는 다치고 싶지 않다'라는 표현은 애원에 가깝기 때문이다. 또한 내용을 보면 지금까지 '발목'을 다쳐왔다는 것이고 '불도저'와 '포클레인'에 의해 '내 사랑'이 위협받아 왔다는 의미이며 '낡은 삽과 풍만한 자본, 들끓는 욕망'에 의해 '내 알몸'이 훼손될 위기에 처해있다는 의미이기에 그러하다.

신에 대한 믿음 혹은 신과의 관계는 세계가 인간에 의한 질서나 법칙만으로 충족적인 것이 될 수 없다는 인식, 그리고 이성의 법칙과 타협하지 않는 어떠한 절대적인 것이 전제되어야 가능해 지는 것이다. 위 시에서는 자연을 신으로, 진리로 인식하고 있는 시인과는 달리 '당신'들에게 자연은 그저 사용 목적에 따라 파헤치고 밀고 메우는 타자화된 대상일 뿐임이 드러나고 있다.

이은봉 시인에게 자연은 '최고의 선'이라는 절대적 의미이기도 하지만 '내 기쁨과 슬픔, 내 절망과 고통을 찬찬히 살펴보'는(「참나무들」)

어머니와 같은 존재이기도 하고 '물 많은 오르가즘으로 몸부림치는'
(「백양사 숲길」) 요염한 여인이기도 하며 '내 몸을 가장 잘 알고 몸의
구석구석 긴 손가락을 뻗어 어루만지는'(「안마사」) 안마사이기도 하다.
이처럼 시인에게 자연이 전존재일 수 있는 것은 바로 시인과 자연과
의 '교신'이 가능했기 때문이다. 그런데 '언제부터인가' 이 '교신'이
자주 끊어지기 시작했다.

> 달은 끝내 내 몸을 버리고 가출을 했다 도를 얻기 위해 출가라도
> 한 것일까 영영 달은 돌아오지 않았다
> 그런 후였다 내 몸은 문득 도시의 빌딩들로 가득 채워졌다 시냇물
> 도 흐르지 않았고 꽃도 피지 않았다
> 언제부터인가 내 몸에는 달 대신 퍼런 빛의 불안이 배꼽을 타고
> 흘러들어 똬리를 틀었다
> 불안은 도처에 근심과 걱정을 토해냈다 그때마다 내 다리는 후들
> 후들 떨렸다
> 어쩌지 온갖 공사와 건설과 매연으로 숲마저 몸을 망가뜨리자 달
> 또한 제 뽀얀 낯빛을 망가뜨리기 시작했다
> 잔뜩 찡그린 얼굴로 칙칙한 하늘 한구석에 팽개쳐져 있는 달이라
> 니!
> 달은 이제 검게 파헤쳐진 마을이나 우두커니 내려다보고 있을 뿐
> 이었다
>
> ▌「달의 가출」 부분

> 구름이 이리저리 몰려다니며 자꾸 나와 달 사이의 교신을 끊는다
> 걸레옷을 입은 구름……

　　교신이 끊기면 나는 달에 살고 있는 잠의 여신을 부르지 못한다
　　옛날 구름은 그냥 수증기, 수증기로는 나와 달 사이의 교신을 끊
지 못한다
　　오늘 구름은 고름 덩어리, 걸레옷을 입은 구름은 제 뱃속 가득 납
과 수은과 카드뮴을 감추고 있다
　　……
　　교신이 끊기면 달에 살고 있는 잠의 여신은 내게로 오지 못한다
　　……
　　잠들지 못하면 어떤 영혼도 바로 숨을 쉬지 못한다 그렇게 죽는다.
　　　　　　　　　　　　　　　　▐「걸레옷을 입은 구름」 부분

　이은봉의 시에서 ‘달’은 ‘원시의 생령’(「참나무들」)이다. 그러므로 ‘달’
과의 ‘교신’은 ‘내 몸에 산수유꽃을 피우고 청매화꽃을 피우는’ 행위
이며 이 ‘교신’으로 인해 ‘내 몸에는 시냇물도 흐르고 꽃도 피’게 된
다. 그런데 ‘걸레옷을 입은 구름’이 ‘나와 달 사이의 교신을 끊는다.’
‘옛날 구름’은 물만을 그 성분으로 하고 있는 수증기로 ‘나와 달 사이
의 교신을 끊지 못’했지만 오늘의 ‘구름’은 ‘고름 덩어리’이며 ‘제 뱃
속 가득 납과 수은과 카드뮴을 감추고 있’어서 교신을 끊게 되는 것
이다. ‘교신’이 끊긴다는 것은 곧 ‘원시의 생령’을 상실한다는 것이고
따라서 ‘내 몸’은 ‘시냇물도 흐르지 않고 꽃도 피지 않는, 도시의 빌
딩만이 가득 찬’ 불모화된 ‘몸’이 되고 만다.
　‘달’이 ‘내 몸’에서 가출한 이후 ‘내 몸에는 퍼런 빛의 불안’이 자리
잡게 된다. ‘원시의 생령’이 물러가고 나자 ‘불안은 도처에 근심과 걱
정을 토해내’기 시작한다. 생명이 아니라 죽음이, 생성이 아니라 소

멸의 그림자가 짙게 드리워진 것이다. 달과의 교신이 끊기면 세계는
잠들지 못하게 되고 결국 '어떤 영혼도 바로 숨을 쉬지 못하고 그렇
게 죽는' 것이다. 시인에게 불안은 대열에서의 낙오가 아니었다. 그
것은 '담쟁이 넝쿨처럼 손만 닿으면 꾸역꾸역 기어오르는'(「담쟁이 넝쿨」)
인간의 '무서운' 욕망과 그 욕망들이 타자화시킨 자연이었다. 상실된
자연과의 유대성과 그로인한 생명성의 고갈이, 그러한 세계의 미래
가 불안의 정체였던 것이다.

> 날이 흐려서 몸이 아프다
> 몸이 아파서 날이 흐리다
>
> 옆구리가 결린다 머리가 먹먹하다 귓속에서 총소리가 난다 가슴
> 에서 먼지가 인다 가자 종아리 속에서 쥐 떼가 기어다닌다
>
> 구름이 몸 가까이 내려왔다는 거다 달이 코앞으로 다가왔다는 거
> 다 해는 보이지 않는다 가자 해는 없다 가자 언제 내게 해가 있었던가
>
> 애초부터 해는 없다 가지 개뼈다귀처럼 거리를 굴러다니는 해, 발
> 길마다 걷어차이는 진흙탕의 해, 가자 해는 늘 마음속에서나 뒹굴고
> 있다
>
> ▐「날이 흐려서」 부분

시인에게 있어 자연과의 '교신'은 관념적이고 추상적인 것이 아니
다. 시인은 모든 감각을 통해 자연의 언어를 듣는데 몸을 통해 체감

되는 통증도 그 중 하나이다. '비라도 내리려 하면 온몸이 바늘로 찌르는 듯 하고, 구름만 짙게 껴도 몽둥이로 심장을, 뇌를 두들겨대는 것'(「기상대」)을 느낀다. 날이 흐리면 '옆구리가 결리고 머리가 먹먹하고 귓속에서 총소리가 나고 가슴에서 먼지가 일며 종아리 속에서는 쥐 떼가 기어다닌다,' 결국 시인은 애초부터 해는 없었다며 자조 섞인 어조로 절망적 심정을 토로하기에 이른다.

> 저 주검들 말이야 저 시체들
> 생의 오랜 껍질들이지 네몸에도
> 이처럼 죽음이 살고 있다니까
> 삶이 곧 죽음이잖아 이미 죽음이
> 여기저기 도사려 있다니까
> 색즉시공이고 공즉시색이지
> 그것들 바로 깨닫고 실천하기까지는
> 침묵할 수밖에, 그냥 눈 딱 감을 수밖에
> 천천히 죽음을 살 수밖에 없다니까.
>
> ▌「살아있는 죽음」 부분

　그저 불안해하고 두려워하고 절망하기에 그친다면 자연의 언어를, 신의 음성을 해독하는 일이 무슨 의미가 있을까. 아니 종국에는 해독 자체가 요원한 일이 되어버리고 말 것이다. 시인은 '날이 흐리면 몸이 아프고 몸이 아프면 날이 흐리다'(「날이 흐려서」)는 것에서 인간의 몸 또한 그대로 하나의 자연임을 체득한다. 이와 같은 몸에 대한, 자연에 대한 성실한 관찰과 사색으로 시인은 불모성의 세계에 대한 불

안과 희망 없는 미래에 대한 깊은 절망을 가로지를 예지에 이르게
된다. '색즉시공 공즉시색'이 그것이다. 작은 자연이라 할 수 있는 우
리 몸에도 생성과 소멸이 함께 있어 새로 나는 것이 있다면 빠지거
나 잘리거나 스스로 떨어져 나가는 '주검들'이 있는 것처럼 죽음이란
삶의 밖에 있는 것이 아니며 삶이 곧 죽음이라는 깨달음이다.

인간은 매순간 선택의 기로에 선다. 하나를 선택하게 되면 나머지
선택하지 않은 것은 사라지는 것이 아니다. 선택하지 않은 것에 대
한 불안과 결과로 잔재하게 되며 다시 하나의 가능성으로 공존하게
되는 것이다. 비록 선택의 순간에서 인간은 지금까지 욕망과 문명의
성취 쪽으로 기울어 온 것이 사실이지만 그 부정적 결과라고 해서
자연 밖에 있는 것이, 혹은 자연이 문명 밖에 있는 것이 아닌 것이
다. 삶과 죽음이 공존의 동체이듯 불모성 또한 생명성과 공존해 있
는 것이며 '죽음을 떠나 저 혼자 우뚝한 삶은 없다'(「살아 있는 것들의 집」)
는 시인의 통찰과 같이 생명성은 그 불모성에서 다시 타오를 수밖에
없다는 것이다. 이것이 우리가 '죽음을 살아'야 하는 이유이다.

3. '마음의 오지'를 여행하다 : 정호승의 『여행』

인간은 안정되고 평안한 상태가 아니라 의식과 무의식, 유한과 무
한 자유와 필연의 끊임없는 충돌 속에 존재한다. '불안'은 이러한 인
간의 근본적인 모순에서 비롯되는 것이다. 그것이 선험적이든 경험
적이든 내면세계와 외부세계, 혹은 존재와 인식 사이의 괴리가 인지
되거나 예상될 때 발현되는 것이 '불안'이라는 의미이다.

정호승의 『여행』은 그의 시력詩歷 사십 년을 기념하는 시집으로 그동안의 여정을 염결주의적인 시선으로 반추하며 인간 존재와 삶에 대한 깊은 통찰을 그려내고 있다. 군이 염결주의적이라 한 것은, 돌아본다는 행위에 성찰이 수반되는 것은 필연적이라 할 수 있지만 정호승의 그것은 가혹하리만치 냉엄한 것이어서 도덕적 고행 수준이라 할 만하기 때문이다. '불안'이 인간의 근본적인 모순, 불일치에서 발현되는 것이라 할 때 정호승의 '불안'은 바로 이 높은 도덕적 이상과 현실적 자아 사이의 불일치에서 비롯되는 것이라 할 수 있겠다.

특히 시인이라는 특수한 위치로 인해 정호승의 성찰과 반성은 매우 복합적이고 중층적인 차원에서 이루어지고 있다는 특징이 있다. 전언한 바와 같이 이상적 자아와 현실적 자아의 괴리에 대한 인식이 그 일면이 되겠거니와, 기호화의 과정에서 왜곡된, 혹은 미화된 시적자아에 대한 부정의식과 나아가 시를 쓰는 행위 자체에 대한 검열에 이르기까지, 그의 시에서 드러나고 있는 성찰은 이처럼 다각도적이고 메타적인 방식으로 이루어지고 있기 때문이다.

언어의 속성에 이미 기표와 기의의 완전한 결합이 불가능하다는 불일치성이 내포되어 있으므로 시세계에 표상된 자아와 자기검열의 과정에서 인식된 자아의 사이에 괴리가 존재할 것이라는 점은 어렵지 않게 유추할 수 있다. 그의 시에서 '혀'나 '입'에 대한 부정적인 묘사가 많다는 것이 그 단적인 예가 될 것이다.

> 나는 후회한다
> 무릎을 꿇고 참회할 시간이 얼마 남지 않았다
> 입춘이 지나면 운주사 석불들이

한해 동안 자란 혀를 스스로 자르듯
나도 내 혀를 잘라
곰소젓갈 담그듯 천일염에 담그거나
배고픈 개들에게 던져줘야 한다
침묵의 말을 잊은
내 거짓의 검은 혀를 위하여
봄이 와도 내 혀는 산새가 되어 멀리 날아가라
날아가 다시는 돌아오지 마라

「혀를 위하여」 부분

그동안 내가 한 사랑의 말은 다 똥이 되었으나
입으로 똥을 누기 시작하면서부터 나는 진정 홀로 있게 되었다
깨끗한 침묵을 배우기 위하여
좌변기의 물에 거짓의 혀를 헹구고
무릎의 무릎을 꿇을 줄 알게 되었다

「축복」 부분

위 시들에서 '혀'나 '말'이 표상하는 것은 기표화된 시인의 내면 혹은 독자를 향한 메시지로 해석할 수 있다. 시인은 '나는 후회한다'라고 단호하고 명징하게 고백하고 있다. '내 혀를 잘라 천일염에 담근다'거나 '배고픈 개들에게 던져줘야 한다', '좌변기의 물에 거짓의 혀를 헹군다'는 등의 표현에서 시인의 참회가 고행과도 같은 깊고 아픈 것임을 간취해 볼 수 있다.

기표와 기의에는 근원적인 간극이 존재한다. 기표는 기의를 완전하게 드러낼 수 없으며 때로는 기표와 기의의 불완전한 결합을 넘어

언술주체의 무의식적 방어기제에 의해 기의가 은폐되거나 왜곡된 채로 기표화 되기도 한다는 의미이다. 시인의 '불안'은 이 근원적인 간극에서 연원하는 것이라 할 수 있다. 위 시에서 고행과도 같은 참회가 '침묵의 말'이라든가 '깨끗한 침묵'에 대한 지향으로 귀결되는 것은 이러한 맥락에서이다.

시인에게 불안의 연원이 될 수 있는 또 다른 간극은 타자과 자아와의 그것이다. 타자와 자아의 관계는 완전한 결합을 상정할 수 없다는 점에서 기표와 기의의 그것과 상동의 관계에 있다고 할 수 있다. 시인은 끊임없이 타자의 상처에 기투하고 있지만 그와 동시에 그러한 자아를 응시하고 있는 성찰의 시선 또한 거두지 않는다. 타자와의 근원적인 간극은 시인으로 하여금 끊임없이 타인의 고통에 대한 자신의 진정성을 검열하도록 추동하는 기제가 되고 있다. 타자의 고통이 온전히, 그리고 순순하게 자신의 상처가 되고 있는가에 대한 성찰을 드러내고 있는 시가 바로 「상처」이다.

> 길을 가다가 새에게 물었다
> 당신은 누군가를 위해 상처받아본 적이 있는가
> 새가 부러진 날개를 펼치고
> 저녁 하늘 너머로 날아갔다
>
> 길을 가다가 풀잎에게 물었다
> 당신은 누군가를 위해 상처의 깊이를 쓰다듬어본 적이 있는가
> 풀잎들이 바람에 쓰러졌다가 일어나
> 천천히 손을 흔들었다

길을 가다가 돌아서서 달팽이에게 물었다
당신은 누군가를 위해 두 손 모아
상처의 눈물을 이슬처럼 받아본 적이 있는가
달팽이가 웃다가 울면서 절벽 위로 기어갔다

길을 가다가 돌아서서 나에게 물었다
당신은 누군가를 위해 상처받아본 적이 있는가
나는 무릎을 꿇고 나의 상처의 꽃만 꺾어들고 다시 길을 걸었다
「상처」 전문

위 시에서 시적자아는 인간보다 하등 생물이라 할 수 있는 '새'와 '풀잎', '달팽이'에게 묻고 있다. 자신이 아닌 '누군가를 위해 상처받아본 적이 있는가'를. 이들은 시인에게 '부러진 날개를 펼치'거나 '바람에 쓰러진' 몸을 일으켜 '손을 흔들'거나 '울면서 절벽 위로 기어가'는 등의 상처 입은 자아의 현신으로 대답한다. '말'이 아니라 '침묵의 말'로 대답하고 있는 것이다. 그러나 '길을 가다가 돌아서서' 스스로에게 물었을 때 시적자아는 '무릎을 꿇고 나의 상처의 꽃만 꺾어들고 다시' 가던 길을 걸어간다. 진정으로 누군가를 위해 상처받아본 적이 없었다는 성찰일 터이다.

주목되는 것은 다른 자연물들이 보인 부러지고, 쓰러지고, 울면서 절벽 위를 오르는 등의 실존적인 행위로 표상된 상처와는 달리 시적자아의 상처는 '꽃'으로 표상되고 있다는 점이다. '꽃'은 축하, 위로, 영광 등의 의미를 담지한 미적 대상이다. 시적자아는 상처를 '입은' 것이 아니라 오히려 '꽃'을 들고 길을 가게 된 것이다. 온몸으로 상

처 입은 자아를 드러내고 있는 미물들과는 대조적인 양상이다.

이러한 맥락들을 짚어보았을 때 '상처의 꽃'이란 시인이 40여 년 동안 써 왔던 '시詩'라는 해석이 가능해진다. 타인에 대한 윤리의식이 시의식의 한 축으로 자리하고 있는 정호승의 경우 자신의 시에 대한 독자의 사랑에 채무감을 느낄 수도 있을 것이다. '누군가를 위한 상처'가 시인에게 영예를 안겨준 형국이기 때문이다. '상처의 꽃만 꺾어들고 다시 길을 걸었다'는 것은 이러한 시인의 내면을 형상화한 것이라 할 수 있다. 시인이 왜 그토록 '말'과 '혀'에 대해 가혹하게 단죄하는지, 왜 '침묵의 언어'를 지향하는지를 간취할 수 있는 또다른 대목이라 할 수 있다.

그런데 이러한 구도에서라면 정호승의 시는 혹은 시쓰기는 딜레마에 놓이게 된다. 기표와 기의의 관계가, 타자와 자아의 관계가 근원적인 간극을 배태하고 있다고 할 때 거짓을 생산하지 않기 위해서는 기표화하지 않는 것, 즉 '침묵'하는 수밖에 없기 때문이다. 그러나 '시가 있었기에 살아올 수 있었다'는 시인이다. 시쓰기를 멈출 수도, 그렇다고 자기응시의 시선을 거둘 수도 없는 시인에게 있어 이상과 현실, 시와 진실, 타인과 나 사이의 간극은 평생 짊어지고 가야 할 숙명과도 같은 것이다. 그런데 '불안'이 인간으로 하여금 그 자리에 멈추지 않도록 추동하는 동인이 되기도 하는 것과 같이 이 근원적인 간극 또한 시인에게는 고통스럽지만 다시, 그리고 더 치열하게 세계에, 시에, 타인의 상처에 기투하도록 하는 기제가 되고 있다.

시인이 이 딜레마를 빠져나오는 데는 또 하나의 동인이 작용하고 있다. 아버지의 죽음을 통해 시인이 체득한, 침묵으로 밖에는 표현할 수 없는 깊은 아픔이 그것이다. 사실 아버지의 죽음은 인간이라면 한 번씩은 모두 겪게 되는 필연적이고 보편적인 일에 해당한다. 그렇다고 해서 그 상처 또한 동일한 무게와 무늬로 새겨지는 것은 아니라는 것 또한 자명한 사실이다. 시인은 '아버지의 죽음'(「손을 흔든다는 것」, 「신발정리」, 「북촌에 내리는 봄눈」 등)이라는 보편적인 사건에서 어느 누구도 함께 할 수 없는 개별적인 슬픔을 경험한다. '차마 슬프다는 말'은 하지 못하고 천천히, 말없이 '손을 흔들 뿐'이지만 그것이 시인에게는'풀잎이 땅을 흔들' 만큼, '별들이 밤하늘을 흔들'(「손을 흔든다는 것」) 만큼이나 힘이 드는 일이었던 것이다.

> 사람이 여행하는 곳은 사람의 마음뿐이다
> 아직도 사람이 여행할 수 있는 곳은
> 사랑하는 사람의 마음의 오지뿐이다
> 그러니 사랑하는 이여 떠나라
> 떠나서 돌아오지 마라
> 설산의 창공을 나는 독수리들이
> 유유히 나의 심장을 쪼아 먹을 때까지
> 쪼아 먹힌 나의 심장이 먼지가 되어
> 바람에 흩날릴 때까지
> 돌아오지 마라
> 사람이 여행할 수 있는 곳은
> 사람의 마음의 설산뿐이다
>
> ▮「여행」 전문

'사람의 마음의 오지'란 바로 누구에게도 위로받을 수 없을 듯한 개별적이고 내밀한 상처이다. 시인은 '아직도 사람이 여행할 수 있는 곳은' 이 '사랑하는 사람의 마음의 오지뿐'이라 단정하고 있다. '사랑하는 이여 떠나라 떠나서 돌아오지 마라'라는 시구는 돌이킬 수 없는 선택을 내재하고 있다는 점에서 '사랑하다 죽어버려라'(『사랑하다 죽어버려라』) 만큼이나 치명적인 언표이다. 이 강한 명령은 결국 시인 자신의 굳은 결의인 셈이다.

시인의 냉엄한 자기응시와 성찰은 인간사에 근원적으로 내재해 있는 간극과의 상호작용으로 시인의 여행을 결코 녹록지 않은 것으로, 어쩌면 고통스러운 것으로까지 만든다. '독수리들이 유유히 나의 심장을 쪼아 먹을 때까지, 쪼아 먹힌 나의 심장이 먼지가 되어 흩날릴 때까지 돌아오지 말'자는 것은 이 여정이 '사랑하다 죽어버'릴 수 있을 만큼의 마음 없이는 불가능한 것임을 예지한 것이다. 시인은 다시 반복, 강조하고 있다. '사람이 여행할 수 있는 곳은 사람 마음의 설산뿐'이라고.

시인의 여행은 계속될 것이다. '아무도 목마르지 않을 때까지', '목마른 사막의 마지막 별빛 하나, 고향의 우물가에 스러질 때까지.'(『사막에서 목이 마르면』)

제5장

욕망과 현실, 그 사이에 존재하는 스크린

제1부 존재론적 성찰과 그 상상력

나는 어떤 것의 결핍이다. 나는 그것을 애도하고 있는 중이다.

▌라캉

1. '존재의 결여'와 욕망

환각과 망상은 정신분석과 관련된 병적 증상이다. 환각이란 감각이나 지각을 자극하여 인식 또는 인지를 일으킬 만한 것이 객관적으로 보아 외계나 자기 체내에 존재하지 않는데도 그와 같은 대상을 감각적으로 인지하거나 인지했다고 믿는 것을 의미한다. 망상은 병적으로 생긴 잘못된 판단이나 확신을 일컫는 용어로 사고思考의 이상 현상, 구체적으로 사고내용의 이상을 말한다. 환각과 망상은 비합리적이며 비현실적이라는 점과 움직일 수 없는 주관적 확신을 내포하고 있다는 점에서 공통적이다. 정신분석적 측면에서 병적 증후로서의 두 개념은, 예술의 층위에서는 '환상'이라는 개념으로 수렴될 수 있을 것이다. 프로이트는 물질적 현실과 무의식적 소망의 중간쯤에 존재하는 현실을 '심리적 현실'이라 명명한 바 있는데 환상의 특성은 이러한 실제적 현실과의 긴밀한 관련성에서 찾을 수 있다. 즉 환상은 현실과 긴밀한 상관성을 바탕으로 한다는 점에서 '환각, 망상/현실'이라는 이항 대립적 틀을 넘어서는 범주에 위치하고 있다고 할 수 있다.

라캉에 의하면 환상이란 '존재의 결여'를 상상적으로 이루려는 주체의 욕망이 상연되는 것이자 동시에 그 결여를 충족시키려는 상징계의 욕망이 주체의 욕망이라는 형식을 띠고 나타나는 것이다. 여기에서 '존재의 결여'는 주체의 형성 과정과 밀접하게 관련되어 있는데 일차적으로는 자아와 자아상과의 분리, 이차적으로 타자와 자아의 통합적 관계의 파열에서 도래한다. 이 '존재의 결여'는 상상계에서 상징계로 진입하는 주체에게 필연적으로 수반되는 근본적인 상실이자 충족되지 않는 욕망의 근원이 된다.

상상계는 자아의 영역이며 감각에 대한 지각, 동일시와 통일성에 대한 환영적인 감각으로 구성된 언어 이전의 영역, 거울상의 영역이다. 주체는 이러한 동일성과 통일성의 파열을 대가로 치러야 하며 금기를 내재화함으로써 상상계에서 상징계로, 자연에서 문화로 이행하게 된다. 그러므로 이러한 과정에 관련된 거울상 단계와 오이디푸스 콤플렉스는 라캉의 정신분석학에서 자기와 자의식을 구축하는 데 작용하는, 매우 중요한 개념이라 할 수 있다.

최초의 자기에 대한 감각은 거울에 반영된 자신의 이미지, 즉 거울상을 통해서이다. 그런데 거울에 반영된 이미지는 자기에 대한 감각에 긴밀하게 결속되어 있는 동시에 자신의 외부에 해당하는 것이다. 그러므로 자아는 거울상을 통해 근원적 통일성과 연속성의 감각을 느끼게 되지만 이는 환영적인 것으로, 자아와 거울상 사이에는 근본적인 간극이 존재하게 된다. 라캉이 '존재의 결여'라 명명한 것은 이 존재론적 간극, 주체성의 중심에 내재하게 된 근본적인 상실인 것이다. 라캉은 이러한 근원적 통일성, 동일성에 대한 감각의 상실이 주체를 구성하고 있는 것이라 주장한다. 거울상 단계에서 자아와 자아상과의 분리를 경험했다면 자아와 타자와의 통합적 관계의 파열을 통한 주체의 형성은 오이디푸스 콤플렉스 단계에서 이루어진다.

오이디푸스 콤플렉스는 상상계에서 상징계로의 이행을 특징짓는다. 이는 상상계에서 구축된 타자(어머니)와 자아(아이)의 통합적 관계를 깨뜨리고 자신을 타자로부터 분리된 존재로서 구별하게 됨을 의미한다. 여기에는 '아버지의 이름'이 개입되는데 '아버지의 이름'은 자아가 타자의 욕망이 자신이 아님을 인지하게 되면서 타자의 욕망의 대상이 위치한 곳이라 인식하는 상징적 자리이자, 자아의 욕망을 금지하기 위해 개입하는 권위와 상징계의 법의 위치이기도 하다. 팔루스[1]는 타자의 욕망이자 아버지에게 있다고 인식되는 상징이다. 그러므로 팔루스는 주체와 타자의 분열을 재현하는 순간을 대표하며 주체의 근본적인 결여와 상실을 의미한다.

이처럼 주체의 형성과정에는 자아와 반영된 이미지와의 간극, 타자와 자아사이의 상호욕망의 통합적 관계의 파열이라는, 분리로 인

---

1 프로이트는 팔루스를 신체적인 '남성 성기'와 구분하지 않았지만 라캉에 있어서 팔루스는 상징적 남근이며 기표이다. 아버지는 자아가 결여한 무엇인가를 소유한 것으로 추정되는데 이것이 바로 어머니가 욕망하는 것으로 간주되는 팔루스이다. 그러므로 라캉의 '거세'는 자신이 어머니의 팔루스가 될 수 있다는 생각을 포기하는 상징적 과정이라 할 수 있다.

한 근본적 결여와 상실이 수반된다. 환상은 이러한 결여와 상실을 메우려는 '주체의 욕망이 상연되는 무대'로 기능하는 것이다. 환상이 '주체의 욕망이 실현되는 무대'가 아닌 '상연되는 무대'라는 의미에는 두 가지 인식소적 사항을 환기할 필요가 있다. 주체의 욕망이 기실은 타자의 욕망이라는 점이 그 하나이고 욕망은 결코 충족되지 않는다는 것, 욕망충족은 무한히 지연된다는 것이 다른 하나이다. 그러므로 환상은 끊임없이 유보되는 욕망충족, 욕망의 재생산이 상연되는 스크린이라 할 수 있는 것이다.

한편, 캐서린 흄은 "일반적으로 인정하고 있는 합의된 리얼리티로부터 벗어나고자 하는 충동"[2]을 환상이라 정의하고 있다. '합의된 리얼리티'란 기존의 확정적이고 획일화된 현실을 의미하는 것으로 이러한 현실로부터의 일탈을 환상이라 정의하는 것이다. 이러한 맥락에서 환상은 인간사회의 법, 규칙, 질서와 인간의 무의식 사이에서 발생하는 갈등을 표면화하여 그 갈등을 해소할 수 있는 장치로 기능한다고 할 수 있는데 이 과정에서 인간사회의 구조화된 규범들의 전복이 이루어진다. 이러한 환상의 확정적이고 안정적으로 보이는 인간사회의 온갖 규범, 의미 등을 전복하는 속성으로 인해 환상은 현실에 대한 위반과 비판의식을 전유하는 한 방식으로 활용된다.

문학에서 환상은 기본적으로 모든 초자연적인 사건의 발생을 의미하는 것이지만 시에서의 단순한 은유와 상징과는 구별되어야 할 것이다. 환상은 변신, 꿈, 타대상과의 이미지의 경계소실 등의 방식으로 발현되는데 이는 모두 일상적이고 관습적인 관계를 파기하는

---

2 캐서린 흄, 한창엽 역, 『환상과 미메시스』, 푸른나무, 2000, p. 263.

방법으로 수렴된다. 이러한 리얼리티를 위반하는 형식으로 구성된 이미지들은 현실에서는 볼 수 없는 새로운 이미지를 구축하기 때문에 낯섦, 불합리, 의미망의 파기를 유발한다.

2. 악어를 밴 여자, 무한히 지연되는 욕망충족

환상은 주체의 형성과 밀접하게 관련되어 있다. 그런데 주체는 근원적으로 타자와의 관계에서 형성된다. 주체의 형성은 타자의 이미지에서 자신을 구별해내는 것에서부터 출발하기 때문이다. 타자의 이미지와 자신이 동일하지 않다는 것, 타자의 욕망이 자신에게 있지 않다는 것을 인식한 주체는 환상을 통하여 타자와 하나가 되는 착각을 지속시키고 자신의 균열을 외면하려고 노력한다. 이렇게 볼 때 주체가 타자와의 관계에서 형성된다는 것과 동일한 맥락에서 주체의 욕망은 타자의 욕망에서 기인하는 것이라 할 수 있다. 우리가 지극히 개인적이고 사소한 영역에 속하는 것으로 인식하는 욕망조차도 기실은 상징계라는 구조망 속에 타자의 언어와 담론에 의해 '이미' 구축되어 있는 욕망인 것이다. 이 타자에 의한 욕망이 주체에게 내면화되고, 내면화된 타자의 욕망이 주체의 욕망이라는 형식을 띠고 나타나는 것이다. 라캉이 욕망을 사회적 산물이라 명명한 것도 이러한 맥락에서이다. "욕망은 개인적 사건이 아니라 항상 다른 주체들의 욕망과의 변증법적 관계 속에 구성"[3]되는 것이기 때문이다.

---

3 김경순, 『라캉의 질서론과 실재의 텍스트적 재현』, 한국학술정보, 2009, pp. 38-39.

욕망의 또 다른 속성은 결코 충족되지 않는다는 것이다. 이는 욕망이 '존재의 결여', 근원적 상실에 기반을 두고 있기 때문이다. 그러므로 환상에서 도출하는 쾌락은 목적의 달성과 대상의 성취에 있는 것이 아니라 욕망을 추구하는 과정에 있다고 할 수 있다. 지젝은 로버트 쉬클리Robert Scheckley의 단편「세계들의 상점 Store of World」을 분석하면서, 환상을 통해 자신의 욕망충족을 무한정 지연시킬수 있는 상태, 즉 욕망을 구성하는 결핍을 재생산하는 상태로 자신을 위치이동시킴으로써 욕망을 실현하는 과정에 주목한다. 그는 이 분석을 통해 "욕망의 실현은 그것이 '충족되는 것' '충분히 만족되는 것'에 있지 않으며 오히려 욕망의 재생산, 욕망의 순환운동과 함께 일어나는 것"[4]이라는 욕망의 역설을 드러내 보여준다. 지젝은 욕망의 실현에 대한 역설의 과정과 동일한 방식으로 라캉의 '불안'개념을 이해한다. 그에 따르면 "불안은 욕망의 대상/원인이 결여되어 있을 때에는 발생하지 않는다. 불안을 불러일으키는 것은 대상의 결핍이 아니라 반대로 우리가 대상에 너무 가까이 다가감으로써 결핍 자체를 상실할 위험"[5]이다. 욕망의 소멸이 불안을 초래한다는 것이다.

> 메트로폴리탄에 악어가 산다
> 상투메프린시페의 푸른 늪을 누비다가
> 자본의 갈고리에 찍혀
> 히스패닉계 마이스터 노동자의 손에서
> 욕망이라는 이름의 전차로 발기한 악어

---

4 슬라보예 지젝, 김소연·유재희 옮김,『삐딱하게 보기』, 시각과 언어, 1995, p. 25.
5 위의 책, p. 26.

홍등가의 기둥서방처럼
주먹만한 씨주머니를 덜렁이고

쇼윈도 밖에 멈춰 루이비 똥가방을 지켜보던
그녀의 동공은 벌써 풀렸다
맨몸의 몸이 달아오른다
무두질로 나긋해진 악어의 애무에
맥 없이 열리는 꽃잎, 축축한 교성이 샌다
번들거리는 얼굴
아랫도리를 향해 돌진하는 저, 저, 저놈

(악!)겨~ㄴ 딜(어!)쑤우우, (악!)없······는···! 절(어!)쩡!!!

의 찰나, 유두를 누르자
아메리카 익스프레스카드가 사정射精한다
아아, 저 거대한 물건을 받아들이다니

한낮의 정사情事가 끝났다
그녀의 뱃속이 꿈틀인다
악어를 밴 게다 조만간,
에어리언처럼 배를 찢고 나올
욕망의 태반에 감춰진.

▌박현, 「악어를 밴 여자」(『굴비』, 종려나무) 전문

박현의 「악어를 밴 여자」는 환상을 매개로 주체와 타자의 변증적

관계에서 출현하는 사회적 산물로서의 욕망과, 이러한 욕망이 순환되는 메커니즘을 현현하고 있다. 시는 명품관 쇼윈도 밖에서 '루이비 똥가방'을 지켜보는 '그녀'를 중심으로 진행되지만 화자의 시선은 그 심연에 흐르는 욕망의 본질에, 그리고 욕망의 재생산을 주조하는 자본주의적 구조에까지 이르고 있다. '욕망이라는 이름의 전차로 발기한 악어'라는 표현은 '루이비 똥가방'이 '그녀'의 욕망의 대상으로 상정되어 있음을 환기시킨다. 시의 표층에서는 '발기한 악어'와의 교접행위, '아메리카 익스프레스카드'의 사정 등으로 '그녀'의 욕망이 성취되는 과정이 그려진다. 절정에 달한 '그녀'가 받아들인 '거대한 물건'은 '아랫도리를 향해 돌진하는' '메트로폴리탄의 악어'이자 쇼윈도 너머로 지켜보고 있던 '루이비 똥가방'인 것이다. 그러나 시에서 분명하게 드러난 '그녀'의 욕망의 대상과 그 욕망의 실현이라는 확정적인 기표아래에는 기표에 가 닿지 못한, 오히려 이 확정적인 기표를 전복하는 기의들이 유동하고 있다.

'그녀'에게 인식된 구체적인 욕망의 '대상'과 욕망의 '실현'에 대한 확신과 쾌락이 사실은 환상에 불과한 것이라는 점에서 전복이 이루어진다. 그것은 먼저 '그녀'의 욕망이 '그녀'의 욕망이 아니라 타자의 욕망이라는 데서 기인한다. 욕망의 근원적 질문은 '나는 무엇을 원하는가'가 아니다. '타자가 내게 원하는 것은 무엇인가, 타자가 내게서 보는 것은 무엇인가'이다. 즉, '타자가 인식하는 나'에 의해 주체의 욕망은 조정되고 그 대상이 특화되는 것이다. 타자의 개입이 없는 한 '그녀'와 '루이비 똥가방'의 관계에는 필연적 연관성이 없다. '맹목'이라는 시어는 빈 기표에 불과한 욕망의 대상의 실체를 여실히 드러내고 있다. 모든 대상을 교환가치로 환원시키는 자본주의적 메커니즘은, 이렇듯 기의를 상실한 타자의 욕망을 주체의 궁극적 욕망으로 환치시킨다.

한편 인용된 시에서는 표면상 '그녀'의 욕망이 '실현'된 것으로 그려진다. 그러나 전언한 바와 같이 욕망은 결코 충족되는 것이 아니다. 위 시에는 '그녀'의 소비가 반복될 것이라는, 화자와 청자, 양자의 암묵적 인식이 내포되어 있다. 결여를 배태한 불완전한 충족이라는 것과 결여된 대상에 대한 지속적인 탐색을 수반한다는 점에서 그녀의 소비욕망은 섹스행위와 동궤에 놓여있다고 할 수 있겠다. 마지막 연에서 여자는 악어를 밴다. 여자가 악어를 뱄다는 것은 '루이비뽕가방'을 수중에 넣었다는 구체적 상황을 의미하기도 하지만 또 한편으로는 끊임없이 반복되고 지속되는 여자의 욕망을 상징적으로 드러낸 것이기도 하다. 이 시의 제목이기도 한 '악어를 밴 여자'는 무한히 지연되는 욕망충족의 표상인 것이다.

지젝에 의하면 환상공간은 욕망들을 영사하기 위한 일종의 스크린과 같이 비어 있는 표면의 역할을 한다.[6] 환상은 단순히 주체의 억압된 욕망이 실현되는 공간이나 혹은 특정 대상에 대한 욕망이 아니다. 환상은 주체의 욕망이 구축되는 구조와 발현되는 방식을 드러내는, 욕망충족의 지연과 욕망의 재생산이 상연되는 무대인 것이다.

6 위의 책, p. 23.

3. 녹색비단구렁이, 상징화에 저항하는 그 무엇

환상은 낯익은 것을 낯선 것으로 안전하고 확정적이라 인식되었던 것을 불안하고 불확실한 것으로 만든다. 환상 속에서, 익숙하고 친숙한 상징체계 속에 감추어져 있던 불안한 욕망들이 표면으로 드러남으로써 사회질서가 의존하고 있는 일원적인 구조와 의미는 분열되거나 해체된다. 이처럼 환상은 기존의 사회 질서에 대한 인식을 위반하거나 넘어서는 지점에서 발생한다. 그 결과 환상은 기존의 질서나 경계를 해체하고 이 세계에 대한 불확실성을 제기하는 새로운 인식 형태를 제안하게 된다.

질서나 규범에 의해 구조화된 사회는 라캉의 세 범주(상상계, 상징계, 실재계)에서 상징계에 해당한다. 그러므로 환상은 '의미화 연쇄', '재현의 장'이라 할 수 있는 상징계의 '구멍'을 드러낸다고 할 수 있다. 상징계의 '구멍'이란 상징화를 벗어나는, 상징화에 저항하는 어떤 것이라 언표할 수 있는데 라캉은 이를 '대상 a'라는 개념으로 상정하였다. 대상 a는 "우리의 삶에 어떤 것이 결여되었거나 상실되었다는, 우리가 주체들로서 가지게 되는 지속적인 느낌"을 뜻한다. 이러한 의미에서 '대상 a'는 존재의 중심에 자리한 공백 혹은 심연이라 할 수 있으며 상징계에서 의미화 되지 않은 영역이다. '대상 a'는 객관적으로 무無이며 주체를 불러내는 욕망과의 관계 속에서만 어떤 것으로 존재한다. 범박하게 표현하면 '대상 a'란 실체를 정확하게 포착할 수 없지만 어딘가에 존재한다고 인식되는 개념이라 할 수 있으며, 인간의 근원적인 열정을 불러일으키는 대상이기도 하고 결코 충족되지 않는 욕망의 원인이기도 하다.

'대상 a'가 상징화를 벗어나는 것이며 재현의 너머에 존재한다는 측면에서 실재계의 잔여라 언표할 수도 있다. 환상은 이러한 '대상 a'에 대한 주체의 '불가능한' 관계를 정의한다. 주체와 타자의 파열, 타자의 욕망이 주체를 벗어나는 그 간극에서 욕망은 움직이기 시작하고 '대상 a'가 도래하게 되는데 주체는 환상을 통하여 타자와 합일하는 착각을 지속시키고 자신의 균열을 외면하고자 한다. 실재계는 상징화에 저항하는 부분이다. 환상은 이러한 실재계와의 조우의 매개가 되며 실재계의 불가능성과 화해하게 하는 한 방법이다. 통제와 제어가 불가능한 실재계에 대응하기 위하여 주체는 환상을 통해 현실을 구성하는 것이다.[7]

> 어머니. 천둥번개 치고 비 오는 날이면 비 냄새에 칭칭 감겨 있는 생각을 벗어버리고 몸 밖으로 범람하는 강물이 되고 싶어요 모과나무 가지에 매달린 모과열매처럼 시퍼렇게 독 오른 모가지를 공중에 매달고 뭉게뭉게 피어나는 구름신부가 되어 한 번의 낙뢰, 한 번의 키스로 죽는 천둥벌거숭이처럼 내 몸의 죽은 강물을 퍼 나르고 싶어요

> 하지만 어머니, 내가 건너야 할 몸 밖의 세상은 구름 한 점 없는 하늘뿐이에요 눈부시게 빛나는 햇빛의 징검다리뿐이에요 내 몸에 따리 튼 슬픔을 불러내지 못하기 때문일까요? 연두에서 암록까지 간극을 알 수 없는 초록에 눈이 부셔 밤이면 독니에 찔려 죽는 꿈들만 벌떡벌떡 일어나요

---

7 숀 호머, 김서영 옮김, 『라캉읽기』, 은행나무, 2006, pp. 163 - 166.

어머니, 녹색비단구렁이 새끼를 부화하는 세상이란 정말이지 음
모일 뿐이에요 희망에 희망을 덧칠하는 초록의 음모에서 나를 구해
주세요 제발 내 몸의 비단 옷을 벗겨주세요 꼬리에서 머리까지 훌러
덩 벗어던지고 도도히 흐르는 검은 강, 깊이 모를 슬픔으로 꿈틀대는
한 줄기 물길이고 싶어요

▎강영은, 「녹색비단구렁이」(『녹색비단구렁이』, 종려나무) 전문

강영은의 시집 『녹색비단구렁이』에서 '몸'은 시집의 근간을 이루
는 중심담론 중 하나이다. 시인에게 있어서 '몸'은 단순한 육체가 아
니라 존재론적 욕망을 발현하는 도구이자, 주체와 대상의 관계를 조
율하는 통로이다. 시집의 표제작인 인용시에서도 주체와 세계의 경
계이자 매개가 되어 시의 서사를 이끌어가는 중심 소재는 '몸'이다.
위 시에서 '몸'은 상징계에 속하는 대상이자 상징계의 '구멍'이며 상
징화 되지 않은 어떤 것, 바로 대상 a를 표상한다. 시인은 녹색비단
구렁이를 화자의 '몸'으로 차용하는 환상을 통하여 실재계와의 조우
를 매개하고 있다. 이러한 맥락에서 1연의 '생각을 벗어버리고 몸 밖
으로 범람하는 강물이 되고 싶다'는 화자의 존재론적 욕망은 특별한
주의를 끈다. '생각'은 말 그대로 이성적이고 합리적인 영역이며 상
징화 되어 인식된 명료한 개념이다. 화자는 이 '생각'을 걷어내고 '몸'
에 천착하여 세계에 기투하고 있는데 여기에서 '몸'은 녹색비단구렁
이의 형태로, 그대로 하나의 세계의 표상이 된다.

녹색비단구렁이의 색은 '연두에서 암록까지 간극을 알 수 없는 초
록'이다. 상징계는 모든 것이 합리적이고 명료해 보이지만, 또한 세
계는 그러하다는 믿음과 희망을 덧칠하여 제시하지만 그것은 '음모'

일 뿐이다. 상징계에서 상징화 되지 않은 그 무엇, 불확정적이고 불가공적인 어떤 것을, 시인은 녹색비단구렁이 몸의 초록계열의 색을 통해 보여준다. '연두에서 암록까지 간극을 알 수 없는 초록'이 그것이다. 시인은 묻는다. 어디까지를 연두라고 할 것이며 어디부터 암록이라 할 것인가. 이 모두를 그저 초록이라 명명할 것인가. 이러한 언어질서에 대한 회의에서 우리는 '생각'을 버리고 '몸'을 취한 시인의 의도를 간취해 낼 수 있다. 이 기표와 기표사이에 유동하는 기의들을 의미화 연쇄의 '구멍', 상징계의 '구멍'이라 할 수 있을 것이다.

이처럼 녹색비단구렁이의 '몸'은 상징계의 '구멍'이며 실재계를 표상한다. 다소 도식적이지만 이에 대응하는 '몸 밖의 세상'은 화자에게 상징계에 해당한다. 화자가 '건너야 할 몸 밖의 세상'은 화자의 슬픔을 '불러내지 못하'는 세상이다. 하여 '몸 밖의 세상'은 화자의 슬픔과는 관계없이 '구름 한 점 없는 하늘뿐'이요 '눈부시게 빛나는 햇빛의 징검다리'인 것이다. 화자가 퍼내고 싶어하는 '내 몸의 죽은 강물', '내 몸에 따리 튼 슬픔'은 근원적 상실에 의해 남겨진 '구멍'으로 '연두에서 암록까지의 간극'처럼 상징화 되지 않은, 상징화 되지 못하는 대상이다. 화자는 초록의 비단 옷을 벗어버리고 '검은 강, 깊이 모를 슬픔으로 꿈틀대는 한 줄기 물길'이 되고 싶다고 한다. 이는 시인의 존재론적 욕망에 다름 아니며 이러한 의미에서 시인은 실재계에 기투하는 존재라 할 수 있다. 감각된 이미지들을 구조로 번역하는 것이 언어이며 상징계라 한다면 재현할 수 없는 대상, 상징화 되지 않은 잔여들, 상징화에 저항하는 기의들을 심미적 대상으로 발현해 내는 것이 시인의 존재의미 중 하나이기 때문이다.

4. 벽돌, 이미지 간 경계의 모호성

환상이라는 단어는 그리스어로 '가시화하다', '명백하게 하다'라는 의미에서 파생되었다. 이는 이미지가 환상에서의 기본 단위가 되고 있음을 보여준다. 환상에서 구체적인 이미지들은 일상적이고 관습적인 방법으로의 연결에서 벗어나 리얼리티를 위반하는 방법으로 구성된다. 이것은 이미지들 간의 경계소실, 통사적 관계의 파기, 탈맥락화 등의 방법으로 수렴되는데 이를 통해 원래 사물이 지니고 있는 속성을 전도시킴으로써 현실에서는 볼 수 없는 불합리한, 낯선 이미지를 생산하게 된다.

이러한 특성으로 말미암아 환상은 세계가 특정한 현실개념에 의해 고정화 되는 것에 대한 저항을 내포하고 있다. 이는 모든 안정적이거나 고정된 의미를 무효화시킴과 동시에 경험의 파편화를 전제로 하기 때문에 발화자와 수신자 사이에는 필연적으로 거리를 상정하게 된다. 시인에 따라서는 구문과 문법을 파괴하는 해체성, 무의미성을 방법적 의장으로 삼아 그 자체로 부조리한 언어의 세계에 대한 냉소 내지는 비판을 행하는 경우도 있고 유희의 지평에서 현실이 주지 못하는 해방감과 엑스터시를 표출하는 경우도 있으며, 또 이러한 분위기를 '자폐적 몽상'으로 우려하는 목소리도 있다. 기실 이러한 해체성, 무의미성 그 자체를 세계에 대한 비판이나 유희의 도구로 삼는 방법은 최초에 한하여 절정의 가치를 발하는 것이며 반복은 더 이상 그 의미를 환기할 수 없다는 한계를 노정하고 있는 것이다. 그러므로 환상이 '자폐적 몽상'으로 떨어지지 않기 위하여 담보되어야 할 것은 바로 발화자와 수신자 사이의 소통이며 이러한 발화자와 수신자 간의 거리와 소통의 조절이 시적 긴장과 가치를 확보하는 길임은 자명한 이치이다.

> 칼날이 꽂힌다 힘줄이 뭉쳤다가 갈라지는 틈에서 터지는 피 벽을 타고 흘러내린다 홍건해진 작업대 물들이며 스민다 다시 도려내는 칼끝에서 떨어져나가는 살덩어리 바닥에 친다 내려칠수록 단단하게 다져지는 고기
>
> 멀리 하늘을 향해 축조되는 빌딩이 보인다
> 심장이 파닥거리며 컨베이어벨트에 실려온다
>
> ▌송승헌, 「벽돌」(『드라이아이스』, 문학동네) 전문

환상은 일반적으로 현실과 상상이라는 두 극 사이에 존재하는 의식적이거나 무의식적인 요소들의 혼합물이다.[8] 송승헌은 위의 시에서 현실과 상상의 혼융, 대상과 대상의 경계 소실, 감정과 감각의 조율로 시적 긴장을 유지하면서도 청자와의 소통의 길을 환상 속에 매몰시키는 우를 범하지 않고 있다. 인용시는 벽돌이라는 물질성과 살, 피, 심장 등과 같은 생명성이 고정된 이미지를 파기하고 타대상의 이미지속으로 상호 침투하면서 그 경계를 허무는 과정을 여실히 보여준다.

1연에서 가장 먼저 연상되는 이미지는 도축되는 짐승이다. 산문시의 형태로 서사적이면서도 구체적인 대상과 정황이 제시되지 않아 괴기스러운 분위기를 연출한다. '벽을 타고 흘러내리는 피', '피로

---

8 임진수, 『환상의 정신분석』, 현대문학, 2005, p. 160.

흥건해진 작업대', '칼끝에서 떨어져나가는 살덩어리'는 이러한 괴기
스러움을 환기시키는 상관물들이다. 그런데 2연에서는 1연과 전혀
연관성이 없는 '축조되는 빌딩'이 등장하면서 이어져오던 분위기를
전복한다. '현실생활 틀 속으로의 신비의 갑작스런 침입'을 환상이라
한다면 위 시의 2연 1행은 오히려 '환상속으로의 현실의 갑작스런
침입'으로 이미지를 환기시키고 있다. 또한 지금까지 작업대가 있는
공간 안에 머물러 있던 화자의 시선이 공간 밖으로 향한 것이 바로
이 지점이다. 뒤에서 살펴보겠지만 '빌딩'이라는 대상과 이 대상이 존
재하고 있는 공간의 이질성이 화자와 청자 간의 소통의 매개가 된다.
이러한 의미에서 '빌딩'이 등장하는 2연 1행은 단 한 줄이지만 「벽돌」
이라는 시 전체에서 차지하는 비중은 매우 크다고 할 수 있다.
　'살덩어리'와 '빌딩'이라는 상이한 대상은 시에 등장하지 않는 또
다른 사물이자 이 시의 제목인 '벽돌'을 연결고리로 긴밀한 관련성을
확보한다. '칼끝에서 떨어져나가는 살덩어리'와 컨베이어벨트에 실
려오는 '파닥거리는 심장'은 바로 화자가 공장에서 제조되고 있는 벽
돌에서 끌어낸 이미지이다. 결국 빌딩은 벽돌로 축조되는 것이자
'살덩어리', '심장'으로 축조되는 것이다. 그러므로 1연의 도축되는
짐승의 이미지는 건설인부로 표상되는, 경제논리로 구조화된 세계
에서의 소외계급으로 볼 수 있다. 이때 '빌딩'이, 벽돌이 제조되는 화
자의 공간과는 이질적인 공간에 존재하고 있는 것에 주목할 필요가
있다. '여기'의 폐쇄적인 공간과는 달리 '빌딩'은 '멀리', '하늘을 향해'
축조되고 있는 것이다. 빌딩은 결국 벽돌/살덩어리에 의해 축조되지
만 정작 벽돌이 제조되는 공간, 벽돌의 세계와는 다른 세계를 표상
한다. 이는 '빌딩'으로 표상되는 세계가 그 세계를 떠받치고 있는 수

많은 '살덩어리'들의 세계와는 인접할 수 없는 '먼', 이질적인 세계라는 의미에 다름 아니다.

제6장
단독적인 관계맺음을 위하여

제1부 존재론적 성찰과 그 상상력

: 유홍준의 『저녁의 슬하』

자기의 나체를 더듬어 보고 살펴볼 수 없는 시인처럼 비참한 사람
이 또 어디 있을까　　▌김수영의 「구름의 파수병」 중에서

　김수영의 말대로 시인은 "자기의 나체裸體를 더듬어 보고 살펴볼
수" 있어야만 한다. 그러나 있는 그대로의 자신의 맨 얼굴을 들여다
본다는 것은 결코 쉬운 일이 아니다. 인간이라면 누구나 필요에 따
라 적당한 가면을 쓰고 싶어 하며, 때로 이 가면에 긴밀하게 밀착되
어 있는 자아의 경우, 가면이 그대로의 자신의 얼굴이라 인식하게
되기도 하기 때문이다. "자기의 나체를 더듬어 보고 살펴"보는 일은
그야말로 '불편한 진실'에 근접해 가는 일에 다름 아니다. 그러나 시
인이라면 그것이 아무리 고통스러운 일이라 하더라도 자신의 나체
를 있는 그대로 포착하고 드러내기 위해 분투해야 한다. 그러할 때

진정한 자기이해에 이를 수 있을 것이며 진정한 자기이해에 이르렀을 때에만이 대상과의 진정한 관계, 혹은 새로운 관계를 모색할 수 있기 때문이다.

유홍준 시인의 작품집, 『저녁의 슬하』는 이러한 맥락의 의미망에서 읽혀진다. 그의 시편들은 모든 차폐막을 걷어내고 자신의 나체에, 그리고 있는 그대로의 대상에 직면하고자 하는 시적 자아의 고투를 그려내고 있기 때문이다.

> 일흔네살
> 어머니가 자궁을 들어냈다
> 수술용 장갑을 낀 젊은 의사가 냉면그릇 같은 데 담아들고 와서
> 보여주었다
> 마음이 참, 지랄 같았다
> 스텐그릇 안의
> 어머니의
> 계란, 자궁을 본다는 것
> 끼니때가 되어
> 어머니 뉘어놓고 길 건너 추어탕집에 가서 한 그릇 밀어 넣었다
> 요때기마다 자궁 들어낸 여자들이 누워 있는 방으로 돌아와
> 등을 붙이면
> 따뜻하다 야근에
> 지쳐 녹아내리는 몸이여
>
> 문득 어디 생리중인 여자가 있어 울며 그녀와 살 섞고 싶다
> ▌「어머니의 자궁을 보다」 전문

유홍준 시의 특징 중 하나는 시인의 지극히 사적인 일상이 시적 소재로 자주 등장한다는 점이다. 시인이 경험한 구체적인 사건 속에서 초점화 되고 있는 것은 시적 자아나 대상의 추상화된 관념도 아니고 피상적인 감성도 아니다. 시인이 의식하고 있든 아니든 그가 집요하게 탐색해 들어가고 있는 것은 사태에 직면한 시적 자아의 내밀한 면모에 관해서이다. 그 어떤 미화의 가면이나, 통념이라는 차폐막도 허용치 않는 '나체' 말이다.

위 시에서 화자의 '어머니'는 "자궁을 들어냈다." '자궁'이란 여성, 생산, 생명, 근원 등을 표상한다. 또한 인간의 의식에서 모태는 선험적이고 추상적인 것으로, 세계와 불화하는 자아가 돌아가야 할 근원, 영원한 안식의 시공간으로 상정되는 것이기도 하다. 그러므로 '자궁을 들어낸'다는 것은 근원의 상실, 불모성의 세계를 상징하게 된다. 그러나 시인은 이렇게 관념적으로 접근하지 않는다. 이는 적출된 '어머니의 자궁'을 '스텐그릇 안의 계란'이라 묘사하는 데서 단적으로 드러나는바, 시인은 예측 가능한 통념을 걷어내고 시각적 층위의 물질적 영역에서 적나라하게 현실태로 보여주고 있다. 이러한 현실성은 시적 자아가 사태와의 거리를 확보할 때에 획득되는 것으로, 이 거리감은 자신과의 관계에까지 유지되고 있어 주목을 요한다.

시인은 어머니가 자궁을 들어냈다는 사실에서 느낄 수 있는 감상적인 부분은 "마음이 참, 지랄 같았다"라는 한 구절에 압축하는 대신, 그보다 더 심층적인 곳에 자리하는 욕구를 드러내 보이고 있다. 화자는 끼니때가 되자 '추어탕'을 먹는다. 병실에서는 '어머니'나 자궁을 적출한 환자들이 아니라 야근에 지친 자신의 몸을 의식한다. 심지어는 "자궁 들어낸 여자들" 틈에서 "생리중인 여자"와 "살을 섞고 싶다"는 욕망을 갖는다. 물론 '울며'라는 시어에서 애도의 의미를 간취해 볼 수 있지만 초점화 되어 있는 것은 화자의 욕구에 관한 것이다. 시인은 생산성이 제거된 존재 앞에서 식욕, 성욕, 휴식 등과 같은 생산, 혹은 재생산과 관련된 욕구가 발동하는 시적 자아의 내면을 드러내 보이고 있는 것이다. 사실 시적자아에게 있어 이러한 욕구는 복잡다단한 정서와 생각들 밑바닥에 자리하고 있는 것이라 굳이 들추어 내지 않아도 좋을 것들이다. 그러나 바로 이 밑바닥이, 시인이 집요하게 시선을 두고 있는 지점이다.

> 하루종일 중얼거리기만 하는 사람 최경서씨는 정신병원 안정실에 갇혀 있다네 똥오줌도 그냥 옷에다 칠칠 밥풀도 마찬가지 입술 주위에는 또 무엇이 잔뜩 돋아서 울긋불긋 솔직히 나는 저 입 속에 약을 넣어주는 일이 싫어 투약시간이 싫다네 아무리 안 묻히려고 해도 결국에는 묻히고야 마는 최경서씨의 타액이 싫어 더러워 하루빨리 퇴원을 하든지 죽든지 했으면 좋겠네 골칫덩어리 골칫덩어리 오늘은 약의 함량을 조절하기 위해 환자들의 몸무게를 다는 날 제 몸조차 가누지 못하는 도대체 정신이 없는 최경서씨의 몸무게를 다는 방법은 단 한 가지 최경서씨를 안고 최경서씨를 보듬고 저울 위에 직접 올라가는 것 그래서 거기에서 내 몸무게를 빼는 것 더러운, 냄새나는, 하염없이 침 흘리고 오줌을 싸는 최경서씨를 안고 한 평 반 안정실에서 나는 낑낑
>
> ▌「몸무게를 다는 방법」 전문

위 인용시 또한 시적 자아의 맨 얼굴을 여실히 보여주고 있는 작

품이다. 이 시의 배경은 정신병원이며, 병원 환자 중 한 명인 '최경서씨'에 대한 시적화자의 심적 태도가 시의 주된 내용이다. 화자는 '똥오줌'도 가리지 못하는 환자 '최경서씨'에게 투약 하는 어려움을 토로하고 있다. 구체적으로는 "아무리 안 묻히려고 해도 결국에는 묻"고 마는 환자의 타액 때문에 심기가 불편해지는 것이다. 그런데 시인은 이러한 화자의 심정을 "최경서씨의 타액이 싫어 더러워 하루 빨리 퇴원을 하든지 죽든지 했으면 좋겠네 골칫덩어리 골칫덩어리"라고 조금의 여과도 없이 묘사하고 있다.

화자는 병원의 간호사인 듯하다. 그런데 환자를 돌보는 역할을 하고 있는 사람으로서 환자가 "하루빨리 퇴원을 하든지 죽든지 했으면 좋겠다"라고 하는 것은 매우 무책임하고 비윤리적이라 할 만하다. 그럼에도 왜 시인은 에두르지도 않고 어느 정도의 미화도 없이, 가장 밑바닥에 있는, 그리고 굳이 드러내지 않아도 좋을 말을 하고야 마는 것일까.

무엇인가 미화하려고 한다는 것은 사회의 통념이라는 기준에 자신을 맞추려는 행위이다. 가령 윤리라든가 미덕이라든가 하는 공통된 선에 근접하고자 하는 행위라는 의미이다. 아무런 차폐막 없는 자신의 '나체'를 드러내기가 쉽지 않은 것은 이러한 맥락에서이다. 그러나 자신의 실체를 제대로 인지하지 못하고 무언가 하나씩 덧씌워 갈 때, 자아와 대상간의 관계 또한 단독적인 관계가 아닌, 고정된 의미망으로 연결된 관계, 사회 메커니즘 속에서 교환 가능한 관계에 머물 수밖에 없다. 있는 그대로의 자신과 있는 그대로의 타인을 직시하고 이해했을 때만이 타율에 의한 삶이 아닌, 단독적인 삶을 살 수 있는 것이며 진정한 관계가 이루어 질 수 있는 것이다.

자신의 모습을 그 바닥까지 내려가서 확인한 뒤 시인이 할 일은 자명해 보인다. 그것은 바로 새로운 관계맺음, 즉 단독적인 관계맺음이다. 위 시에서 그것은 '환자'와 간호사가 아닌 '최경서씨'와 시적 자아와의 관계로 드러나고 있으며, "최경서씨를 안고 최경서씨를 보듬"는 행위, "더러운, 냄새나는, 하염없이 침 흘리고 오줌을 싸는 최경서씨를 안고 한 평 반 안정실에서" '낑낑'대는 행위로 표상되고 있다. 이러한 관계는 「내 옷을 입고 돌아다니는 자들」에서 보다 구체적으로 드러나 있다.

> 버리지 않고 모아둔 옷가지를 챙겨
> 정신병원 환자들에게 갖다 주었다
>
> 얼룩덜룩 내가 있던 옷들을 입고 복도를 걸어다니는 백명의 환자들
>
> 어떤 나는 환청에 시달리고
> 어떤 나는 망상에 시달린다
>
> 어떤 나는 소리를 꽥 지르고 어떤 나는 계속해서 헛소리를 해댄다
>
> 내가 입던 옷을 입고 돌아다니는
> 백명의 정신병자들,
> 나는 흠칫 놀라 움츠리곤 한다
> 아니다 아니다 그게 아니다 너무나 친숙하고 너무나 익숙해서 나는 웃는다
> 정신병원 복도를 걸어다니는 백명의 나에게

농담을 건네고 악수를 하고
포옹을 한다
배식을 하고 투약을 하고 잘 자는지 못 자는지 확인을 한다

정신병원에서 근무한다는 것은 하염없이 생각을 버리는 일.

아무래도 오래 이 짓을 계속할 것 같다
  ▌「내 옷을 입고 돌아다니는 자들」 전문

작품 「몸무게를 다는 방법」에서 다소 수동적이고 피상적으로 보였던 타자와의 관계맺음이 위 시에서는 보다 구체적이고 명징하게 드러나고 있다. 이 시에서 시적 자아는 "환청에 시달리고", "망상에 시달리고", "소리를 꽥 지르고", "계속해서 헛소리를 해대"는 환자들과 동일화를 이룬다. 물론 그것은 시의 제목과 첫 연에서 간취되는 바와 같이 "버리지 않고 모아" 두었던 화자의 옷가지들을 환자들이 입고 다닌다는 것에서 기인하는 것이다. 그러나 이 동일화가 그처럼 표피적이고 단선적인 의미만을 포회하고 있는 것은 아님이 바로 확인된다. "내가 입던 옷을 입고 돌아다니는/백명의 정신병자들"이 "정신병원 복도를 걸어다니는 백명의 나"로, "흠칫 놀라 움츠리곤" 했던 '나'는 "너무나 친숙하고 너무나 익숙해서 웃는" '나'로 전화되었기 때문이다.

화자는 '백명의 정신병자들'이 아닌 '백명의 나'와 "농담을 건네고 악수를 하고/포옹을 한다/배식을 하고 투약을 하고 잘 자는지 못 자는지 확인을 한다." '백명의 정신병자들'과 간호사라는, 고정된 의미

망 안에서의 관계에서 자아와 또 다른 '백명의 나'라는 새로운 관계 맺음이 가능해진 것이다. 그것은 전언한 바와 같이 자아가 직면한 사태와 대상을 통해 치열한 자기 이해를 이루었을 때에만 완성되는 관계이다.

"정신병원에서 근무한다는 것은 하염없이 생각을 버리는 일"이라는 시구에 주목해 보자. 여기에서 '생각'을 사회의 통념, 즉 정상/비정상, 선/악, 미/추 등속의 이항 대립적 관계에 관한 암묵적인 약속이라 해석해 볼 수 있다. 소위 더럽고, 추하고, 비정상적인 사람들의 세계에 던져진 자아가 비로소 이 틀에 대해, 경계에 대해 인식하게 되었음을 의미한다. 시인에게 '정신병원'이란 "절대로 한자리에 만나/머무를 수 없는/해와 달이//밤과/낮이"(「폐쇄병동에 관한 기록」) 공존하는 곳, "더이상 태양은 뜨겁지가 않고 더이상 달은 차갑지가 않"은 곳(「폐쇄병동에 관한 기록」)이다. 경계가 사라진 공간이라는 의미이다. 그렇기 때문에 "정신병원에서 근무한다는 것"이 "생각을 버리는 일"과 등가를 이루게 되는 것이다.

기실 통념을 자아의 중심에서 배제하는 순간, 즉 "생각을 버리는" 순간부터 삶은 고달파진다. 세계와 불화할 수밖에 없기 때문이다. 그것은 사회 통념과의 싸움이기도 하지만 근본적으로는 그것과 타협하고자 하는 자기 자신과의 싸움이다. 그러므로 "아무래도 오래 이 짓을 계속할 것 같다"는 화자의 고백은, 끊임없는 자신과의 싸움에서 물러서지 않고자 하는 화자의 의지를 보여주는 것이다.

이러한 의지는 여러 시편들에서도 확인되는 바이지만 「노란 참외를 볼 때마다」라는 작품에서는 매우 경쾌한 템포로 발현하고 있어 주목을 끈다.

…… 노란 참외를 잔뜩 쌓아놓고 파는 트럭을 지나갈 때마다 나는야 노란 참외 수류탄을 움켜쥐고 멀리 던지고 싶어 노란 참외 안전핀을 뽑아쥐고 던지고 싶어 …… 오늘도 나는 노란 참외가 가득 실린 트럭 앞을 지나갈 때마다 살짝 종횡무진 삶의 중앙선을 넘고 지그재그 법의 중앙선을 넘어 노란 참외가 가득 실린 트럭을 몰고 아수라 아수라 노란 참외를 가득 쌓아놓고 파는 트럭 앞을 지나갈 때마다 나는야 살짝 흥분,

▊「노란 참외를 볼 때마다」부분

이 시에서 '노란 참외'는 '수류탄'으로 비유되고 있으며 "노란 참외 안전핀을 뽑아쥐고 던지고 싶어"하는 화자의 욕망이 발현되고 있다. '노란 참외 수류탄'을 던지는 행위는 "생각을 버리는 일"과 등가이다. "종횡무진 삶의 중앙선을 넘고 지그재그 법의 중앙선을 넘"는 일이기 때문이다. 그럼에도 화자는 "노란 참외가 가득 실린 트럭을 몰고 아수라 아수라" 전진하고자 한다. 이는 '삶의 중앙선', '법의 중앙선'으로 표상되는 사회 통념에 저항하고자 하는 의지, 이 통념 안에서 안주하고자 하는 자신과의 싸움에서 물러서지 않겠다는 의지에 다름 아니다.

전언한 바와 같이, 자신의 '나체'는 차폐막 뒤에 감추어 두고 이러한 통념에 맞추어 자신을 규율하고 왜곡한다면 진정한 자기이해에 이르는 길은 요원해 질 수밖에 없다. 진정한 자기이해에 이르지 못한다면 정해진 고도감으로 세계를 조망할 수 있을 뿐, 대상과의 새로운 관계맺음, 단독적인 관계맺음은 불가능해진다.

『저녁의 슬하』에서는 마주친 사건이나 대상 속에서 끊임없이 자

신의 '나체'를 포착하고 그것을 드러내고자 의지하는 시인의 면모를 확인할 수 있었다. 이는 그 마주친 사건이나 대상과 자신을 전혀 다른 의미망으로 새롭게 연결하고자 하는 시인의 욕망과도 긴밀하게 연결되는 것이다.

유홍준이 '시인의 말에서 언급한 '직접'이란 단어가 필자에게는 예사롭게 들리지 않았는데 여기에는 다 이유가 있었던 셈이다. '직접'의 사전적 의미는 중간에 어떠한 매개 없이 바로 연결되는 관계이다. 이는 지금까지 논의한 자아와 대상과의 새로운 관계맺음, 단독적인 관계맺음의 의미와 정확하게 일치하는 지점이 아닌가. 시인은 "직접은 무모하고 위험"한 것, "직접은 힘들고 고달픈" 것이라 언표하고 있다. 이 또한 '수류탄을 던지는 일', '생각을 버리는 일'과 동일한 궤적에서 의미를 포착할 수 있다.

시인의, 사람을 향한 의지를 구동하는 힘은 바로 이러한 '직접'의 관계, 단독적인 관계에 대한 시인의 욕망에서 기인하는 것이라 할 수 있겠다.

> 사람이란 그렇다
> 사람은 사람을 쬐어야지만 산다
>
> ▐「사람을 쬐다」에서

제7장
본연적 자아에 대한 욕망,
그 근원적인 것에 대하여

제1부 존재론적 성찰과 그 상상력

: 전건호의 『변압기』

인간의 삶은 욕망에 의해 구동되고 있다고 해도 그리 틀린 말은 아닐 것이다. 물론 종교적 관점에서 해탈에 이르기 위한, 혹은 절대자에 다가가기 위한 구도의 과정이 이러한 욕망에서 벗어나는 훈련이라 항변할 수 있겠지만 이러한 구도의 행위 또한 욕망에서 자유롭고자 하는 또 다른 '욕망'을 노정하고 있게 되는 셈이다. 그 욕망의 대상이 속적인 범주에 존재하는 것인지, 탈속적인 세계에 속하는 것인지의 차이가 있을 뿐이다.

산업화로 인한 자본주의의 가속화는 현대를 살아가는 인간으로 하여금 속적인 범주, 구체적으로 자본의 확보 내지 증식에 욕망을 집중시키도록 추동한다. 그러므로 현대 개인을 규율하는 견고한 권력은 이러한 욕망과 결부되어 있는 자본주의적 일상이 되는 것이다. 자의적이자 타의적일 수밖에 없는 개인 혹은 사회적 차원의 자본주의적 욕망, 그리고 그러한 욕망과 톱니바퀴처럼 맞물려 돌아가는 자본의 시스템은 인간이 현대를 살아가는 한 거부하기 힘든 '힘'이라할 수 있다. 현대의 개인이 거대한 자본의 메커니즘이라는 기계에서부속품과 같은 역할을 하게 됨을 인식하면서도, 거기에서 빠져나오기란 거의 불가능에 가까운 일이며, 오히려 그러한 시스템에서의 배제를 두려워하게 되는 것은 바로 이러한 맥락에서이다.

전건호의 작품 「거라」는 이러한 현대의 '세계와 자아'와의 관계를적실하게 보여주는 시이다.

> 원반 같은 운동장 이 악물고 뱅뱅 돌다가 숨 가빠 그만 멈추려는데 두 다리가 제멋대로 뱅글거리는 거라 힘들어 죽겠는데 멈춰지지않는 거라 내가 달리는 거라 생각했는데 알고 보니 운동장이 멋대로나를 굴리는 거라 공깃돌처럼 톡톡 튕기는 거라 하도 기막히고 어이없어 가쁜 숨 할딱이며 생각해보니 여기까지 온 게 내 의지인줄 알았는데 꼭 그런 것만도 아닌 거라 바람이 이리저리 나를 이끌었고 길들이 나를 둘둘 말아 꾸역꾸역 소화시켰던 거라 알지 못하는 힘이 나를원반 속에 밀어 넣은 거라 누군가 공깃돌처럼 나를 굴리며 즐기고있는 거라 평생 쳇바퀴 돌고 돌면서도 꿈에도 눈치채지 못한 거라이제야 그걸 깨닫고 트랙을 뱅뱅거리면서 담장 밖 흘겨보며 씩씩거리는데도 쳇바퀴 속 다람쥐처럼 멈출 수가 없는 거라

> ▌「거라」 전문

위 인용시에서 세계는 '원반 같은 운동장'이다. 처음 이 세계를 '이악물고' 돌고 있는 것은 화자 자신이었다. 즉 자아의 의지에 의해서

였다는 의미이고 화자 자신도 줄곧 그러하다고 믿어 왔다. 그러나 '힘들어 죽겠'는 상황에 달하여 화자는 멈추려 했으나 이젠 '운동장이 멋대로' 화자를 굴린다. 화자는 기가 막히고 어이가 없지만 '여기까지 온 게 내 의지'가 아니었음을 비로소 깨닫게 된다. 위 시에서 구체적인 자본주의적 일상이 드러나고 있는 것은 아니지만 견고한 힘으로 자아를 규율하고 있는 질서체계와 그 속에서 '쳇바퀴 속 다람쥐처럼 멈출 수 없는', 진정한 주체가 될 수 없는 자아에 대한 황망함을 발현하고 있다. 이러한 시인의 내면은 시의 형식적 측면을 통해서도 표출하고 있다. 즉 위의 시는 행이나 연의 구분이 없고 '거라'라는 동일한 종결어의 반복으로, 화자의 진술을 쫓아가는 독자는 마치 '쳇바퀴 속의 다람쥐'와 같은 화자의 현실에 동참하고 있는 듯, 숨가쁜 반복을 체험하게 된다.

이렇게 인간 존재가 본연적 가치를 상실하고 기계의 부속품과 같은 위상으로 추락한 현실에 대한 시인의 인식은, 위의 시 외에도 「송충이」, 「수세미에 접붙이다」, 「지천명」, 「견본품」, 「묘수를 찾아서」와 이 시집의 제목이기도 한 「변압기」 등 많은 작품들에서 발현되고 있다. 그만큼 작가의 현실에 대한 인식이 깊다는 의미이다. 「검침원」과 같은 작품에서도 '누군가 당신의 삶을 저울질한다고/인정할 수 없다고/물론 완강히 거부하실 거예요/하지만 소용없어요'에서 드러나는 바와 같이 본연적 존재의 삶이란 없고 늘 기록되고 검열되고 관리되는 하나의 구성원으로 자리하는 자아를 마주하게 된다.

이러한 자아와 세계의 단절적 관계, 즉 현실과의 불화는 서정시의 근거기반이라 할 수 있다. 자아와 세계의 단절은 시적 자아로 하여금 그 대안적 세계를 모색하도록 추동한다. 그러한 세계는 자연으로 상정되는 경우가 가장 일반적이라 할 수 있겠고 종교, 영원, 혹은 환상의 세계로 귀결되는 경우도 있다. 이들 세계는 현상적인 세계가 아니라 보다 근원적인 것, 혹은 현실과는 대척되는 지점에 위치하는 세계라는 공통점이 있다. 전건호의 작품에서 이러한 근원적인 세계는 상상력과 긴밀하게 연결되어 있는데, 특히 여성성과의 관련에서, 그리고, 감성에의 몰입 등의 양태로 발현되고 있어 주목을 끌고 있다.

그날은 명동에서 술 불콰해져 남산에 올랐던 거라 달빛은 왜 또 어찌 그리 유장하던지 벚꽃 펑펑 튀밥처럼 터지는 봄밤 전생의 내자 였을지도 모를 여자가 감빛 원피스 하늘거리며 꽃잎 밟으며 걸어오 는 거라 그냥 말 한번 걸어보려 다가선 것뿐인데 짐짓 바삐 갈 곳이 라도 있는 양 도리질하며 꽃비속으로 뛰어가는 거라 멍하니 새초롬 한 뒷모습만 쫓는데 문득 길섶에서 건들바람 일어 나를 에돌아 달려 가더니 그 여자를 더듬어대는 거라 순간 열이 확 오르는 거라 치마를 슬쩍 들치는가 하면 봉긋한 젖가슴 더듬고 머리칼 쓰다듬는데도 순 순히 몸을 맡기는 거라 아슬아슬 실눈 뜨고 바라보는데 또 술이 확 오르는 거라 한 번 더 붙잡았으면 품에 안을 수도 있었을 그 여자 바람에 놀아나는 걸 눈 뻔히 뜨고 보면서 바람난 아내를 떠나보내던 처용처럼 피실피실 웃음만 나오는 거라 교교한 달빛 받으며 산길 내 려오는데 덩실덩실 어깨춤이 절로 나오는 거라

▌「신처용가」 전문

전건호의 시에서는 유난히 여성과 관련된 작품이 많다. 직접 여성이 등장하는 시는 물론이거니와, 여성을 상징하는 상관물이 등장하는 작품이나 여성에 대한 담론으로 진행되는 시를 포함하면 그 수는

상당하다고 할 수 있다. 그런데 작품에 등장하는 여성과 시적 자아의 만남은 다시 현실로 돌아오는 순간적인 만남이라는 것과 상상에 의한 관계의 진전을 노정하고 있다는 공통점이 있다. 위 시에서도 화자와 여자의 만남은 스쳐지나가는 정도의 찰나적 부딪침에 불과하다. 그러나 화자는 여자가 '전생의 내자'였을지도 모른다는 상상으로 시작하여 바람 속을 걸어가는 여자를 바람에 희롱당하는 여자로, 자신은 '눈 뻔히 뜨고 보면서 바람난 아내를 떠나보내던 처용'으로 상상하기에 이른다. 바람과 여자라는 두 소재를 엮어내는 재치있는 상상력도 상상력이지만, '바람'이라는 어휘가 현상과 의미의 두 층위에서 이중적으로 해석될 수 있다는 점에서 시인의 시어를 운용하는 능력 또한 간취되는 대목이다. 이러한 형태의 언어유희는 홍도동에서의 '홍도', 누에의 방에서 '잠실'과 같은 시어에서도 확인되고 있다.

잘 알려진 바대로 라캉에 의한 주체의 형성은 어머니와의 분리를 통해 상징계로 진입하는 것을 의미한다. 상상계가 어머니와의 분리 이전 통합의 관계, 주관적 감성의 세계, 무의식의 세계를 의미한다면, 상징계는 아버지로 표상되는 법의 세계, 객관적 이성의 세계, 규율화된 체계의 세계를 의미한다. 어머니와의 분리로 결핍을 내재한 채 상징계로 진입한 주체는 세계에 적응하면서 '아버지'라는 자리에서 그 결핍을 메우려고 한다. 이러한 라캉의 정신분석적 구도에서 볼 때, 다소 단선적인 분석이 될 수 있겠지만 전건호의 작품에서 반복되어 나타나고 있는 여성과의 상상속의 관계, 그럼에도 결코 이루어지지 않는 관계는 상상계에 대한 무의식적 지향과 관련되어 있다고 볼 수 있다. 즉 상징계의 시적 주체는 진정한 주체가 아닌 세계라는 거대한 기계의 부속품으로 자리하는 자아를 인식하기에 이르고 이러한 상징계에서의 불화는 분리이전 통합적 세계, 근원의 세계에 대한 욕망을 내포하게 된다. 이러한 상상계로의 회귀에 대한 욕망이 전건호의 시에서는 이루어지지 않는 여성과의 만남이라는 구도로, 그리고 이 여성에 대한 성적 상상으로 발현되고 있다는 것이다.

시인의 감성에 대한 욕구도 이와 같은 맥락에서 이해될 수 있겠다.

볼을 타고 흘러내리는 눈물에 비친 나를 바라보다

눈물이 내미는 손을 잡는다

눈물방울 속에서

거리를 가늠할 수 없는 별이 반짝거린다

▌「눈물방울 별」 부분

지금도 가슴 시린 것은
내일 또 만날 것으로 알고
손 한 번 못 흔들고 헤어진 사람
다시 찾을 줄 알고
낙서 한 줄 못 남기고 떠나온 담벼락이다

▌「때늦은 후회」

베란다 선인장 아래 쪼그려 앉아
가슴 저미는 시를 읽는다

……

말 붙일 사람 하나 없고
바람 한 점 없는 베란다에 홀로 쪼그려 앉아
시 한 소절에 잠 못 이룬다

▌「시를 읽으며 울다」

위에서 인용된 시들은 세계와의 불화를 발현하고 있는 작품들과는 사뭇 다른 분위기가 느껴지고 그 창작기법에서도 차이를 보이고 있는 작품들이다. 상징이나 과장, 너스레 등의 표현기법이 제거되고 내면의 정서 그대로를 내비치고 있기 때문이다. '눈물이 내미는 손'을 잡는 시적 자아가 눈물방울 속에서 반짝이는 별을 발견한다거나, 아무도 없는 공간에서 '가슴 저미는 시'에 잠 못 이룬다는 것은 감성에 몰입하고 있는 자아를 명징하게 보여주고 있는 것이다. 시적 주체의 의식은 '내일 또 만날 것으로 알고/손 한 번 못 흔들고 헤어진 사람', '낙서 한 줄 못 남기고 떠나온 담벼락'과 같은 지극히 개별적 경험의 기억에 머물고 있다. 또한 시인의 시선은 세계의 코드가 아닌 가슴, 즉 자아의 내면으로 향하고 있다. 이는 현란한 시의 방법적 장치들이 제거된 것과 같이 시적 자아가 세계의 부속적 자리에서 떨어져 나와 비로소 온전한 자아와 마주하게 된다는 의미이다.

전건호의 시세계는 어느 하나의 속성으로 운위하기 어렵다. 현실과 환상, 현상과 감성을 넘나들며 그 형식적 내용적 측면에서 모두 다각적인 모습을 보여주고 있기 때문이다. 이렇게 전건호의 작품은 뛰어난 상상력과 재치 있는 언어유희를 통해 무겁지 않게 그러나 결코 무디지 않은 현실인식을 보여주고 있다. 그의 시세계에 드러나는 현실은 인간이 본연적 자아로서 존재하는 것이 아니라, 세계라는 거대한 기계의 하나의 부품 내지 소모품으로 존재하는 현실이다. 시인은 이러한 현실인식을 바탕으로 보다 근원적인 것에 대한 욕망을 그의 시를 통해 발현하고 있는데, 그 대안적 세계 또한 농弄과 진眞, 너스레와 진지함을 오가며 긴장의 경계를 놓치지 않는 데 성공하고 있다.

제2부

문학과 존재의 지평
사랑에 대한 다양한 시선

제1장

사랑, 자기고양의 과정 : 유치환론

제2부 사랑에 대한 다양한 시선

1. 사랑의 본질

> 파도야 어쩌란 말이냐
> 파도야 어쩌란 말이냐
> 임은 뭍같이 까딱 않는데
> 파도야 어쩌란 말이냐
> 날 어쩌란 말이냐

▌「그리움」 전문

사랑의 신 에로스가 풍요의 신 포로스Poros와 결핍의 신 페니아Penia 와의 사이에서 태어났다는 것은 사랑의 본질이라는 층위에서 볼 때 매우 의미심장한 일이다. 사랑의 본질은 충족과 결핍의 교호交互과 정이라는 정의가 가능해지기 때문이다. 즉 인간은 끊임없이 사랑하는 대상과의 거리를 좁혀가며 충족감을 느끼고 싶어 하지만 완전한 소유나 합일이란 근원적으로 불가능한 일이기에, 사랑이라는 행위에는 필연적으로 결핍감을 내재하게 된다는 의미이다.

아이러니한 것은 사랑의 지속이 충족감이 아니라 결핍감에 기반하고 있다는 사실이다. 충족감에 이르렀을 때 그때부터 식어가는 것이 사랑이라는 정서의 속성이라 할 수 있다. 완성은 곧 파괴에 다름 아니라는 역설이 사랑에 있어서만큼은 성립하는 것이다. 사랑은 오히려 대상에 대한 결핍감, 대상과의 거리에 대한 인식에서 지속되는 것이며 여기에서 연원하는 아픔, 외로움, 갈구, 열정 등이 사랑의 본질이라 할 수 있다. 사랑의 의미는 완성이 아니라 진행에서 찾아지는 것이다.

누군가를 열정적으로 사랑했던 기억이 있는 독자라면 한 번쯤은 이러한 경험과 마주한 적이 있었을 것이다. 오랜 시간이 흐른 뒤 그때를 돌아보았을 때 오히려 그/그녀의 이미지는 흐릿해지고 정작 또렷하게 각인되어 있는 것은 누군가를 그토록 순수하게, 혹은 처절하리만큼 무구하게 사랑할 수 있었던 자신의 모습이라는 것을 깨닫게 되는 순간 말이다. 이는 인간이 어떠한 대상을 사랑한다고 할 때 그 내면을 면밀히 들여다보면, 그 초점이 사랑하는 대상으로 향해 있는 것처럼 보이지만 기실은 대상을 사랑하는 자아에 맞추어져 있는 경우라 할 수 있을 것이다.

사랑하는 행위를 거울 앞에 서 있는 것에 비유해 볼 수도 있겠다. 우리는 흔히 사랑하는 사람을 위해서는 못할 일이 없다고 말한다. 목숨을 버릴 수도 있을 만큼 열정적으로 사랑한다는 것, 그런데 내가 바라보고 있는 사랑하는 대상이란 결국 거울 속의 또 다른 나인 것이다. 열렬하게 사랑하고 있는 자, 그가 사랑하고 있는 것은 어쩌면 그 대상이라기보다 대상을 눈물겹게 사랑하고 있는 자기 자신, 사랑하는 과정, 연정 그 자체는 아닐까.

유치환의 삶과 작품 속에서 드러나고 있는 사랑 또한 이러한 경우와 다르지 않다.

2. 의지의 시와 연정의 시

내 죽으면 한 개 바위가 되리라
아예 애련에 물들지 않고
희노에 움직이지 않고
비와 바람에 깎이는 대로
억년 비정의 함묵에
안으로 안으로만 채찍질 하여
드디어 생명도 망각하고
흐르는 구름
머언 원뢰
꿈 꾸어도 노래하지 않고
두 쪽으로 깨뜨려 져도
소리 하지 않는 바위가 되리라

▮「바위」 전문

- 사랑하는 것은
사랑을 받느니보다 행복하나니라.

오늘도 나는
에메랄드 빛 하늘이 환히 내다뵈는
우체국 창문 앞에 와서 너에게 편지를 쓴다.

행길을 향한 문으로 숱한 사람들이
제각기 한 가지씩 족한 얼굴로 와선
총총히 우표를 사고 전보지를 받고
먼 고향으로 또는 그리운 사람께로
슬프고 즐겁고 다정한 사연들을 보내나니.

세상의 고달픈 바람결에 시달리고 나부끼어
더욱 더 의지삼고 피어 흥클어진 인정의 꽃밭에서
너와 나의 애틋한 연분도
한망울 연련한 양귀비꽃인지도 모른다.

- 사랑하는 것은
사랑을 받느니보다 행복하나니라.
오늘도 나는 너에게 편지를 쓰나니
- 그리운 이여, 그러면 안녕!
설령 이것이 이 세상 마지막 인사가 될지라도
사랑하였으므로 나는 진정 행복하였네라.

▐「행복」 전문

청마 유치환(1908-1967)은 1931년 『문예월간』에 시 「정적靜寂」을 발표하면서 문단에 데뷔하였다. 공식적인 창작활동은 1931년부터라지만 유치환은 그 이전부터 오랜 기간 동인지를 통해 활동해 온 터라 상당한 습작기를 거친 시인이라 할 수 있다. 그의 창작활동 시기에 있었던, 일제 강점과 해방, 6·25전쟁과 분단, 독재와 4·19혁명 등의 큰 사건들만 헤아려 보아도, 유치환의 시는 그야말로 우리 역사의 파란의 정점들이라 할 만한 시대를 배경으로 쓰였다고 할 수 있다. 그의 시에는 이러한 현실에 대한 시적 자아의 고투가 고스란히 드러나 있다.

유치환 시의 특징 중 하나는, 사변적이고 진취적인 경향의 시가 하나의 축을 이루고 있고 서정적이고 감성적인 경향의 시가 또 다른 한 축을 이루고 있다는 것이다. 위에서 인용한 두 시는 각각 그 경향을 대표하는, 일반 독자들에게도 잘 알려진 작품들이다. 전자의 경우로 「깃발」이나 「생명의 서」와 같은 작품들도 널리 알려져 있긴 하지만 위의 시 「행복」을 비롯한 「그리움」, 「기다림」과 같이 서정성이 깃든 연정의 시가 더 공감을 획득하고 있는 것이 사실이다.

작품 「행복」을 보면 20여 년간 이어졌던 이영도 시조시인과의 연서를 떠올릴 만하다. 이를 두고 세간에서는 "문학이란 높은 윤리의 태반에서 낳아지는 것"이라 한 유치환의 언술과 대치되는 행동으로 평가하기도 하고, 또 다른 한편으로는 '플라토닉 러브'라 명명하며 신비화하기도 한다. 이 글에서는 그 사건의 진실이나 그에 대한 해석의 진위를 따지려는 것이 아니라 유치환의 문학과 사유의 궤적에서 그의 사랑의 위치를 가늠해보고자 하는 것이다.

유치환의 문학과 사랑, 그리고 사회현실에 대응하는 태도에는 한 가지 공통점이 있다. 이들을 관류하는 정신사적인 무언가가 있다는 의미이다. 여기에 접근하기 위하여서는 우선 유치환의 시세계에서

그 근간을 이루고 있다고도 할 수 있는 고독이라는 정서의 의미를
살펴볼 필요가 있다.

3. '열렬한 고독'과 자아 고양

나의 지식이 독한 회의를 구하지 못하고
내 또한 삶의 애증愛憎을 다 짐지지 못하여
병든 나무처럼 생명이 부대낄 때
저 머나먼 아라비아亞喇比亞의 사막으로 나는 가자.

거기는 한 번 뜬 백일白日 불사신같이 작열하고
일체가 모래 속에 사멸한 영겁永劫의 허적虛寂
오직 알라의 신神만이
밤마다 고민하고 방황하는 열사熱沙의 끝.

그 열렬한 고독 가운데
옷자락을 나부끼고 호을로 서면
운명처럼 반드시 '나'와 대면케 될지니.
하여 '나'란 나의 생명이란
그 원시의 본연한 자태를 다시 배우지 못하거든
차라리 나는 어느 사구沙丘에 회한 없는 백골을 쪼이리라.

▌「생명의 서(1장)」 전문

고독은 그의 초기시에서부터 줄곧 등장하는 소재이자 시정신의

근간을 이루는 정서 중 하나이다. '삶의 애증'에 '병든 나무처럼 생명이 부대낄 때' 유치환은 끊임없이 자신을 사막과도 같은 고독의 관념 속에 침잠시켰다. 이 대목은 니체의 「짜라투스트라는 이렇게 말했다」에서 짜라투스트라의 동굴을 연상시킨다.

산에서 내려온 짜라투스트라는 '저 세계'만을 바라보며 현 세계를 부정하는 사람들을 향해 신은 죽었음을 알리고 다닌다. 그러다가 사람들 사이에서 오히려 자신이 '왜소'해지고 '병든 나무'처럼 '생명이 부대껴' 올 때면 홀로 다시 산 위의 동굴 속으로 들어간다. 짜라투스트라에게 동굴은 단순한 공간이 아니다. 자신과의 싸움을 통해 과거의 자신을 성찰하고 극복하는 시간이자 치유와 회복이 이루어지는 고독의 공간이다. 동굴 속에서 짜라투스트라는 자신을 끌어내리려는 모든 것들을 극복하고 한층 고양된 자아로 거듭나 동굴 밖으로 나오게 된다. 더 강해진 짜라투스트라는 비로소 다시 산 아래로 내려가 세계에 응전할 용기를 갖게 되는 것이다.

유치환에게 고독은 짜라투스트라의 동굴과 같은 역할을 한다. '열렬한 고독' 가운데서 유치환은 그 누구도 아닌, 자기 자신과 대면하게 된다. '삶의 애증'에 허덕이는 과거의 자신을 응시하고 성찰하고 극복하고 정화하는 것이다. 유치환 시세계의 전시기에 걸쳐 고독이 주조적인 정서로 자리하고 있다는 것은 이러한 과정이 일회적인 것이 아니라 유치환의 삶과 문학에서 끊임없이 반복되고 있다는 것이다. 이러한 맥락에서 볼 때 그의 삶이란 더 한층 정화되고 고양된 자아를 창조하기 위한 고투의 과정이었다 할 수 있을 것이다. 이와 같은 유치환의 정신사적 면모는 그의 문학관에서도 확인할 수 있다.

4. 자기정화로서의 시쓰기

"나는 시인이 아니다"

▌유치환, 「나의 시에 대하여」, 『세대』

유치환은 시라는 예술작품이나 그것을 제작하는 시인이라는 예술
가를 두고 자신을 보면 자신은 도저히 시인이 될 수 없고 시인이 아
님을 여러 지면을 통해 밝혔다. 유치환의 말을 직접 인용하자면 그
에게 시란 "생명의 목마른 절규 같은 데서 자연 발생"한 "문학 이전
의 소재"이며 "시 이전의 토로"(유치환, 『쫓겨난 아담』)이다. 즉 유치환에
게 시란 하나의 완성된 예술작품으로서 의미가 있는 것이 아니라 그
과정에 진의가 있었다는 의미이다.

> 시를 쓰고 지우고, 지우고 또 쓰는 동안에 절로 내몸과 마음이 어
> 질어지고 깨끗이 가지게 됨이 없었던들 어찌 나는 오늘까지 이를 받
> 들어 왔아오리까.
>
> ▌유치환, 「서」(『청마시초』) 부분

위 인용글에서 확인되듯이 유치환은 시에 관해 목적이 뚜렷했다.
그에게 시란 일종의 도구였던 것이다. 예술지상주의적인 문학인들
에겐 탐탁지 않게 들리겠지만 유치환에게 시란 생리적인 배설과 같
은 직정의 토로이자 이를 통한 자기정화의 도구로 의미가 있었던 것
이다. 사실 유치환은 자신에게 시가 제일 우선은 아님을, 인생이 우
선이고 인간이 우선임을 여러 차례 강조한 바 있다. 그러므로 유치

환에게 있어서 시를 쓴다는 것은 예술가로서의 예술행위가 아니라
삶의 구도자로서의 수행과도 같은 의미였다고 할 수 있을 것이다.
　이제 다시 유치환의 사랑으로 돌아가 보자.

5. '지순至純'과 '지선至善'에 이르는 사랑

　　　무척이나 무척이나 기다렸네라
　　　기다리다 기다리다 갔네라

　　　날에 날마다 속여 울던 뱃고동이
　　　그제사 아니 우는 빈 창머리
　　　책상 위엔 쓰던 펜대도 종이도 그대로
　　　눈 익은 검정 모자도 벽에 걸어 둔대로

　　　두 번 다시 못 올 길이었으매
　　　홀홀히 어느 때고 떠나야 할 길이었으매
　　　미래未來는 억만億萬시간을
　　　시간마다 기다리고 기다렸네라

　　　흐림 없는 그리움에 닦이고 닦이었기
　　　하늘에 구름빨도 비취는대로
　　　이름 없는 등성이에
　　　백골白骨 울어도

그때사는 정녕
너는 아니 와도 좋으네라

▍「기다림」전문

위 시에서는 '무척이나 무척이나', '기다리다 기다리다'와 같은 반복 화법으로 화자의 절실한 기다림의 심정을 드러내고 있다. 이러한 심정은 점층적으로 심화되어 2연과 3연에 가면 극에 달하게 된다. '미래未來없는 억만億萬 시간'이라는 무시간성은 기다림으로 화석화된 시적 자아의 내면의 세계를 표상하는 것이다. 이 시에서 주목해야 할 대목은 마지막 연의 '그때사는 정녕/너는 아니 와도 좋으네라'이다.

이토록 절절한 그리움과 기다림을 토로하고 있음에도 화자는 왜 기다리고 기다리던 임이 오지 않아도 좋다고 한 것일까. 그리고 임이 오지 않아도 좋을 '그때'란 과연 어떠한 때를 의미하는 것일까. '그때'의 의미는 그 앞의 연에서 밝히고 있는데 '그때'란 바로 하늘의 '구름빨'도 비칠 만큼 '흐림 없는 그리움에 닦이고 닦인' 때를 의미한다. 이 '그리움에 닦이고 닦인 때'라는 시구에서, 우리는 그리움이나 기다림이라는 정서가 화자에게는 자기정화의 기제가 되고 있음을 간취해 낼 수 있다. 즉 임을 그리워하고 기다리는 과정이 자신을 성찰하고 극복하고 정화하는 과정인 것이다.

유치환이 연정에 관한 자신의 생각을 밝힌 산문을 보면 이러한 의미는 보다 명확해 진다.

그것이 관능적인 계략이나 정욕의 발작이 아니요, 어디서 연유한 지도 모를 근원적인 이성에의 진실한 갈망에서 오는 연정이라면, 그

애틋하고도 짙은 황홀한 연소로 말미암아 인간의 바탕은 얼마나 지순至純하며 지선至善하여지는 것인가? 지순 지선한 것은 언제나 진실하고 깊은 회오悔悟를 상반하기 마련인 운명인 것이다.

▌ 유치환, 「'눈 감고 죽고 싶다'고」(『청마 유치환 전집Ⅴ』)에서

유치환에게 '연정'은 '관능', '정욕' 등과 같은 본능이나 직관적 정서와 관련된 개념이 아니다. 그에게 '연정'은 '갈망', '애틋함', '짙고도 황홀한 연소'의 과정으로 의미가 있는 것이다. 유치환은 이러한 과정이 '인간의 바탕'을 '지순至純'하고 '지선至善'하게 만드는 과정이라 여기고 있다. 유치환의 사랑에 관한 의식이 이러하기에, 작품 「기다림」에서 임이 오고 오지 않음은 더 이상 의미가 없는 것이다. 아니 오히려 그의 시에서 임은 오지 않아야 한다. 그러할 때에라야 자기극복, 자기고양의 과정이 끊임없이 지속될 것이기 때문이다. 즉 유치환의 시에서 임과의 합일은 계속 유보되어야 한다는 것이다. 이러한 이유로 유치환은 임을 '가상假像'이라 설정했는지도 모른다.

사랑하는 사람이여, 내가 이렇듯 당신을 애모愛慕함은 무슨 연유이랴?
당신의 용모? 당신의 자질?
- 아니거니!
당신을 통하여 저 영원에의 목마름을 달래려는 한 가상假像으로-
그러기에 아득한 별빛을 우러르면 더욱 애닯게도 그리운 당신!

▌「목마름」 전문

'당신'을 애모함은 '당신'의 용모, 자질 때문이 아니다. 나아가 '당신'은 용모, 자질을 갖춘 구체적인 대상이 아니다. '당신'은 '아득한 별빛'과 같이 영원히 닿을 수 없는 거리에 있다. '당신'과의 만남은 영원히 유보될 뿐이므로 '당신'은 하나의 '가상'이다. 유치환은 이렇게 사랑이 완성에 이르지 못하도록 사랑하는 대상을 '가상'으로 설정해 두고 끊임없이 기다리고 애달프게 그리워한다. 그리고 이 그리워하고 기다리는 과정은 바로 유치환이 자신을 지순, 지선하게 정화하는 과정에 다름 아니다.

유치환이 타계하기 직전까지 20여 년 동안 이어졌던 한 여인을 향한 연서 또한 이러한 맥락에서 해석해볼 수 있지 않을까. 가령 이렇게 말이다. 유치환이 사랑한 것은 이영도라는 구체적인 인물이 아니었다. 유치환에게 이영도는 영원히 닿을 수 없는 하나의 이미지이며 가상이었다. 그러므로 그에게 사랑이란 필연적으로 지독한 고독과 애달픔이자 끝이 없는 기다림일 수밖에 없었던 것이다. 유치환은 이 지독한 고독과 절절한 그리움 속에서 자기 자신과 대면했던 것이고, 성찰과 극복의 과정을 통해 고양된 자아로 나아가고자 했던 것이다.

니체에 의하면 사랑한다는 것은 사랑하는 대상을 아름답게 창조하는 행위이다. 이렇게 본다면 유치환은 그 누구보다 자기 자신을 사랑한 시인이었다고 할 수 있겠다. 유치환이 끊임없이 응시하고 있었던 것은 문학, 사랑하는 대상, 세계 자체가 아니라, 문학하는 자아, 사랑하는 자아, 세계에 대응하는 자아였으며, 그는 이러한 행위들을 통해 늘 자신을 새롭게 창조하고자 하는 의지를 끝까지 놓지 않았던 시인이었기 때문이다.

제2장
세계를 향한 사랑과 위무의 시선

: 권정우의 『허공에 지은 집』

1. 보는 것과 아는 것, 그리고 사랑

어둠은 일반적으로 공포, 두려움의 정서와 긴밀하게 연결되어 있다. 어둠은 언제부터 인간에게 공포로 인식되기 시작했을까. 그것은 본능적인 것일까, 경험에 의한 학습의 결과일까. 모르긴 해도 모체의 태내가 어둠이었다는 것, 태내에서 인간은 눈을 뜨기 전의 상태라는 점을 상기할 때 애초에 어둠은 공포라기보다는 안정감, 평안함의 정서에 가까운 것이었지 싶다.

그렇다면 어둠이 공포로 인식되는 것은 어떠한 연유에서일까. 그것은 '보이지 않음', '인지되지 않음'이라는 어둠의 속성에서 비롯된 것일 터이다. 인간 진보의 역사라는 가장 포괄적인 의미망에서 보이지 않는 것, 알 수 없는 것, 낯선 것 등속의 인간의 인식 체계 안에 포착되지 않는 세계는 인간에게 공포를 주는 대상이었다. 인간의 인식확장에 대한 욕망은 애초에 이러한 두려움으로부터 근원한 것으로, 이 욕망은 미지의 것에 대한 공포와 지배의 변증적 관계 속에서 확장되어 왔다고 할 수 있겠다. '인간은 언제나 자신을 자연 밑에 굴복시킬 것인지 아니면 자연을 자신의 지배하에 둘 것인지를 선택해야 했다'는 아도르노의 언표 또한 이러한 맥락에서 이해되는 것이다.

그런데 권정우의 시에서 '본다는 것', '안다는 것'은 이러한 분화와 체계의 인식성이 아니라 유대와 통합의 사랑으로 귀결되고 있다는 점에서 차질적인 의미를 획득하고 있는 경우라 할 수 있다.

권정우의 시에서 가장 먼저 읽히는 것은 '보는 것', '보는 행위'에 대한 의미이다. 어떠한 예술이라고 보는 행위에서 발원하지 않는 것이 있겠는가마는 그의 시에서는 유독 '보는 행위'가 표나게 강조되고 있다는 느낌이 들기 때문이다. 가령, 권정우의 시에서 서정적 자아는 우연히 마주하게 되는 풍경으로 인해 자주 발길을 멈추게 된다. 또한 어느 특정한 대상이나 장면을 보고, 기억하고, 회상하고 그곳을 다시 찾는 자아가 빈번하게 등장한다.

기실 이것만으로 그의 시세계에 포회되어 있는 '보는 행위'의 의미가 차질적이라 말할 수는 없을 것이다. 이는 오히려 서정시에 있어 매우 일반적인 사실에 해당되는 경우이기 때문이다. 권정우 시에서 특징적이랄 수 있는 것은 그 기억이나 회상의 초점이 본 '장면'이나 '대상'이 아니라 '보는 행위'에 맞추어져 있다는 점이다. 또 하나 중요한 것은 사랑이나 그리움 등속의 정서 또한 '보는 행위'를 통해 대상과의 연속성을 확보하고 있다는 점이다.

너와 함께 보았던 가을 호수에는
하늘이 그대로 들어와 있었다

▌「사랑」 부분

풍경을 함께 보고 싶은 사람이 있는 것
고마워하는 마음이 우물처럼 자리 잡은 것

▌「자전거를 타면서 고마워한 것들 1」 부분

초승달이
서산 너머로 지려 해

내가 보는 달을
너도 보고 있는 거니

저 달을
설레는 마음으로 바라보는 건
우리가 달을 닮아서인지도 몰라

▌「두 개의 달」 부분

　「사랑」에서 서정적 자아는 '하늘이 그대로 들어와 있었'던 아름다
운 '가을 호수'를 배경으로 사랑의 대상인 '너와 함께' 거닐 수도 있고,
혹은 나란히 앉아있을 수도 있다. 그런데 이 시에서 '가을 호수'는 대
상과의 친밀성을 구현하는 배경으로서가 아니라 '너와 함께 보았던'
'풍경'으로 자리하고 있다. 「자전거를 타면서 고마워한 것들 1」 또한
'함께 보는' 것이 사랑의 행위라는 점에서 동일한 맥락에 자리하는

작품이다. 이 시에서 '풍경을 함께 보고 싶은 사람'이란, 그것이 연정
이든 아니든, 사랑하는 대상이라는 점에서는 달라지는 것이 없다.

　그런데 대상에 대한 사랑의 정서가 '풍경을 함께 보고 싶은' 마음
으로 구현되고 있다는 것에 주목할 만하다. 이러한 양상이 반복적으
로 확인된다는 것은 그것이 우연에 의한 것이 아니라 시인의 시적
전략이라는 점을 말해주는 것이기 때문이다. 「두 개의 달」에서 공간
적으로 거리를 두고 있는 '나'와 '너'를 매개하고 있는 것은 달, 보다
구체적으로는 '달'을 바라보는 '행위'이다. 즉 '내가 보고 있는 달을/
너도 보고 있'음으로 '나'와 '너' 사이의 거리는 무화되고 '우리'로 합
일 될 수 있게 된다.

　이처럼 권정우의 시에서 '본다'는 것, '보는 행위'는 단순히 시선에
포착된 대상에 대한 인식의 차원이 아니라 의지의 차원에서 이루어
지는, 어떠한 의미를 담지하고 있는 행위이다. 그렇다면 그의 시에
서 '본다'는 것에는 어떠한 의미가 포회되어 있는 것일까.

　　　　멀리서 보기만 하고도
　　　　안다고 생각한 적이 있다

　　　　강물이 불어 지각한 적도
　　　　강둑을 따라가 봤지만
　　　　끝내 건너지 못한 적도

　　　　보름날 달빛을 받으며
　　　　강물을 건넌 적도

물소리를 한밤중에
들어본 적도 없으면서

강을 안다고 생각했다

첫눈에 반해
사랑이 시작되듯이
보는 것은
아는 것으로 가는
첫걸음일 뿐이었다

나 아직
손을 담가본 적도
휩쓸려 본 적도 없으니
강을 안다고 말하지 않으리

　　　　　　　▌「자전거를 타면서 고마워한 것들3」 부분

　권정우의 시에서 '본다'는 것은 '안다'는 것과 긴밀하게 연관되어
있다. 화자는 "멀리서 보기만 하고도/안다고 생각한 적이 있"으나
'강물이 불어 지각'을 했다거나 '한밤중에 물소리를 들어'보았다든가
하는, 화자가 경험해보지 못한 상황들에 생각이 미치면서 단지 보
았다는 그것으로 '강을 안다'고 할 수 없음을 깨닫기에 이른다. 그렇
다고 이를 두고 '안다'는 것은 대상에 대한 경험의 유무로 판단되는
것이라는 단선적인 의미로 해석할 수 없음 또한 지극히 자명한 사
실이다. 중요한 것은 이러한 관점에서 볼 때 어떠한 대상에 대한 완

전한 '앎'이라는 것은 있을 수 없다는 것이다. '앎'에 대한 보다 궁극적인 의미에 근접해 들어가기 위해서는 이 시의 5연에 주목할 필요가 있다.

5연에서 직유로 연결되고 있는 시구인 '첫눈에 반해 사랑이 시작되'는 것과 '보는 것이 아는 것의 첫걸음'이 되는 것은 등가를 이룬다. 이러한 맥락에서 '첫눈'은 '보는 것'에 '사랑'은 '아는 것'에 상응하고 있는 것이라 할 수 있다. 결국 시인에게 있어 '보는 것'은 '아는 것'으로 가는 발원적 행위이며 '아는 것'이란 대상에 대한 심원한 이해내지는 사랑이라는 의미에 다른 것이 아니다. 5연에서 표층적 의미로는 '보는 것'만으로 '아는 것'이라 할 수 없다는, 인간 인식 행위에 대한 성찰을 드러내는 것으로 보이지만, 시인에게 있어 보는 것이나 아는 것, 이해나 사랑이 결코 다른 의미역에 속하는 것이 아니라는, 이 시에서 말해지지 않은 의미 또한 간취해 볼 수 있다.

2. 무목적적 세계 인식과 단독성

권정우의 시에서 직정적으로 감각되는 느낌이 있다면 그것은 순함, 때 묻지 않은 순수함 같은 것이다. 어떠한 대상이라도 그의 시선의 프리즘을 통과하고 나면 투명에 가까운 본연의 그것으로 전화되어 현상될 것만 같다. 이는 단순히 시어의 선택이라든가 시의 방법적 의장 등으로 흉내 내어질 성질의 것이 아니다. 그것은 표층적으로는 '보는' 관점, 즉 시인의 세계관과 관계되는 것이면서 보다 내밀한 층위에서는 내면의 고결성에 연결되는 것이기 때문이다. 여기에서 '고결성'이라 한 것은 그의 시에 드러나는 순수함이라는 것이 어린 아이의 그것과 같은 날것 그대로의 무구함이 아니라 성찰과 사유의 과정 뒤에 오는 비움, 벗음으로서의 순수인 까닭이다.

이러한 순수성은 대상에 대한 무목적적 인식과 관련이 깊다. 목적성이라는 것에는 그것이 선에 관한 것이든 악에 관한 것이든, 이미 일원적·획일적·환원적인 전체성의 의미가 배태되어 있는 것이다. 선과 악이라는 가치 또한 그 기원에 이르면 객관적 권력의 목적에서 연원한 것이라 할 때 목적성이라는 것은 인간 삶에서 분리될 수 없는 성질의 것이 아닌가 한다.

확장된 의미망에서 목적론적 사유의 문제를 두 측면에서 생각해볼 수 있다. 하나는 목적이 생성되면 긍정적 의미에서든 부정적 의미에서든 거기에는 필연적으로 포기되거나 환원되어야 하는 가치들이 생기게 마련이라는 점이다. 이 과정에서 대상은 한편으로는 공격적이 되면서 또 다른 한편으로는 상처를 내재하게 되는 양가적 존재로 자리하게 된다. 다른 하나는 목적론적인 사유의 경우, 목적의 완성에 이르기 전의 상태는 그야 말로 '과정', '미완'으로밖에는 의미지어지지 않는다는 점이다. 존재에 있어 대상 고유의 가치는 배제되고 획일적 기준에 의해 자리매김 된 도구적 존재로 남게 된다는 의미이다.

이러한 관점에서 볼 때 권정우 시세계의 순수함을 추동하고 있는 대상에 대한 무목적적 인식은 매우 의미 깊은 것이라 할 수 있다.

누군가의 눈길을 끌 욕심으로
피었다고 보기에는
꽃이 너무 아름답다

빛나려 한 적 없는 달이나
흐르려 한 적 없는 물도
꽃처럼 사정이 있었을 거다

▌「꽃이 피는 이유」 부분

벗나무라고
겨울이 좋았겠어
피하고 싶었지만
어쩔 수 없었겠지

처음부터 견디려 한 게 아니야
살다보니 견뎌진 거지

봄을 바라며 견딘 게 아니야
빙하기가 와도 견딜 수 있게 됐을 때
느닷없이 봄이 온 거야

▌「학교에 가기 싫어하는 어린 딸에게」 전문

　꽃이 '누군가의 눈길을 끌 욕심으로' 피는 것이 아님은, 인간에게
아름다움을 느끼게 하기 위해 피는 것이 아님은 너무도 자명한 사실
이다. 그럼에도 인간 중심적인 관점에서 인간의 목적에 비추어 대상
을 인식하는 경우가 일상화 되어 있다는 사실 또한 부정할 수 없는
현실이다. 가령 나무가 '봄을 바라며' 겨울을 견디는 것이 아니라는
것을 모르지는 않으나 우리는 시련 극복에 대한 흔한 비유로 봄을
기다리며, 봄을 맞이하겠다는 일념 하에 겨울을 버텨내는 그것으로

그리고 있는 것이다.

　단순한 현상으로 보이지만 그 내재하고 있는 의미에 있어서는 좁힐 수 없는 큰 간극이 있다. '봄'이 목적이 되지 않을 경우, 겨울은 봄과 등가이지만 반대의 경우 겨울은 봄에 이르기 위한 수단내지는 과정으로 전락하게 된다. 봄이 목적이든 아니든 '벚나무'에 있어 겨울은 견뎌야 하는 과정이지만 전자의 경우 겨울은 봄이 아니면 견뎌야 할 의미를 상실하게 된다. 그것은 봄을 맞이한 상황에도 동일하게 적용된다. 이미 이루어진 목적에 수단의 의미는 더 이상 유효하지 않기 때문이다. 그러나 후자의 경우는 다르다. 봄이 목적이 되지 않는 경우라면, 봄은 봄대로 단독적인 의미를 갖는 것처럼 겨울은 그것 자체로 또 하나의 삶의 형태로서 고유한 의미를 갖게 되는 것이다. 중요한 것은 봄을 목적으로 하지 않았어도 '빙하기가 와도 견딜 수 있는' 그러한 지점에 이르게 되면 봄은 '느닷없이' 존재 앞에 현현된다는 것이다.

　　　　혁명을 꿈꾸는 것 아냐

　　　　세상을 바꾸려면
　　　　나부터 변해야 한다고
　　　　마음먹은 것 아냐

　　　　수 만개나 되는 꽃송이를
　　　　한꺼번에 터뜨려
　　　　혁명의 불씨가 되려는 것 아냐

반도의 끝에서 시작된 반란의 기운이
일부는 산맥을 타고,
일부는 도로를 따라
수도로 번져가고 있다는 소식을 듣고
불길에 휩싸인 것 아냐

불꽃이 사그라진 뒤에
새잎이 돋는다는 것도,
열매를 맺기 위해서
꽃이 진다는 것도 모르고

스무 살 청년이던 우리들처럼
자기를 잊은 것 아냐

▌「벚나무도 봄이 되면」 전문

　혁명만큼 강한 목적성을 갖는 행위가 있을까. 뚜렷한 목적성 없이
는 성공은커녕 성립조차 될 수 없는 것이 '혁명'이라는 개념일 것이
다. 위 시는 한때 혁명을 꿈꾸었던 '스무 살 청년' 시절의 화자의 내
면을, 혹은 그 삶을 벚꽃이 피는 형세로 형상화하고 있는 작품이다.
'스무 살 청년이던 우리들'은 '세상을 바꾸려는' 목적으로 '나부터 변
하기'로 마음먹었다. 하나의 목적아래 모인 '수 만'의 우리들은 '한꺼
번에' 움직임으로써 '혁명의 불씨'가 되고자 했으며 확산되는 '반란의
기운'에 스스로 '불길에 휩싸'여 들어갔다. 이 시에서 혁명의 성공 여
부는 중요하지 않다. 중요한 것은 거대한 목적 앞에서 '스무 살 청년
의 우리들'은 '자기를 잊었'었다는 사실에 대한 인식이다.

혁명을 꿈꾸거나 세상을 바꾸려는 목적을 갖지 않았다 해도 각자
가 본래적 삶에 대해 올곧게 인식하고 이를 충실하게 살아간다면
'느닷없이' 봄이 오는 것처럼 목적하지 않았던 혁명이 이루어져 있지
않을까. 의도한 바 없었어도 어느 시기가 되었을 때 개화하고 만발
하였다가 그 절정의 시기가 지나면 다시 꽃을 지우고 새 잎을 돋우
어 열매를 맺어내는 벚나무처럼 말이다.

벼 포기가
자기 키 만큼 거리를 두고 서 있다

혼자 서는 법을 배우려면,
쓰러져도
이웃한 벼를 다치지 않게 하려면
적당한 거리가 필요하다

▮「사이」 부분

조용한 혁명에는 본래적 삶을 인식하고 지향하는 존재의 확산이
요구된다. 권정우의 시에서 '보는 것'은 '아는 것'의 첫걸음이고 '아는
것'은 대상에 대한 심원한 이해와 사랑에 다름이 아니었음을 상기해
보자. 아울러 존재와 존재 간의 연속성의 감각을 매개, 유지하는 것
이 바로 '보는 것', '보는 행위'였음 또한 떠올려 보자. 서정적 자아에
게 있어 '함께 보는 것'이 그토록 중요했던 이유가 드러난다. '함께
본다'는 것은 '함께 안다'는 것이고 '함께 사랑한다'는 것이다. 그러므
로 '함께'에 포회되어 있는 진의는 본래적 삶을 인식하고 지향하는

존재의 확산, 바로 여기에 있었던 셈이다.

중요한 것은 같은 방향을 바라보되 그 삶의 방식은 존재 각자의 단독적인 그것이어야 한다는 점이다. 즉 같은 것을 바라본다는 것의 의미가 획일적 가치에 '자기를 잊게' 되는 전체성의 층위에 있는 것이 아니라, 자기의 고유성을 보지하면서 끊임없는 자기고양을 통해 보편적 진리에 이르고자 한다는 점에서 공통적이라는 뜻이다. 인용한 시 「사이」 또한 이러한 맥락으로 읽을 수 있다. '사이'는 바로 존재 간의 '거리'이고 이 '거리'를 통해 '혼자 서는 법'의 터득, 즉 존재 고유의 단독적인 삶이 가능해질 수 있다는 것이다. '적당한 거리'를 인정하지 않고 동일성이 강조될 때 단독성의 가치들은 포기되기를 강요받게 되고 여기에는 필연적으로 상처가 수반된다. 따라서 '혼자' 서기 위해서, 그리고 '이웃한 벼를 다치지 않게 하'기 위해서는 '적당한 거리'가 필요한 것이다.

3. '있음', '있다는 것'의 의미

전언한 바와 같이 권정우의 시세계에서 대상은 무엇에 이르기 위한 수단이나 과정이 아니라 그것 자체로 고유한 의미를 갖는다고 하였다. 그것은 시인의 무목적적 세계인식에서 연원하는 것이라 하였는데 어찌보면 이러한 세계관은 현대인의 그것과는 상당한 거리가 있는 것이라 할 수 있다. 현대인의 삶이란 미래를 담보로 현재의 삶을 끊임없이 유보하고 있는 양태이기 때문이다. 그러나 타자는 영원한 타자이듯 미래는 영원한 미래일 뿐이다. 이러한 삶에서 존재는 늘 결핍의 상태에 있게 되고 미완일 수밖에 없으며 일상은 항상 준비이고 과정일 뿐 한 번도 완성일 때가 없게 된다. 참 슬픈 존재이자 가여운 존재방식이다.

　권정우 시의 무목적적 세계인식에서 심원한 의미를 획득할 수 있는 이유가 바로 여기에 있다. 그의 시에서 대상은 '있음' 그 자체가 바로 의미이며 완성이기 때문이다.

> 여름휴가에서 돌아와 보니
> 거미가 거실 한 귀퉁이에 집을 짓고 있다
>
> 허공에
> 구멍으로 지은 집
>
> 거미야 세 든 집에 세 들게 해서 미안하구나
> 전세 만기일이 두 달밖에 안 남은 것도 그렇고
>
> 사는 것이 이미 세상에 세 든 것이니
> 대궐 같은 집에 산다 해도
> 세 들어 살기는 마찬가지라는 듯
>
> 거미는 똥구멍으로
> 당당하게 집을 짓는다
>
> ▌「집안에 지은 집」 전문

　현대의 일상적인 의미에서라면 '구멍'은 빈 것이고, 혹은 무엇인가 빠져나가는 손실이며 결핍이기에 메워야 할 어떤 것이 된다. 그러나 '구멍'의 완성은 메워짐이 아니다. 메워지고 나면 '구멍'의 존재는 사라지고 만다. 메워짐이 구멍의 완성이라면 완성에 이르는 길이 곧 자기 소멸에 이르는 길이라는 역설이 성립하게 된다. 그런데 알고 보면 현대인의 삶 또한 이와 크게 다른 것이 아니다. 완성내지 성공을 향해 달려가는 사이 개별적이고 단독적인 자아는 소멸되고 획일적이고 익명적인 존재로 살아가게 되는 것이 바로 현대인의 삶이기 때문이다. 권정우의 시에서 '구멍'은 메워야 할 대상이 아니라 오히려 그것의 본질적인 속성인 '비어 있음' 그 자체가 존재의 의미가 되고 있다. 구멍의 '비어 있음'이라는 속성이 결핍, 손실이 아니라 '구멍으로 지은 집'에서 드러나듯 생성의 의미를 구현하고 있다는 의미이다.

'허공' 또한 '비어있음'의 공간으로 시적 자아가 세 들어 살고 있는 '세상', 어느 누구도 주인일 수 없는 세상이기에, '똥구멍으로도 당당하게 집을 지'을 수 있는 그런 '세상'이다. 그의 시에서 동일한 의미망에 자리하는 공간이 '하늘'(「하늘은」)이다. '하늘' 또한 '비어 있음'으로 해서 '낮게 나는 새'도 '높이 나는 새'도 '멀리 나는 새'도 모두 품을 수 있다. 더 높이 있는 것들을 가리지 않으'면서도 '아래 있는 것들도 눌려 살지' 않도록 한다. '하늘'은 각기 다른 존재들이 그 다름 그대로 온전히 살아갈 수 있는 공간인 것이다. 이러한 '하늘'까지도 지상의 것들과 함께 넉넉하게 품을 수 있는 것이 바로 '저수지'이다.

자기 안에 발 담그는 것들을
물에 젖게 하는 법이 없다

모난 돌멩이라고
모난 파문으로 대답하지 않는다
검은 돌멩이라고
검은 파문으로 대답하지 않는다

산이고 구름이고
물가에 늘어선 나무며 나는 새까지
겹쳐서 들어가도
어느 것 하나 상처입지 않는다

바람은
쉴 새 없이 넘어가는
수면 위의 줄글을 다 읽기는 하는 건지
하늘이 들어와도 넘치지 않는다
바닥이 깊고도
높다

▌「저수지」 전문

　시인의 세계는 주인이 없는, 주인 됨을 행사함이 없는 시공간이
다. 모든 존재가 '세상'에 세 들어 사는 듯, 권정우의 시세계에서는
타자에 대한 주장이나 강요가 없다. 심지어 '자기 안에 발 담그는 것
들'조차도 '물에 젖게 하는 법이 없'다. '모난 돌멩이'이든 '검은 돌멩
이'이든 그것에 대한 가치판단 없이 있는 그대로 받아들이는 세계이
다. 이러한 세계에서 대상들은 그 무엇으로도 대체될 수 없는 고유
한 존재로 '존재'하게 되며 동일한 맥락에서 "산이고 구름이고/물가

에 늘어선 나무며 나는 새까지/겹쳐서 들어가도/어느 것 하나 상처 입지 않"는 것이 가능해지는 것이다.

존재가 자유롭게 고유의 자아로 살아갈 수 있는 세상, '허공'이라 든가, '하늘', '저수지'가 표상하고 있는 그것이 바로 시인이 궁극적으로 지향하는 세계가 아닌가 한다.

> 산처럼
> 자기 자리에서
> 남들을 위로해 줄 수 있을까
> 얼마나 오래 서 있어야 그럴 수 있을까
>
> 위로받지 않아도
> 산처럼
> 누군가에게 위로가 될 수 있을까
> 얼마나 위로 받아야 그럴 수 있을까
>
> 어디 있어도
> 있는 것만으로 위로가 되는
> 산처럼
>
> 어느 날 홀연히
> 사라진다 해도
> 탓하는 사람 아무도 없을
> 텅 빈 가을 산처럼

▌「산에서 나오며」 전문

존재가 '있음' 그 자체로 완성이라면 시인에게 도달해야 할 완성, 존재의 완성은 따로 없는 것일까. 대답은 모순적일 수밖에 없다. 그의 시세계에서 존재가 미완인 채로 완성이듯 시인에게 도달해야 할 존재의 완성이란 따로 있는 것이 아니면서, 동시에 없는 것은 아니다. 시인이 도달하고자 하는 '존재'는 무엇을 목적으로 자신을 변화시키거나 그 목적에 이르고자 하는 노력으로 도달하게 되는 것이 아니라 '자기 자리에 있는 것만으로 위로가 되는' 그러한 존재이기 때문이다.

시인에게 완성이란 절대적인 가치로 현현되는 추상적인 개념이 아니다. 그렇게 되면 그 또한 하나의 목적내지는 중심으로 자리하게 되고 거기에 이르기 위해 억압해야 하는 가치들이 생기게 되기 마련이다. 시인에게는 고유한 자아로 살아가는 매순간 순간이 곧 완성이요, 따라서 완성의 모습 또한 결정론적이고 일률적인 것이 될 수 없다. 완성이 삶을 이루고 삶이 곧 완성일 때 '있음' 그 자체가 위로가 되는, 또한 '어느 날 홀연히/사라진다 해도/탓하는 사람 아무도 없을' 그러한 자유로운 존재로 있게 되는 것이다.

산은 누군가에게 위로가 되기 위하여 움직이지 않는다. 산은 산의 삶으로, 구름은 구름의 삶으로 올곧게 살아갈 때 이들은 겹쳐져도 서로에게 상처를 주지 않을 뿐만 아니라 '어디 있어도/있는 것만으로 위로가 되는' 존재일 수 있게 된다.

4. 상처를 어루만지는 근원적인 위무, 어머니

권정우 시인이 이처럼 부드러우면서도 강한, 그리고 자유로운 존재를 그리게 된 연원에는 어머니가 자리하고 있다. 달리 말하면 시인에게 어머니는 그러한 존재의 모델이자 현현이라 할 수 있을 것이다. 「산에서 나오며」에서 서정적 자아는 '있는 것만으로 위로가 되는 산'과 같은 사람이 되려면 '얼마나 오래 서 있어야', '얼마나 위로받아야' 하는지를 묻고 있다. 다음 인용시들에서는 이러한 물음의 연원과 맥락을 가늠해 볼 수 있다.

> 열이 심해 학교에도 못 가고 자리에 누워
> 천 길 벼랑으로 까마득히 추락할 때
> 나를 받아준 것도
> 한 뼘 높이의 어머니 팔베개였다
>
> ▌「가르치기3」 부분

> 유치장과 구치소를 들락거리던
> 청년 시절의 나는
> 어머니의 아픈 곳이었다
>
> 그때마다 어머니는
> 당신 몸에 난 상처를 쓰다듬듯이
> 부드러운 손으로
> 나를 쓰다듬어 주셨다
>
> ▌「어린 아들을 울리고」 부분

'있는 것만으로 위로가 되는 산'과 같은 사람은 바로 어머니이다. 위 시들에서는 각각 유년기의 서정적 자아와 청년 시절의 그가 등장한다. 아파서 학교에도 못가고 '천 길 벼랑으로 까마득히 추락'하는 두려움에 있는 '나'는 '한 뼘 높이의 어머니 팔베개'에서 위안을 받는다. '유치장과 구치소를 들락거리던/청년 시절의 나'는 '어머니의 아픈 곳'이었음에도 어머니는 오히려 '부드러운 손으로/나를 쓰다듬어 주셨다.'

산처럼, 있는 것만으로 위로가 되는 그런 존재가 되려면 '얼마나 위로 받아야' 하는지를 묻고 있는 심리의 저변에는 어머니로부터 이토록 무한한 위로를 받았음에도 아직 그와 같은 사람이기에 부족하기만 한 자아에 대한 성찰이 자리하고 있는 것이라 하겠다.

소년원 담장 옆에

깨진 소주병

소주병도 버려지니

아무한테나 날을 세우는구나

▌「버려진다는 것」 전문

타고난 악취를 향기로 바꾸다

겨울 들판에 홀로 있을 때도 따뜻함을 잃지 않다

  알아주지 않는데도 실망하지 않고

  기꺼이 누군가의 거름이 되다

  ▌「두엄2」 전문

  상처를 주는 존재는 결국 상처 입은 존재에 다름이 아님을 「버려진다는 것」에서 보여주고 있다. '위로가 되는 존재'가 중요한 이유가 여기에 있다. 한 존재가 고유한 자아로 온전하게 살아가기 위해서는 '있는 그대로의 존재'를 보아주고, 품어주고, 쓰다듬어 주고, 위로해 주는 또 다른 존재가 필요한 것이다. 존재가 '천길 벼랑으로 까마득히 추락할' 수도 '하늘까지 날아오를' 수도 있는 것은 '한 뼘'(「가르치기3」)의 위로와 보살핌으로 가름되기 때문이다. '아무한테나 날을 세우는' 자는 결국 아픈 존재, 위로받지 못한 존재인 것이다.

  위무의 힘은 '타고난 악취를 향기로 바꿀' 수 있을 정도로 크다. '겨울 들판에 홀로 있을 때도 따뜻함을 잃지 않'는 존재라고 '쓸어내고 싶은/아픈 기억이 왜 없겠는가.'(「11월」) 그 또한 '가을을 눈물로 지새웠'을지도 모를 일이다. 그러나 그 아픔을 깨끗하게 쓸어주고 싶은 마음에 '가을 산 같은 싸리비가 되고 싶'은 또 다른 존재가 있다면 '타고난 악취'를 풍기던 존재라도 '알아주지 않아도 실망하지 않고/기꺼이 누군가의 거름이 되는' 그러한 존재로 자리하게 될 것이다.

  다리도 강물을 건널 생각이었다
  바짓가랑이를 걷어붙이고

몇 걸음 만에 강을 건널 수도 있었다

자기가 건너가 버리면 남겨질 것들,
혼자서는 건너지 못하는 것들이 마음에 걸려
강을 다 건널 때쯤 산처럼 멈춰버린 것이다

▌「가르치기 4」 부분

　위 시는 두 가지 측면에서 주목을 끄는 작품이다. 하나는 무정물인 '다리'를 두고 이토록 따뜻한 상상을 할 수 있을까 하는 내용적인 측면에서이고 또 다른 하나는 신체와 교량이라는 '다리'의 이중적 의미를 절묘하게 살린 형식적인 측면에서이다. '강물을 건널 생각이었'고 '몇 걸음 만에 강을 건널 수도 있었'을 '다리'는 웅건한 대인의 그것과 같다. 그런데 이렇게 힘이 넘치는 '다리'가 '한번 놓이면/생이 다할 때까지/자기 자리에서/한 발짝도 움직이지 않는'(「견디는 법」) 교량으로서의 '다리'로 '멈춰버린 것'은 바로 '자기가 건너가 버리면 남겨질 것들,/혼자서는 건너지 못하는 것들이 마음에 걸려'서이다. 내용과 형식의 교융으로 시의 의미를 웅숭깊게 드러내고 있는 탁월한 경우라 할 수 있겠다.

　'다리'로 표상되고 있는 따뜻한 존재는 바로 '우물처럼/울음을 참고 살았던 우리 엄마'(「우리 엄마」)의 모습이기도 하고, 대상에 대한 서정적 자아의 애정 어린 시선 또한 어머니의 무한한 사랑이 있었기에 가능한 것이었다. 서정적 자아에게 '어머니'는 마르지 않는 위무의 샘이다. 중요한 것은 이 위무의 파장이 서정적 자아에만 미치는 것이 아니라 타자에로 무한히 확장해 나가는 강한 울림의 그것이라는 점이다.

　아들의 상처를 쓰다듬어 주지 못하는 자아에 대한 성찰이나(「어린 아들을 울리고」), '삶은 다른 이로 인해 묵직해진다는' 깨달음(「다시 사랑할 수 있다면 매실 상자처럼」), 나아가 누군가에게 '있는 것만으로도 위로가 되는' 그런 존재가 되고자 하는 염원 등, 끊임없이 외연을 확장해 나가고 있는 서정적 자아의 타자지향적 심성도 그 근원에는 어머니의 위무가 자리하고 있었던 것이다.

　'어머니'는 시인으로 하여금 '우리'가 애초에 '있는 것만으로도/누군가를 설레게 하는', '보고 온 뒤에도/여운이 오래 남는' 그러한 소중한 존재였음을 환기하게 하는 존재이다. 시인의 따뜻한 사유는 어머니로부터 발원하여 존재의 근원적인 고귀함에까지 이르고 있는 것이라 할 수 있겠다.

　　　어머니는
　　　평상시와 똑같았는데
　　　나는 어머니가 있는 것만으로도
　　　가슴이 벅차서
　　　아무 말도 할 수 없었다

　　　우리는 어쩌면
　　　있는 것만으로도
　　　누군가를 설레게 하는
　　　그런 존재로 태어났는지도 모른다

강물에 들어앉은
봄 산처럼

보고 온 뒤에도
여운이 오래 남는
그런 존재로
살고 있는 것인지도 모른다

▎「봄날 아침」에서

제3장
밝힘과 포용의 언어들

제2부 사랑에 대한 다양한 시선

: 김기택의 『껌』
: 김수복의 『달을 따라 걷다』
: 박라연의 『빛의 사서함』
: 박철의 『불을 지펴야겠다』

1. '낯선 낯익음'에 대하여 : 김기택의 『껌』

　자아와 외적 현실과의 상호작용을 경험이라 할 때, 인간은 이 경험을 통해 현실의 구체적 대상에 감정을 불어넣게 되고 성격을 부여하게 된다. 이러한 현실에 대한 인식은 시인의 상상력에 의해 시가되고 시에 나타나는 대상에 대한 감정은 욕망, 의지의 과정을 활성화 시키면서 시인의 내면의식을 반영한다. 그러므로 시인에 의해 선택된 물리적 대상은 시인의 근본적인 삶의 지향성을 직접적·간접적으로, 의식적 무의식적으로, 표면적 심층적으로 드러내는 시적 제재가 되는 것이다.

　그런 물리적 대상들이 시의 언어로 되살아나는 것은 전적으로 시인의 몫일 것이다. 이는 시인의 시야에 관한 것일 수도 있고 그의 풍부한 경험에 관련되는 것일 수도 있다. 다양한 경험과 상상력이 없으면 이런 작품화는 불가능하다는 뜻이다. 김기택의 『껌』이 주목되는 것도 이와 무관하지 않다.

『껌』에는 고양이, 개, 삼겹살, 산낙지, 구워지고 있는 생선, 식탁 위의 생선, 좌판위의 닭, 껌, 의자, 버스 등 실로 다양하면서도 독특한 물리적 대상들이 등장하고 있다. 그런데 이들을 응시하고 있는 시인과 이들 시적 대상들과의 거리는 그 경계가 모호하리만큼 가깝다는데 그 특징이 있다.

> 아무리 짓이기고 짓이겨도
> 다 짓이겨지지 않고
> 조금도 찢어지거나 부서지지도 않은 껌.
> 살처럼 부드러운 촉감으로
> 고기처럼 쫄깃한 질감으로
> 이빨 밑에서 발버둥치는 팔다리 같은 물렁물렁한 탄력으로
> 이빨들이 잊고 있던 먼 살육의 기억을 깨워
> 그 피와 살과 비린내와 함께 놀던 껌.
> 지구의 일생 동안 이빨에 각인된 살의와 적의를 제 한몸에 고스란히 받고 있던 껌.
> 마음껏 뭉개고 갈고 짓누르다
> 이빨이 먼저 지쳐
> 마지못해 놓아준 껌.
>
> ▌「껌」 부분

> 수십 마리의 통닭들이 좌판 위에 납작 엎드려

절하고 있다 털을 남김없이 벗어버린 나체로
절하고 있다 발 없는 다리로 무릎 꿇고 머리 없는 목을 공손하게
숙여
절하고 있다 목과 발을 자르고 털을 뽑은 주인에게
죽음의 값을 흥정하는 손님에게
이미 죽은 죽음을 끓여서 한번 더 죽이려는 손님에게
절하고 있다 포개지고 뒤집어져도 조금도 자세를 흐트러뜨리지
않고
시장 한복판이 경건해지도록

▌「절하다」 부분

　인용된 시들에서 시적 대상들은 짓이겨지고 뭉개지고 벗겨지고
목과 발이 잘린 채로 끓려 있다. 이러한 상황은 어느 일편의 현실이
아니라 '지구'와 '일생'이라는 공간적 시간적인 확장을 담보하고 있어
더욱 끔찍하게 여겨지는 것이다. 그러나 이들에게서는 '살의와 적의'
를 한 몸에 받고 있으면서도 그러한 폭력들에 대해서 어떤 대항을
하지 않는다. 오히려 폭력의 주체가 지쳐 놓아줄 때까지 '물렁물렁
한 탄력'으로 '피와 살과 비린내'와 함께 섞여 있기도 하고 그 현장이
'경건해지도록' 절을 하기도 한다. 그렇다고 이러한 현실을 묵과하고
순순히 받아들이고 있는 것은 아니다. 시인이 다른 대상들을 통해
'절대로 감을 수 없는 눈'을 이야기 하는 것에서 이를 확인할 수 있
다. '눈꺼풀 없는 눈', '지글지글 구워지는 눈'으로 자신을 굽고 있는
'나'를 보고 있는 생선(「생선구이」), '깨질 것 같은 눈물이 가득한 눈',
'눈꺼풀이 없어 감을 수도 없는 눈'을 갖고 있는 버스(「버스」) 등이 그

것이다.

　김기택의 시에서 폭력의 주체는 타자를 배려하지 않는 현대의 속도와 기계, 자본주의가 배태한 물신주의, 탐욕 등일 수 있다. 그러나 시인의 의식이 어느 한편의 견자의 입장에서 이를 비판하는 것으로 노정되어 있는 것은 아니다. 그의 시선은 이러한 현실을 구체적으로 살아가고 있는 '나'와 '타자'에 초점이 맞추어져 있으며 이를 생생히 그리고 있는 것이다. 또한 시인은 경쾌한 톤으로 이성에 대한 믿음과 총체성, 가치의 확실성 등을 부정하고 있다. '졸고 깨기'(「즐거운 버스」, 「책 읽으며 졸기」)의 반복을 통해 '나'와 '타자'의 경계, 의식과 행위의 경계를 허물고, 토막 난 산낙지(「산낙지 먹기」)를 통해 '살아있는 죽음'과 '죽어있는 삶'을 그리며 삶과 죽음의 경계를 허물고 있다. 이러한 면들은 '고양이'를 소재로 한 시들에서 특히 잘 나타난다.

　　　　그림자처럼 검고 발걸음 소리 없는 물체 하나가
　　　　갑자기 도로로 뛰어들었다.
　　　　급히 차를 잡아당겼지만
　　　　속도는 강제로 브레이크를 밀고 나아갔다.
　　　　차는 작은 돌멩이 하나 밟는 것만큼도 덜컹거리지 않았으나

　　　　…… 중략……

　　　　잠깐 타이어를 통해 내 몸으로 올라왔다.
　　　　부드럽게 터진 죽음을 뚫고
　　　　그 느낌은 내 몸 구석구석을 핥으며

쫄깃쫄깃한 맛을 오랫동안 음미하고 있었다.
음각무늬 속에 낀 핏자국으로 입맛을 다시며
타이어는 식욕을 마저 채우려는 듯 속도를 더 내었다.
　　　　　　　　　　　　　　▌「고양이 죽이기」 부분

　고양이의 '부드럽게 터진 죽음'은 실상 '작은 돌멩이 하나 밟는 것만
큼'의 충격도 주지 못한다. 화자는 이 가볍디가벼운 죽음과는 아무 관
련이 없는 듯 한 발자국 떨어져 관망하고 있다. '쫄깃쫄깃한 맛을 오
랫동안 음미하고 있'는 실체도 '타이어를 통해 내 몸으로 올라'온 '느
낌'으로 '나'와는 또 다른 타자로 인식하고 있다. 이 냉소적 범죄의 책
임은 모두 속도와 결부된 브레이크, 타이어의 탓으로 돌리고 화자는
슬쩍 뒤로 빠져 있는 것이다. 그의 또 다른 '고양이'에 관한 시를 보자.

　잠깐 그와 눈이 마주쳤다.
　낯이 많이 익은 얼굴이었지만
　누구인지는 전혀 기억이 나지 않았다.
　너무나도 낯선 낯익음에 당황하여 나는 한동안 그에게서 눈을 떼
지 못했다.
　그도 내가 누구인지 잠시 생각하는 눈치였다.
　그는 쓰레기봉투를 뒤지고 있었다.
　그는 고양이 가죽 안에 들어가 있었다.
　　　　　　　　　　　　　　▌「그와 눈이 마주쳤다」 부분

　위 시에 인용된 '그'는 고양이이다. 아니 더 정확히 말하면 '고양이
가죽 안에 들어가 있'는 '누구인지 전혀 기억이 나지 않'는 '그'이자

또한 '낯이 많이 익'은 '나'인 것이다. '타이어를 통해 내 몸으로 올라' 왔던, '나'에 의해 타자화 되었던 '느낌'은 기시감과 같이 '낯선 낯익음'으로 '나'에게 밀착하여 들어와 '그에게서 눈을 떼지 못'하게 만든다. 죽음의 현장에서 짐짓 한 걸음 물러나 있었던 '나'는 폭력의 객체인 고양이의 육체를 빌어 '나'를 직시하고 있으며, 폭력의 주체인 '나'는 객체인 고양이와 동일화 된 '나'를 인지하면서 주체와 객체의 경계는 산종된다.

그의 다채로운 시선을 쫓아가다 보면 '낯선 낯익음'을 경험하는 경우가 많다. 그는 이를 의식과 무의식의 경계 어디쯤에 묵혀있었을지 모를 기억들, 애써 외면하고 덮어두었던 관심들로 풀어내고 있다. 즉 주체와 객체의 경계를 넘나들며 덤덤한 듯 치열하게 형상화해 내고 있는 것이다. 하여 그의 시에서 독자는 기억 저편 어디 즈음에서 경험이 있었던 것 같은 기이한 느낌, 기시감과 같은 '낯선 낯익음'을 경험하게 되는 것이다.

2. 숲으로 가는 길, 그 순환적 상상력
   : 김수복의 『달을 따라 걷다』

예로부터 달은 여성의 은유적 상징으로 여겨져 왔다. 달이 주기적으로 출현하거나 소멸하는 모든 형태의 것을 지배하며 만물생성에 순환적 구조를 부여한다는 점에서 모성적인 것과 긴밀히 연결된다고 보는 것이다. 그러한 모성은 사랑과 희생이라는 양가성을 가지고 있기에 문학적 상상력에서 여러 각도로 음미되고 있다.

김수복의 시집 『달을 따라 걷다』를 관류하고 있는 시적 모티프도 모성이다. 그의 시에서 모성은 그야말로 생물적 어머니의 자식에 대한 사랑과 희생을 대변하면서 모성원형에 관련되는 보편적인 인류의 모성적 심리 즉, 모성본능에 해당되는 인내성, 포용력, 양육과 보호의 본능, 예시적 기능, 기다림, 영원성 등을 표상하고 있다. 그의 시에서 모성은 추석 명절에 자식 불편할까 내려올 생각 말라면서 '몸속의 어둠'을 감추는 어머니의 구체적 희생과 사랑으로 나타나기도 하고, '검은 껍질밖에 남아 있지 않았던 죄를 벗기고' 신록의 옷을 입혀주는 모습으로 나타나기도 하며, 결국엔 그 신록의 숲들이 어머니의 몸속에서 잠이 들게 하는 대모적 기질인 포용, 보호, 예시적 모성본능으로 드러나기도 한다.

산이 새벽 가슴 아래로 길을 내어놓는다
오래 참고 기다리던 만삭의 몸이다
길이 없는 세상 아래로
길을 다시 내어놓으며
길의 법도를 보여준다
사람들이 밤이면 가슴에다
무덤을 만들어 내려가고
새벽안개 양수에 차올라 탯줄을 풀어 놓는다

「오솔길」 부분

누군가 말했다
한 알의 밀알이 땅에 떨어져

썩지 않으면
한 알의 밀알로만 남아
제 몸속 바람의 향기로운 숲을 이룰 수 없다고
▌「누군가 말했다」 부분

　이 시에서 눈여겨보아야 할 점은 '만삭의 몸'과 '무덤'을 동일화하
고 있는 시인의 시의식이다. '밤'이면 사람들이 가슴에 '무덤'을 만들
고 내려가고 산은 새벽까지 '오래 참고 기다리'다 새벽안개 양수가
차오르면 탯줄을 풀어 놓는다. 무덤은 주검이 놓이는 곳, 육체의 죽
음을 의미함과 동시에 영혼의 안식, 쉼, 부활의 기다림을 의미한다.
이러한 점에서는 플라톤의 죽음에 대한 의식과 닮아있다고 할 수 있
다. 플라톤은 죽음을 영혼과 육체의 분리로 보고 삶은 육체 안에 갇
힌 영혼의 감금생활이고 육체의 죽음은 영혼의 해방, 영혼이 겪는
더욱 광대한 삶의 일부라고 보았다. 무덤과 임부의 만삭의 배는 비
슷한 외양이라는 것과 무덤이 육체의 종말을 의미하고 만삭의 몸은
육체의 탄생을 의미한다는 이중적 구조에서 시인의 순환적 상상력
의 기치를 발견할 수 있다. 위 시에서 무덤은 죽음의 공간임과 동시
에 탄생을 기다리는 모태의 공간이다. '한 알의 밀알이 떨어져 썩'음
으로써 '향기로운 숲'을 이룬다는 것도 죽음에서 새 생명의 탄생으로
의미가 확장된다는 점에서 같은 맥락이라 할 수 있겠다. 이러한 시
인의 순환적 상상력은 모든 주검을 받아들이면서 새로운 생명을 움
틔우고, 그 순환을 주관하는 대모적 인식에 맞닿아 있다.
　김수복의 시에는 이념의 경계, 옳고 그름의 경계, 빈부의 경계, 소
외계층과 중심계층간의 경계를 염두에 둔 작품들이 있는데 시집 후

반부의 '鐵條網詩篇' 연작이 그것이라 할 수 있다. 그러나 궁극적으로 시인이 이르고자 하는 세계인식의 경지는 경계를 세우고 그 한편에 서는 것에 있지 않고 그 경계를 허물어 다른 한편 까지 포용하는 대모적 인식에 있다고 하겠다.

한때 나는 철조망이었다
온몸을 감기우고
경계를 넘나들 수 없는 몸

어제 나는 사람이 되어
뼈가 되어
바람의 살결이 되어
너와 나를 관통하는
사람이 되겠다

▌「몸」(鐵條網詩篇 · 10) 전문

사람이 가지 않는 숲으로 가는 사람이 있다
그는 홀로 사람의 숲속에서 외로워 하다가
사람이 사는 숲 속에서 숲이 된다
인생은 하늘이 내려준 길을 걸어가는 길
그는 하늘 속의 길을
큰 숲의 가슴으로 껴안는다
그 숲은 성큼,
해 돋는 쪽을 향해 서 있다가
마음속으로 흩어지는 빛의 가슴들을 모아

저녁이면 숲 속에 서 있는 아름다운 사람이 된다

▮「사람의 숲 속에 서 있는 사람」 부분

화자는 한때 철조망이었다고 고백한다. 철조망은 이편과 저편의 경계이며 경계는 소통되지 않음, '넘나들 수 없는' 단절을 의미한다. 화자는 이러한 경계를 허물고 뼈가 되고 바람의 살결이 되어 이편과 저편을 '관통'하는 '사람'이 되겠다고 다짐한다.

「사람의 숲속에 서 있는 사람」에서 '숲'은 앞에서 살펴 본 '산'(「오솔길」), '사람'(「몸」)과 동일한 의미의 선상에 놓여있다. 정리하자면 그가 추구하는 것은 외로울지언정 사람들이 가지 않는 숲으로 가서 숲속에 서있는 아름다운 사람이 되는 것, 더 나아가 바로 그 '숲' 자체가 되는 것이다. 이 '숲'은 죄를 벗고 어머니의 몸속에서 잠이 드는 '신록의 숲'(「어머니의 新綠」)이기도 하면서, 주검을 받아들이는 숲, 사람들이 밤새 만들어 놓은 무덤에서 새벽 안개를 양수 삼아 새 생명을 움틔우는 숲이기도 하다. 또한 '길이 없는 세상 아래로 길을 내어 놓는' '숲'이다. 스스로 무덤이 되고, 생명이 되어 숲으로 가고, 숲이 되어 주검을 품고, 무덤에서 생명을 내는, 이러한 운명적 순환이 '하늘이 내려준 길을 가는 것', 시인이 인식하는 '인생'이 아닐까. 시인은 뚜벅뚜벅 걸어서 그 모성적인 숲으로 가자고 계속 손짓을 보내온다.

3. 세상과의 새로운 관계 맺기 : 박라연의 『빛의 사서함』

새로 나온 시집을 펼치면 일부러 제목을 가리고 작품을 읽을 때가 있다. 가끔, 작품을 읽으며 무한히 뻗쳐나갈 상상력이 제목이 쳐 놓은 그물에 걸려 제한받기 때문이다. 제목이 인상 깊으면 깊을수록 그물 안 공간은 협소해진다. 작품에서 걸러지는 의미들로 추측한 제목과 본래 시인이 지어놓은 제목과의 간극에서 시인의 상상력과 마주하게 된다. 박라연 시인의 작품을 대하면서도 이러한 간극에서 자유로울 수 없었다. 제목과 작품과의 간극, 행과 행간의 간극에 시인이 부려놓은 의미를 읽는 재미가 쏠쏠하다.

아무도 몰래
두부를 비틀고 구부리어

톱과 대패
망치와 못이 되어

제 몸을
수없이 다녀간 양

미끈한 의자가 되셨던데

어떻게 단련시키던가요?
허공에게 물었더니

그저 앉게 해주더라고
대답하는

아! 아픈 마음에게만 보이는 순간 육체

▌「순간 의자」

'둔부를 비틀고 구부리'고 스스로 연장이 되어 제 몸을 깎아 '미끈한 의자'가 되었다고, 시인이 상상할 만한 사물이 무엇일까. 시인에 의하면 '순간 의자'는 '그루터기'를 의미한다. 사실 '그루터기'라는 단어를 접하고 나서야 시적 화자와 '허공'의 선문답 같은 시의 의미가 들어왔다. 제목을 보통 시의 제재로 이해하거나, 내용 또는 주제를 드러내는 것으로 이해할 때 시인은 제재에 대한 은유적 장치로 제목과 작품과의 간극의 폭을 넓혀 놓은 것이다. 그러나 그것은 단순한 은유에 그치지 않는다. 제목인 '순간 의자'는 마지막 연의 '순간 육체'와 긴밀하게 연결되어 있다. 여기에서 '순간'은 시인과 대상과의 소통의 시간적 영역이다.

하이데거는 '세계와 더불어 있는 인간'이 존재와 소통을 이룰 땐 '언어 이전의 언어'로 인식한다고 하였다. 시인의 감수성, 이 시에서는 '아픈 마음'이 '언어 이전의 언어'에 해당된다. '그루터기'는 그냥 '그루터기'일수도 있으나 시인은 자신을 깎는 고통의 시간을 견딘 '미끈한 의자'로 인식한다. 더 나아가 시인의 마음은 '그루터기'의 온전한 '육체', 푸르렀을 나무에까지 그 상상력을 연장시킨다.

그루터기에서 순간 의자를, 온전한 한시적 육체를, 나무에서 그루터기가 되기까지의 '단련'의 고통을 유추해내는 것은 시인의 '아픈 마음' 때문이다. 시인은 어쩌면 '둔부를 비틀고 구부리어 톱과 대패 망치와 못이 되어' 자신을 '단련'시키는 과정 어디 즈음에 서 있는지도 모른다. 하여 '미끈한 의자'가 되어 있는 '그루터기'의 단련과정을

묻게 되나 '허공'은 '그저 앉게' 자신을 내어주더라는 대답을 할 뿐이
다. 여기에서 '아픈 마음'이 시인의 세상에 대한 사랑에서 비롯된 것
임을 엿볼 수 있다.

> 꽃의 색과 향기와 새들의
> 목도
> 가장 배고픈 순간에 트인다는 것
> 밥벌이라는 것
>
> 허공에 번지기 시작한
> 색과
> 향기와 새소리를 들이켜다 보면
> 견딜 수 없이 배고파지는 것
> 영혼의
> 숟가락질이라는 것
>
> ▌「너무 늦은 생각」

　인간은 사회적 동물이라는 말을 빌리지 않더라도 인간이 타인, 자
연, 사회적제도와 규범 등 세상과의 관계 속에서 살아간다는 것은
자명한 사실이다. 이러한 복잡한 관계 속에서 삶을 유지한다는 것
자체가 의도했든 혹은 그렇지 않았든 타자화된 대상의 희생을 담보
로 하고 있다는 의미가 된다. 인간이 향유하고 있는 자연의 아름다
움이 실상은 이들이 가장 허기진 순간에 터트리는 울음과도 같은
것, 생명을 연명하고자 하는 '밥벌이'였다는 것으로 시인이 인식하고
있는 데에는 이러한 사유가 기제로 작용하고 있는 것이다. 이러한

까닭으로 시의 화자가 '색과 향기와 새소리를 들이'키면 '견딜 수 없이 배고파지는' 것이다. '너무 늦은 생각'이라는 시의 제목처럼 시인의 의식은 지난날의 삶의 방식에 대한 반성에 닿아 있고 '영혼의 숟가락질'은 새로운 삶에 대한 시인의 의지를 표상한다. '영혼의 숟가락질'은 세상에 대한 관심과 나눔을 의미하는 것임은 아래 인용시를 통해서도 확인할 수 있다.

> 내 자리는 아직 운전석 옆이다
> 아는 얼굴부터 면허증을 주는
> 저쪽을 무면허로 한번 쳐들어가봐?
> 말똥거리다가 좌판만 물끄러미
> 내려다보던 팔순 할머니와 마주쳤다
> 아픈 풍경들을 만날 때마다 외상 긋는 일
> 부끄러워 황급히 차에서 내렸지만
> 겨우 어린 배추 한 단과 무 세 개를 샀다
> 마수라며 고맙다며
> 환히 웃는 할머니와 이제 아는 사이다
> 안면을 더 사고 싶은 나는 장터를 떠도는
> 뜨거운 눈시울들을 긴 빨대를 꼽고
> 빨아 마셨다 떨이로 팔아넘길 뻔했던
> 허기들과 神의 주머니 사정도
> 오늘만은 나와 아는 사이다
>
> ▌「아는 사이」

위 시에는 시인이 세상과 맺는 새로운 관계가 드러나고 있다. 먼

저 화자는 장터와는 차단된 자신의 공간 안에서 '저쪽'이라는 타자화
된 공간을 바라보고 있다. 그들 사이의 소통의 증표인 '면허증'이 화
자에겐 없다. 화자의 무면허는 화자가 아픈 풍경을 만날 때마다 현
실에 '외상 긋'은 결과이다. 화자는 이를 '부끄럽'게 여기며 자신의
차단된 공간에서 벗어나 그들 속에서 조심스럽게 관계 맺기를 시도
한다. 화자가 외면해왔던 '장터를 떠도는 뜨거운 눈시울', '허기들'과
안면을 익히는 것이다.

　시인은 '끼니 걱정/집 걱정하는 이웃을 위해/간판 하나 내걸고 싶
을 때'(「만개한 용기」)가 있다고 구체적으로 이웃에 대한 관심을 언급하
기도 하고 '願이 없으니 상처도 없는 것처럼/누구에게라도 즐겁게
바쳐지'(「그들의 천성」)길 바라는 마음을 드러내기도 한다. 시인은 이를
희생이라는 거창한 이름으로 거론하지 않는다. 그동안 애써 외면하
고 밀어내었던 '아픈 풍경' 속에서 이웃과의 더불어 사는 삶, 공존을
이야기 하고 있는 것이다.

4. 그래도, 생은 아름답다 : 박철의 『불을 지펴야겠다』

　인간은 기쁨, 슬픔, 사랑 등 오욕칠정의 다양한 감수성을 인식하
며 살아간다. 정서는 개인의 주관적인 내적 경험을 나타내는 것이기
에 한 개인의 주된 정서를 이해한다는 것은 인간 본성의 일면도 이
해하는 것을 의미한다. 시는 시인의 주지적 인식과 정서의 교직으로
이루어지는 것이다. 그러므로 시에서 드러나는 주된 정서와 그 연원
을 읽어내는 것 또한 시의 본령에 접근하는 한 방법이 될 것이다.

　박철시인은 이번 시집의 '시인의 말'에서 "내 문학의 시작은 죽음"
이었다고 고백한다. 사춘기 시절, 시인과 '함께 자라고 사회와의 부
조화 속에 도리깨질을 해대듯 치대며 살던 한 청춘'의 죽음으로 시
인은 일상의 모든 현실을 허구와 부재로 인식하게 되고 이러한 상실
감으로 시를 쓰게 되었다는 것이다. 그러나 정작 그의 시에선 이러
한 날선 상실감을 느낄 수 없다. 오히려 우리가 '상실'과 결부시켜
바라보는 사람들의 '남루'속에서 시인은 그들이 '보석처럼 지키는 한
가지'를 성실하게 찾는다.

> 어제는 분명 긴 봄밤이었는데
> 오늘 잠을 깨니 단풍 이는 가을 새벽이었다
> 짧은 꿈속에서 조용히 흔들리던 붉은 떨림-
> 일장춘몽 속에 나 진정 세상 모두를 사랑하였으므로
> 내겐 세상 하나가 반짝이는 옥빛 구슬이었다
> 한없이 걸어들어가는 구슬문이었다
> 사랑은 덧없이 싼 가을 낙엽이었으나 나
> 오늘도 보석 같은 단 하나의 사랑을 따라간다
>
> ▌「보석」 부분

　시적 화자의 '어제'는 '봄밤'이었으나 '오늘'은 '가을 새벽'이다. '어
제'와 '오늘'사이, '봄밤'과 '가을 새벽'사이의 시간에는 물론 일장춘몽
으로 표상되고 있는 인생이 내재되어 있다. 그러한 삶속에서 화자는
'세상 모두'를 '사랑'한다. '덧없이 싼 가을 낙엽'처럼 사람들의 외면
속에 흔하게 뒹구는 것이 '사랑'이나 화자에겐 단 하나의 '보석'으로

따라야 할 그 무엇이다. 그가 시에 부려놓은 '사소한 기억'들이 가난
하고, 때로 쓸쓸하지만 더없이 따뜻한 것은 바로 이 '사랑' 때문이다.

그의 시에는 '봄밤'과 '가을 새벽'사이의 시간 간격과 같은 '어제'와
'오늘'이 존재한다. 시인은 주로 과거의 아련한 기억 속에서 인생의
곤곤함, 고독, 가난한 사랑 등을 결지어 오다 현실로 건너뛰어 시적
대상들의 오늘을 유추한다.

「기록」에서 시적 화자는 김포행 막차의 어린 차장이 부르는 '아빠
의 얼굴'이라는 동요를 들으며 눈물을 흘린다. '세상의 무언가가 되
어 저들에게 웃음을 선사하겠노라'고 다짐하지만 '내 웃음'마저 사라
진 오늘, 지금은 '아줌마가 되어 행복하게 살아가고 있을' 그날의 어
린 차장이 자신을 꼭 안아줄 것 같은 밤이라며 오히려 그녀에게서
위로를 찾는다. 「인연」에서는 80년대, '푸른 욕정'을 참지 못한 화자
와 '나이 사십이 넘는 중늙은이'인 몸파는 여자와의 '낯설기도 하고
조금 슬프기도 한' 정사가 나온다. 단속을 피해 '여자'의 쪽방에서 화
자의 '푸른 욕정'은 '간단히 일을 마'친다. 그러나 화자는 자본의 대
가로 욕정을 채우는 것으로 멈추지 않는다. 그의 마음엔 '여자'의 삶
에 대한 고단함과 그 남루한 삶속에서도 놓아버리지 않는 '여자'의
아들에 대한 소박한 꿈이 담긴다. '여자'는 '한 번 더 하라고' 몸을 돌
린다. 몸을 파는 '무심'한 관계가 아닌 마음을 나누는 진정한 '관계'
를 맺는 것이다. 새벽녘 '여자'의 방으로 계란 한 봉지를 슬며시 들
여 놓고 나온 화자는 과거의 회상에서 현실의 오늘로 돌아온다. 이
밤, '여자'의 꿈대로 경찰 간부가 되어 있을 '여자'의 아들과, 환갑이
넘었을 '여자' 생각을 하며 그것도 '내 사랑'이었다고 고백한다.

이들의 '어제'와 '오늘'사이, '봄밤'과 '가을 새벽'사이엔 때론 치열

하고 때론 '한갓 운명' 같은 삶이 자리하고 있었을 것이다. 시인은
서로 '걸레'라고 외치며 싸우는 적나라함(「걸레」), 사랑과의 이별로 더
이상 '참외를 먹지 못'하는 순정(「참외 향기」), 오십여 년이 흘러도 '식지
않는 영혼의 풀죽'(「오래된 연인」) 등이 모두 '사람 사는 냄새'라 여긴다.
그는 또 '걸레가 나쁜가?/걸레도 걸레 나름으로 밤하늘에 나부낄 때
가 있다'(「걸레」)라든가, '두 노인이 나란히 침대 위에 몸을 기댄 채/건
너편 거울을 바라보며 잠시/서로가 아름답다고 생각한다'(「오래된 인연」)
라고 덧붙이며 그들의 삶에 대한 애정을 보인다. 하여 화자가 유추
하는 그들의 '오늘'은 고단한 삶속에서 그들이 간직했던 꿈이 실현되
는 공간이 된다.

> 그가 십자가에 걸려 펼치고 있는 두 팔을 보라
> 모두를 품어안으려는 고통스런 자세
> 누군가를 사랑하려면 그렇게
> 내미는 손에 붉은 못자국이 있어야 한다
> 그가 가부좌를 틀고 지그시 감고 있는 눈매를 보라
> 누구나 인정하려는 부드러운 아미
> 누군가 사랑하려면 그렇게
> 안으로 흐르는 눈물이 있어야 한다
>
> ▌「사랑」

흔히 시인을 자신의 상처로 진주를 빚어내는 조개에 비유한다. 그
만큼 시인은 '아픔'에 민감한 사람이다. 아니 시인이라면 '아픔'에 민
감해야 할 것이다. 물론 그 아픔이 개인사에 연유를 둔 것일 수도

있고, 실존의 고독에 관한 사유에 의한 것일 수도 있겠으나 궁극적으로는 인류, 혹은 전존재에 대한 사랑에 그 근원을 두어야 하지 않을까? 박철의 시에서 사랑에 대한 전언은 소외된 삶, 사소한 것들에 대한 관찰에서 비롯된다. 아니, 어쩌면 '소외'라는 단어조차 중심으로부터 주변부로 타자화시킨 의식의 소산일지 모른다. 그는 그저 삶 속에, 세상속에 자신의 '작업실'(「불을 지펴야겠다」)을 마련하고 '모두를 품어안으려는', '누구나 인정하려는' 데 지향을 두겠다는 것이다. 그의 문학의 시작은 '죽음'이었으나 그의 시적 지향은 삶, 혹은 세상에 대한 깊은 사랑이었던 것이다.

보다 근원적인 것에 대한 상상과 감각의 변주

제2부 사랑에 대한 다양한 시선

1. 웃음의 미학 : 박현의 『굴비』

　현실이란 인간이 살아가면서 겪는 삶의 모든 내용이라 할 수 있다. 이는 작가가 의식하든 의식하지 않든, 그것이 개인적인 역사에 관한 것이든 인류나 사회적인 현실이라는 보다 포괄적인 범위에 관한 것이든 문학작품에는 현실이 반영될 수밖에 없음을 의미하는 것이다. 현실인식과 더 나아가 그에 대한 비판이 작품에 반영되는 경우 시는 다른 장르에 비해 그 특성상 제한적일 수밖에 없다. 추상성을 구체적 상황으로 표현하는 서사장르의 간접화된 양식에 비해 일인칭 화자의 자아 고백을 주조로 하는 시의 장르적 특성상 현실비판에 대한 직접화법은 자칫 시적 긴장을 떨어뜨리기 쉽기 때문이다.
　박현은 사회전반의 현실을 다소 거칠게 드러내면서 이러한 긴장을 조율하는 방법적 의장으로 웃음을 제시하고 있다. 대상이 다른 대상, 혹은 주위환경과 대립관계에 빠져 있을 때 동일하지 않은 힘들이 가시화 되는 불균형에서 희극적 갈등을 기대할 수 있다. 즉 한편은 명백하게 힘이 열등하고 상대가 되는 편은 월등하게 힘이 우세할 때 열등한 대상이 이 다툼에 끼어들겠다는 생각을 할 수 있다는데 웃음이 존재하게 되는 것이다. 이때의 월등하게 우세한 힘에 속하는 대상은 계급적 우위에 있는 인간계층, 여러 질서체계와 규범, 사회생활의 엄격한 형식을 수반하는 모든 공식적인 삶, 정치·종교적 이데올로기 등의 포괄적인 개념이 될 수 있을 것이다.

권위적인 종교, 봉건지배체제하의 지주의 권력, 엄격한 사회적 규범과 예의범절 등이 중세의 '우세한 힘'이었다면 현대 개인을 규율하는 견고한 권력은 인간의 욕망과 결부되어 있는 자본주의적 일상이며 또한, '마르크스도 헤겔도 예언하지 못했던'바(「자본주의적 사랑」), 사랑과 이별에도 자본이 요구되는 금권적 일상이다. 아프리카의 야성도 거세시키고(「아프리카에 갔다」), 자연의 흐름도 역행시킬 수 있는, 그리하여 결국 인간 스스로 포박되어 자멸하게 하는(「돼지 이야기」) 자본주의적 메커니즘인 것이다.

중세의 비공식적, 일시적 행사인 카니발에서 이루어지는 거친 언어와 성적담론, 그리고 고상한 것, 정신적인 것, 이상적인 것을 격하시키고 희화화하여 유발하는 웃음 등은 민중들에게 모든 권위적인 힘으로부터의 일탈과 해방감을 부여했다. 박현의 작품세계는 이러한 측면에서 하나의 카니발의 장이라 할 수 있겠다. 박현의 작품에 구현된 웃음이 현실에 대한 부정적 인식과 비판을 내포하고 있다고 해서 자칫 풍자로 한정짓기 쉬우나 그것은 일면에 불과한 것이다.

웃음을 유발하는 방법과 서민적 일상위에 구축된 그 가치의 다기함을 생각할 때 그의 작품세계는 웃음과 눈물, 파괴와 생성, 부정과 긍정이 공존하는 카니발에 비견할 수 있을 것이다.

메트로폴리탄에 악어가 산다
상투메프린시페의 푸른 늪을 누비다가
자본의 갈고리에 찍혀
히스패닉계 마이스터 노동자의 손에서
욕망이라는 이름의 전차로 발기한 악어
홍등가의 기둥서방처럼
주먹만한 씨주머니를 덜렁이고

쇼윈도 밖에 멈춰 루이비 똥가방을 지켜보던
그녀의 동공은 벌써 풀렸다
맹목의 몸이 달아오른다
무두질로 나긋해진 악어의 애무에
맥 없이 열리는 꽃잎, 축축한 교성이 샌다
번들거리는 얼굴
아랫도리를 향해 돌진하는 저, 저, 저놈

(악!)겨~ㄴ 딜(어!)쑤우우, (악!)없……는…! 절(어!)쩡!!!

의 찰나, 유두를 누르자
아메리카 익스프레스카드가 사정射精한다
아아, 저 거대한 물건을 받아들이다니

한낮의 정사情事가 끝났다
그녀의 뱃속이 꿈틀인다
악어를 밴 게다 조만간,
에어리언처럼 배를 찢고 나올
욕망의 태반에 감춰진.

▌「악어를 밴 여자」 전문

　명품관 쇼윈도 밖에 한 여자가 서있다. 여자는 '루이뷔똥 가방'을 한참 눈여겨보다가 상점 안으로 들어가 카드로 결제를 한다. 이것이 화자가 실제로 관찰한 전부일 것이다. 그러나 화자의 시선은 '루이뷔똥 가방'이 '욕망이라는 이름의 전차'가 되기 이전, 생명체로 있었던 때에까지 거슬러 올라간다. '상투메프린시페의 늪을 누비'던 악어가 '자본의 갈고리'에 포획되고 '히스페닉계 마이스터'의 손에 의해 상품으로 만들어져 인간의 태胎속에까지 자리하는 욕망이라는 또 다른 생명체로 변질되는 과정에 주목하고 있는 것이다.

　더 높은 교환가치에 대한 현대인의 욕망은 획득했을 때의 '찰나의 절정'은 있지만 그것이 지속되거나 채워질 수 없다는 점에서 '한낮의 정사'와 닮아있다. 화자는 '그녀'가 잠시 갈등하다가 구매하는 과정을, 교접하고 사정하는 정사 장면과 오버랩 시켜 상상하고 있으며 종국에 그 상상력은 여자가 악어를 수태한 것에까지 이르고 있다. 이때의 정사는 사랑의 결합이 아니다. '루이뷔똥가방'이 '주먹만한 씨주머니를 덜렁이'는 '기둥서방'에 비유되었다면 소비의 주체인 '그녀'는 '홍등가'의 여인에 대응된다. 이에 따르면 '그녀'가 '루이뷔똥가방'을 구매한 행위는 그녀의 몸을 파는 행위, 혹은 그녀의 몸을 저당 잡히는 행위에 비견되고 있는 것이다. 이는 시인이, '그녀'가 욕망의 대가로 지불한 자본이 더 많은 '욕망의 전차'를 생산해 내게 되고 더 많은 또 다른 '그녀'들은 다시 그 욕망에 몸을 내어주게 된다는, 자본의 메커니즘을 이미지화하여 드러낸 것이다. '그녀'의 수태는 이러한 맥락을 단적으로 보여주고 있는 것이다.

끝없는 인간의 욕망, 그 욕망과 톱니바퀴처럼 맞물려 돌아가는 자본의 시스템은 인간이 현대를 살아가는 한 거부할 수 없는 '힘'이다. 시인은 이 저항할 수 없는 '힘'을 육체적인 것으로 격하시켜 웃음을 유발하고 있다. '씨주머니', '꽃잎', '교성', '유두' 등의 자극적인 어휘로 전초를 두고 '저, 저, 저놈'에서부터 교성을 시각화 한 부분에 이르면 폭소가 터지게 된다. 이 웃음은 견고한 자본주의 질서체계에서의 일탈을 의미하면서 또 한편으로는 이러한 질서체계 내에 존재하는 억압을 가시적으로 나타내 주는 양면적인 역할을 동시에 하고 있다.

> 자본주의적 사랑은
> 자본이 사랑이지
> 그대의 입술
> 그대의 젖무덤
> 그대의 샘을 사기 위한 필요
>
> 값을 치른 육체의 포장을 끄르고
> 입술과 젖무덤과 은밀한 샘
> 거기에 발을 담그기 위한 적당한 평수의
> 모텔 파라다이스, 카섹스를 나누기 위한

적당한 크기의 자동차
뒤처리를 위한 크리넥스 티슈도 자본

…… 샀던 몸을 되팔아야 할 때
혼인빙자간음의 죄명에 대한
변호사 비용과 인지대
법원 로비에서 마실 커피 값 정도
더 재수가 없다면 부인과 진료를 받은 뒤
쓰레기봉투 값만큼의 자본

마르크스도 헤겔도 예언하지 못했으니
자본주의적 사랑과 이별에는 자본이 필요하다는 것

▌「자본주의적 사랑」 부분

「악어를 밴 여자」 뒤로 바로 이어지는 작품인 「자본주의적 사랑」
에서도 같은 양상을 보인다. 「자본주의적 사랑」은 제목 그대로 사랑
에도, 이별에도 자본이 필요하다는 것을 세세한 묘사로 보여주면서
미치지 않는 곳이 없는 자본의 '힘'을 드러낸다. 그러나 그 '힘'은 '젖
무덤', '은밀한 샘', '카섹스', '밤꽃 냄새' 등과 같은 육체와 성에 관련
된 어휘, '뒷처리를 위한 크리넥스 티슈', '더 재수가 없다면 부인과
진료를 받은 뒤/쓰레기봉투 값 만큼의 자본' 등의 사랑과 이별의 은
밀하고 조야한 과정들에 대한 적나라한 표현들로 희화화된다. 마지
막 '마르크스도 헤겔도 예언하지 못했'다는 부분에서는 권위적인 철
학자를 끌어들여 자본의 우세한 '힘'을 추켜세우는 듯 보이지만 실상

은 아이러니적 표현으로 웃음을 유발하게 한다.

> 기일날 오후 아버지가 된 새끼들이 총총
> 탯줄을 제일 먼저 끊은 장자는 장충동 뚱뚱이 할머니표 돼지족발
> 을 상에 올린다 둘째는 북경반점 로고가 큼직하게 박힌 플라스틱 대
> 접에 윤기가 잘잘 흐르는 자장면, 아니 짜장면을 푸짐하게 담아 냈다
> 고명딸은 빈손이 무색한지 눈물을 찍어 내어 제 죄를 에끼려 하고,
> 막내는 뱃속에 셋째를 담고 왔구나
>
> 맥 없이 제물을 보던 2년차 과부 송 씨가 기가 찬 목소리로 말한다
> 그려, 생전에 아부지가 즐기던 음식이니 뭐 흉이야 되것냐만…… 훗
> 입맛이 사나운 끝을 잘라 시인 아들이 거든다 그래도 아버지가 생전
> 에 첩을 들이지 않은 게 얼마나 다행이우? 하마터면 제삿날 기생 부
> 를 꼴이잖우
>
> 병풍 들썩인다
> 향불연기 매캐한 자정이 존다
> 부질없는 밤만 흑흑.
>
> ▌「기일 풍경」 전문

위 인용시는 아버지 기일의 풍경이다. 생전에 고인이 좋아하던 음
식이라며 자식들이 제상에 돼지족발, 자장면을 올려놓는 것 자체가
우스운 상황은 아니지만 '장충동 뚱뚱이 할머니표', '북경반점 로고'
라는, 명확한 상표를 거론하는 것이라든가 화자의 어머니를 '2년차
과부 송 씨'로 호명하는 것 등으로 제사라는 엄숙한 의식에서도 웃

음을 자아내고 있다. 이 웃음은 '아버지가 생전에 첩을 들이지 않은
게 얼마나 다행이우? 하마터면 제삿날 기생 부를 꼴이잖우'에 가서
크게 터진다. 서사성이 짙고 행구별이 없다는 점에서 3연까지는 시
라는 형식과 거리가 있어 보이지만 이는 마지막 연에서 정제되고,
웃음의 가치 또한 마지막 연의 첫 행, '병풍 들썩인다'에서 드러난다.
'들썩인다'라는 행위는 웃을 때나 울 때 모두 나타나는 반응이다. '병
풍이 들썩인다'는 것은 아버지의 들썩임, 즉 아버지의 울고 웃음을
의미하지만 이날이 아버지의 기일이라는 것을 상기하면 이는 가족
들의 들썩임에 다름 아니다. 「기일풍경」에서 웃음은 울음의 다른 모
습이고 그 웃음은 눈물을 닦아주는 웃음이며, 엄숙하고 경직된 제사
의식이 아닌 고인과 함께 웃고 우는 장으로 만들어주는 웃음이다.

> 사람 같은
> 사람이 하나쯤
> 아니
> 단
> 한 명만.
>
> ▌「그리운 사람」 부분

> …… 살점이 떨어져 나가고 허연 뼈가 보이고 그 뼈를 깎아내는
> 고통 뒤 남는 것, 보잘 것 없어 소중한것, 그것만이 내 것이더라
>
> 사람이 사람을 사랑하는 것도 다를 바 없다.
>
> ▌「다를 바 없다」 부분

산다는 것은 온몸으로 울음을 우는 것이다.

▌「몸울음」 부분

　시인에게 있어 산다는 것은 '온몸으로 울음을 우는 것'이며 '자비와 탐욕 사이의 금 절망과 희망 사이의 금 여기와 거기의 금'(「금을 밟다」)에 절묘하게 발을 대고 서 있는 것이다. 또한 시인은 '시를 쓰는 행위'나 '사는 것'이나 '사람이 사람을 사랑하는 것'이 모두 '다를 바 없다'고 인식한다. 박현은 다소 거칠고 날카로우나 현대의 견고한 삶의 틀을 해방적 웃음으로 풀어내고 있으며 그의 시에 짙게 배어 있는 삶에 대한 관찰과 치열한 열정은 그 웃음이 냉소가 아님을 확인시켜 준다. 그의 삶에 대한 열정은 바로 사람에 대한 희망이며 열정인 것이다.

2. 낙원을 향한 '온순한 고집' : 장인수의 『온순한 뿔』

　아담과 이브가 선악과를 먹기 전, 신은 인간에게 그들과 닮은 가까운 존재였으며, 인간의 신체는 생식과 관련하여 자연의 일부였다. 그들이 선악과를 먹은 후, 신은 인간을 처벌하는 두려운 존재로 위치하였고 인간의 신체는 쾌락과 욕망을 상징하는 부끄러운 것으로 전락하였다. 이는 아담과 이브가 선악과를 먹은 후 가장 먼저 한 일이 자신이 알몸이라는 것을 깨닫고 무화과 나뭇잎을 엮어 앞을 가린 일이라는 것과, 결국 신으로부터 에덴에서 추방되었다는 사실에서 확인 할 수 있다. 어쩌면 인류 최초의 아이러니는 아담과 이브가 선악과를 먹고 '눈이 밝아진' 것이 오히려 그들을 더 많은 제약 속에 가두게 되었다는 바로 그 상황이 아닐까.

이는 신화속의 한 장면으로 그치는 것이 아니라 현실의 일면을 조명해주고 있다는 것에서 의미를 갖는다. 근대 이후, 이성적 규율과 제도, 규범의 그물망이 확산되어갈수록 인간의 육체는 자연에서 분리되어, 말하여지지 않는 것, 수치를 수반하는 것 등으로 금기시되어왔으며 종교, 정치, 이데올로기적 목적을 위한 통제수단으로 억압되어 온 것이 사실이기 때문이다. 이러한 통제와 억압에서 벗어나는 유일한 대중적 통로가 예술이었음을 부정할 수는 없을 것이다.

시라는 장르에서도 예외는 아니다. 그 목적이 규율이나 제도에 대한 반기에 있든, 미적 성취에 있든 현대시에서 인간의 성이나 육체를 노골적으로 담론화하는 것은 더 이상 놀라운 일이 아니다. 성기에 대한 속된 표현의 어휘가 시의 행에 서슴없이 등장하는 것도 그리 드문 일이 아니다. 시란, 이성의 조력에 상상력을 동원하여 진리와 즐거움을 결합시키는 예술이라는 존슨의 언급을 상기할 때 이러한 현상의 일면은 아담과 이브가 '눈이 밝아'지기 전, 다시 말해 인간이 이성의 규율에 지배되기 전의 세계에 닿아있음을 유추할 수 있다.

장인수의 시가 주목되는 것도 이러한 맥락에서이다. 장인수의 시에서는 인간을 비롯한 동물, 식물, 심지어 '광주리'나 '저수지'와 같은 무생물에도 자궁이 있는 것으로 나타나며 '귀두', '불알', '음부', '구멍', '질' 등의 성기와 관련된 어휘도 거름 없이 등장하고 있다. 장인수의 시에서 성이나 생식과 관련된 어휘의 발현은 인간 사회를 규율하는 제도나 억압에 대한 비판이나 탈출구로써의 기능을 갖는 것은 아니다. 그저 시인의 의식이 인간의 육체가 자연의 일부로, 금기시

되기 이전의 세계에 닿아 있는 것이다.

   그의 시에서는 자연의 건강한 생산성에 대비해 인간의 비건강성, 비생산성을 표출시키는 특징을 보이고 있다. 이는 인간의 원시적 건강성의 회복에 대한 시인의 내면적 희구가 시에 내포되어 있는 것으로 볼 수 있겠다.

>2009년 충북 진천
>용대 마을의 장충남씨 댁 툇마루
>햇살 고운 날 고양이 한 마리가 자신의 성기를 정성스럽게 핥고 있다
>두 다리를 좌우로 쩍 벌리고 척추를 동글게 오므리고
>혓바닥이 마르고 닳도록 자신의 음부를 핥고 있다
>대청소를 하듯 점점 선명해지며 반짝이는 음부
>제 몸의 정전기를 없애기 위해 핥는다는 얘기도 있지만
>눈동자보다 더 깊이 반짝이는 음부
>보석 같은 음부
>69살의 장충남씨는
>씨감자를 텃밭에 심느라 여념이 없다
>
>   ▌「보석」 전문

>벌써 열흘이 넘었는데 생리를 안 해
>아내는 나에게 솔직하게 털어놓는다
>갱년기냐고 넌지시 농담을 붙이지만
>속으로는 자못 피가 마르며 불안하다

저번에는 철철 피가 쏟아져서
하루에 열 번 생리대를 갈았다고 하길래
몇 리터 헌혈해야 하는 것이냐고 또 농담을 붙였는데
이제는 피가 멎는다는 것의 두려움

……

피의 성분은 두려움을 견디는 것인지
아내의 거기 문지방에 살며시 손을 대 보고
약간 떨리는 목소리로 제발 아프지마
이불 속 어둠을 향해 속삭일 뿐

▌「피의 성분」 부분

작품 「보석」에서 고양이는 자신의 성기를 '정성스럽게' 핥고 있다. 고양이의 음부는 점점 선명해진다. 화자에게 고양이의 음부는 눈동 자보다도 깊고 보석과 같이 반짝이는 것으로 인식되고 있다. 이러한 화자의 긍정적인 인식은 마지막 행, '장충남씨'가 씨감자를 텃밭에 심고 있는 행위에서 의미를 드러낸다. 즉 고양이의 음부가 깊이 반 짝이는 것으로 인식되는 것은 화자가 고양이의 성기에서 씨감자와 같은 건강한 생산성을 보아내었기 때문이다.

뒤에 이어지는 인용시, 「피의 성분」에서는 인간의 성기인 '아내의 거기'가 등장한다. 그러나 '아내의 거기'는 보석처럼 빛나는 것이 아 닌, 때론 '피가 철철 쏟아'지는 것으로, 때론 '피가 멎'는 것으로 두려 움을 주는 존재이다. 그리하여 화자는 피의 성분을 '두려움을 견디

는 것'으로 규정한다. 불규칙한 생리는 건강한 생산성 뿐 아니라 아
내의 건강까지도 담보되고 있지 못함을 의미하는 것이다. 화자가
'아내의 거기 문지방'에 손을 대고 건강에 대한 기원을 속삭이는 행
위는 고양이가 제 스스로 음부를 핥아 반짝이게 하는 행위와 상응되
어 매우 무기력하게 보인다.

> 곯는 젖배를 문대며 엉금엉금 기어가
> 식혜 항아리 쉰 밥알을 멍울멍울 빨아먹던 곳
> 거미가 실 끝에 묻혀오는 몇 톨의 달빛과
> 짠지처럼 푹 삭은 그늘이 살고 있던 곳
> 나는 그 시큼한 그늘을 핥으며 배를 채우곤 했다
> 그 그늘은 내 창자까지 밀려들어와 휘젓곤 했다
> 할머니의 손톱과 앞치마에서 한참을 놀았던
> 고추, 마늘, 곶감, 고욤, 감잎, 말린 국화꽃잎 등이 광주리의 자궁
> 속에 들어와 살던 곳
> 싸늘한 바람이 드나들던 뙤창으로
> 어느 날 능구렁이 두 마리가 들어왔는데
> 이틀간의 정사를 끝내고
> 핏빛 비린내만 남기고 바람벽으로 사라진 곳
> 나는 내 긴 창자를 꺼내 풀어놓고 싶었다
> 겨울잠 자는 구렁이 비늘 같은 폭설의 언어가
> 대지 위로 곤한 목숨 내리고 있는 날
> 나는 토광에 빨려들 듯 들어가 귀두에 피가 나도록
> 격렬한 수음을 즐겼다
> 밀실의 어둠을 다 빨아 마시었다

흙바닥엔 정충情蟲이 눈발의 힘으로 질펀하게 돌아다녔다
그곳은 어쩌면 어머니의 깊은 자궁에 착상하기 전
나의 전생이 머물던 아버지의 불알 속 궁宮은 아니었을까

▎「토광」 전문

위 인용시에서 '토광'은 원초적인 공간의 표상이다. 거미의 실 끝
에 묻혀오는 달빛, 곯는 젖배를 채워주고 창자까지 휘저어 대는 푹
삭은 그늘은 서늘하면서도 신비로운, 무언가 일어나기 직전의 복선
을 느끼게 한다. 그 신비로움과 긴장은 두 마리의 능구렁이의 출현
에서 정점에 달한다. 두 마리의 능구렁이는 '이틀간의 정사를 끝내
고/핏빛 비린내만 남기고 바람벽으로 사라'지고 그 공간은 화자의
몫으로 남는다. 주목할 점은 능구렁이의 정사에 대비되는 화자의 수
음이다. '겨울잠 자는 구렁이 비늘 같은' 폭설이 내리는 날 화자는
'귀두에 피가 나도록/격렬한 수음을 즐'긴다.

정사를 끝낸 능구렁이에게 동면은 산란 후의 휴식, 혹은 산란을
준비하는 기간이기도 하다. 그러나 겨울의 토광에서 화자의 수음은
'밀실의 어둠을 빨아'들이는 행위로 구현되고, 정충은 자궁이 아닌
'흙바닥'에 '질펀하게 돌아다니'고 있어 화자의 행위가 생산성과는 거
리가 있음을 시사하고 있다. 또한 화자는 토광을 자신의 '전생이 머
물던' 곳으로 상정하기에 이르는데 보통 모태 즉, 자궁을 자신의 태
초의 공간으로 인식하는 데 반해 화자는 정사 이전의 상태인 아버지
의 '불알 속 궁'의 '정충'에서 자신의 전생을 그리고 있다는 데 차이
가 있다. 토광이 능구렁이에겐 정사의 장소이며 생산성이 담보된 공
간이지만 인간인 화자에겐 그것의 가능성조차 차단된 불완전한 공

간인 것이다.

> 지구는 빗방울에게 자신의 리듬을 맡긴다
> 빗방울이 온 세상에 발을 담그는 속도로
> 지상의 시간이 흘러간다
> ……
> 빗방울이 공간에 스며드는 속도로 시간은 흘러간다
> ▌「빗방울」 부분

> 어떤 길은 외로워서
> 아무리 쾌활한 사람도
> 그 길로 접어들면
> 하염없이 외롭고 과묵한 사람이 된다

> 어떤 길은 약간 어리버리해서
> 아무리 똑똑한 사람도
> 그 길로 빨려들면
> 끊임없이 미친놈처럼 혼자 중얼거리며 걷다가도
> 문득 새소리에 고개 돌리는 순간
> 아무 것도 기억나지 않는 사람이 된다

> 길이 내 살을 만진다
> 몸속에 들어와 시작한 길
> 피를 지나 늑골을 뚫고
> 시신경 안쪽을 접어 들어

하염없이 이어진 길

▮「오솔길」 전문

신기하다
무언가를 던지면
순간 순식간
자신에게 닿는 무언가의 존재에게
저수지는 중심中心을 내어준다

명중
잠시 후 흔적 없이
과녁을 소멸시키는 저수지

저수지는
자신의 중심을 뚫고 들어온 존재들을
고요와 격랑의 아득한 틈으로
밑바닥에 흐르는 끈적한 시간 속으로
질을 지나 자궁 속으로
착著 착착
들어 앉힌다

▮「정곡」 부분

　장인수의 시에서 인간은 중심의 위치를 점하고 있지 않다. 인간이
자연의 연속성을 편의상 인위적으로 나눈 것이 시간이라면 「빗방울」
에서 지구는 인간에 의해 규정된 시간이 아닌 빗방울에 자신의 리듬
을 맡기고 있다. 빗방울이 온 세상에 발을 담그는 속도, 공간에 스며

드는 속도로 시간을 규정하는 것이다. 인간에 의한 물리적인 시간이 아니라 그야말로 자연의 시간, 야생의 시간인 것이다.

「오솔길」에서도 상황은 비슷하다. 오솔길 위에서 인간이 느낄 수 있는 정서를 적절한 상황묘사로 유쾌하게 표현했지만 그 안엔 '길'로 표상된 자연에 대한 인간의 무력함이 내포되어 있다. 「오솔길」에서 인간은 자연을 지배하는 인간이 아니라 자연에 순응하는 인간, 자연에 포용되는 인간이다.

시인은 이렇듯 시의 소재가 되는 모든 자연들에 중심을 내어주고 있다. 마치 「정곡」에서의 '저수지'처럼 '자신에게 닿는 무언가의 존재에게' 중심을 내어주고 있는 것이다. '저수지'는 '자신의 중심을 뚫고 들어온 존재들을' '질을 지나' 자신의 자궁에 착상시킨다. 이는 정사의 과정에 다름 아니다. 결국 중심을 내어준다는 것은 새로운 탄생을 준비하는 과정임이 드러나는 순간이다. 시인이 지구를 '다 큰 암컷'이라 명명하는 것에서도 고집스레 생산과 관련된 원시적 건강성에 천착하고 있음을 확인 할 수 있다. 끊임없이 소멸하는 존재와 탄생하는 존재와의 조화, 늘 생산을 준비하고 있는 건강한 '지구', 이러한 우주의 질서에 순응하는 것이 바로 '먼 곳의 소리에 귀 기울이고, 구름 속 비 냄새를 맡을 줄도'(「온순한 뿔」) 아는 시인의 '온순한 고집'인 것이다.

3. 존재의 고독에 대한 상상과 그 '전언'
: 이정원의 『내 영혼 21그램』

시에 대한 정의는 무수히 많다. '정서가 있고 운율이 있는 언어로 인간의 마음을 구체적으로 또 예술적으로 표현하는 것'이란 오든의 정의도 그 하나가 될 것이다. 여기에서 '인간의 마음'이란 단순히 감정의 차원에 머무는 개념이 아니라 인간의 정서, 관념 등을 포함한 존재의 총체적인 그 무엇을 의미하는 것이리라. '인간의 마음'을 '구체적으로' 혹은 '예술적으로' 표현하는 방법은 시인 각자의 취향이나 개성과 연관되어 있으며 궁극적으로 시인에게 있어서 '시란 무엇인가'를 규정하는 근거로 작용하게 된다. 즉 시는 시인의 시작詩作방법에 따라, '만들어 지는 것', '경험, 즉 실재의 재현', '상상' 등으로 규정될 수 있을 것이다.

가령, 시에서 인간의 극도의 슬픔을 표현한다고 할 때, 슬픔을 극대화할 수 있는 극적 상황을 제시하거나, 경험에 기초한 사실적 슬픔을 표현하거나, 혹은 시인의 상상력을 통한 사물의 형상화로 그 슬픔을 드러내는 방법 등이 있을 수 있다는 것이다. 물론 이러한 다양한 방법을 통해 시인이 도달하고자 하는 궁극의 지점은 '감동'이고 '울림'일 것이다. 위 방법 중 가장 즉자적인 반응을 유발할 수 있는 것은 극적 상황을 '만들어' 제시하는 것이 되겠고 반대로 가장 우회적인 거리를 갖게 되는 것이 상상에 의한 사물의 형상화를 통한 방법이 될 것이다. '타자'인 사물을 통해 '자아'의 슬픔을 인식하는 것이기에 직접적으로 감정에 이르는 것이 아니라 관념에 의해 정제되고 객관화되는 과정을 거치게 되기 때문이다.

이정원 시인의 작품집 『내 영혼 21그램』에서 돋보이는 것이 바로 시인의 상상에 의한 사물의 형상화이다. 익숙하게 인식되었던 대상도 시인에게 닿으면 새로운 이미지를 입고 전혀 다른 해석의 본령을 드러내게 되고 시인은 여기에 인간의 삶을 슬쩍 얹어 놓는다. 대상에 대한 낯설고도 깊이 있는 해석은 곧 삶에 대한, 존재에 대한 해석인 것이다. 이와 같은 유형의 시법詩法이 감동을 획득하는 데에는 시인의 상상력과 대상에 대한 직관, 존재에 대한 통찰과 깊은 연관이 있다. 이정원의 작품은 독자와 서정적 자아와의 사이에 일정한 거리를 유지하면서도 시간이 흐름에 따라 증폭하는 울림과 긴 여운에 독자를 머물게 하는 데 성공하고 있다. 시인은 개인의 소소한 경험이나 일상에 관심을 기울이기보다 존재의 근원적 차원에 시선을 두고 있으며 생의 아름다움보다는 실존적 고독과 비애에 그 의식이 닿아 있다.

대추나무가 미쳐버렸다

……

사시사철

마당 한구석에서 견딘 외로움이 극에 달한 모양이다
그의 외로움에 한 번도 동참하지 못했다
해마다 몇 됫박씩 말 걸어오던 눈빛
붉은 전언일지도 모르는데 무심히 삼키기만 했다

외로움에 겨워 툭툭 내뱉은 잎새들
빈 까치집 몇 채 들고 있을 뿐
꽃은 더 이상 눈 뜨지 않고
까치들 다신 날아오지 않는다
내게 미치지 못한 네 비원이 헛되이 허공을 쓸고 있다

「전언」 부분

겨울저녁 느티나무 한 그루 알몸으로 서있습니다
……
옹이도 보입니다 허공 오르다 주춤거린 성장통 자국이지요
……
데군데 헐어있군요 아픈 늑골을 바람이 읽고 갑니다

노을 꺼지자 느티는 촘촘한 폐허입니다

적막으로 가는 풍경이 저렇습니다

적막으로 가는 겨울숲 터널을 지나다보면 내 몸의 병소도 꽤 아프
게 만져지곤 합니다
종착역까지는 몇 개의 계절역을 더 거치겠지요

어스름 속 느티나무가 상형문자로 바람의 書 쓰는 이유입니다

「육필」 부분

이 가을 서어나무숲이 쯔쯔가무시를 앓는다 ………머리가 다 빠

지도록 앓는다 서어나무, 가을 내내 앓을 것이다 속속들이 헐 것이다
쉬 아물지 않을 것이다 하늘은 멍 자국으로 내내 푸르다 한바탕 앓고
나야 이마가 서늘해지는 가을병

　　한때 내사랑,
　　저런 적 있었다

▌「쯔쯔가무시」 부분

　위 인용시들은 '대추나무', '느티나무', '서어나무' 등, 나무가 등장
한다는 것과 이 나무들이 모두 아픔을 겪고 있다는 공통점을 갖고
있다. 이 아픔은 '필생의 일을 놓아버'리게 하고 '잔뼈가 낱낱이 드러
나는 고통이며 '쉬 아물지 않'는 아픔이다. 「전언」에서 시인은 더 이
상 꽃을 피우지 못하고 생산하지 못하는 '대추나무'의 상태를, 극에
달한 외로움으로 미칠 지경에 이른, 그리하여 필생의 일을 놓아버리
는 것으로 그리고 있다. 대추를 '붉은 전언' 즉, 대추나무의 극에 달
한 절규로, 화자가 대추를 먹는 행위를 외로움에 동참하지 못하고
'무심히 삼키는' 것으로 형상화하고 있다.

　시인의 상상력은 계속 가을과 겨울이라는 계절의 적막함으로 뻗
쳐나가 끊임없이 아픔에 천착하고 있다. 하여 겨울의 '느티나무'는
잎새들을 떠나보내고 알몸으로 앓고 있는 것으로, 가을의 '서어나무'
는 '머리가 다 빠'질만큼 '쯔쯔가무시'를 앓고 있는 것으로 그리고 있
는 것이다. 앓고 있는 나무는 '적막으로 가는 풍경'이 된다. 화자는
적막의 공간으로 상정되어 있는 '겨울숲 터널'을 지나 '종착역'으로
향하면서 자신의 '병소'를 들여다본다. 결국 헐벗은 나무는 처연한

아픔에 있는 화자 자신인 것이다. 그렇다면 이 아픔은 어디에서 연유하는 것일까. 시인은 나무의 병인으로 외로움, 적막, 사랑 등을 들고 있지만 이들을 관류하는 연원은 결국 존재의 고독이다. 무심히 삼켜지는 '붉은 전언', 바람만이 읽고 갈뿐인 '아픈 늑골', '속속들이 허'는 아픔은 혼자 감내해야 할 몫의 고독을 드러내고 있는 것이다.

'종착역'은 인생이라는 여로의 종착지인 죽음을 이르는 것이며 '계절역'이란 단순히 시간의 흐름을 의미하는 것이 아니라 '겨울'로 노정되어 있는 외로움의 시간, 철저한 고독의 시간인 것이다. 그러므로 '종착역까지 몇 개의 계절역을 더 거치겠'다는 것은 죽음에 이르기까지 인간은 몇 번의 처절한 고독의 시간에 놓여 있게 됨을 인식하는 대목이라 할 수 있겠다. 이러한 고독의 시간은 결국 인간을 성숙하게 하는, '성장통'을 겪는 시간이며 그 흔적으로 '옹이'를 남기게 될 것이다, 시인은 모든 것을 벗어버리는 겨울의 나무를 의인화하여, 독자로 하여금 섬세하게 묘사된 그들의 고통을 짚어가는 과정에서 자아의 고독과 마주하도록 하고 있다.

> 비 그친 사이
> 고추잠자리 한 쌍 옥상 위를 빙빙 돌고 있다
> 두 마리가 하나로 포개져 있다
>
> 누가 누구를 업는다는 거 업고 업히는 사이라는 거
>
> 오늘은 왠지 아찔한 저 체위가 엄숙해서 슬프다

서로가 서로에게 서러운 과녁으로 꽂혀서 맞물린 몸 풀지 못하고
땅에 닿을 듯 말 듯 스치며 나는 임계선 어디쯤

문득 삶과 죽음의 갈림길이 있다
앉는 곳이 무덤일
질주의 끝이 곧 휴식일 어느 산란처

죽은 날개는 투명해서 내생까지 환히 들여다보인다
▍「슬픈 과녁」 전문

징검돌 위에 눈 내립니다
돌들이 조금씩 자라납니다
하얀 꽃 벙글어 탐스럽습니다

개울바닥에 검은 이끼 달라붙어 있습니다
이끼를 덮고 흐르는 냇물도 검습니다
검은 냇물이 눈을 받아 삼키며 쉬지 않고 흐르는 밤
꽃잎은 밤새도록 부풀어 겹꽃이 됩니다

흐르는 냇물이 흰 돌꽃에게 검은 여백이 되어줍니다
여백이 검기도 하다는 걸 알았지요
여백이 되려고 냇물은 밤새도록 눈물을 삼키며 흐르고 있었나 봅
니다

흐른다는 건
누군가에게

잔잔한 여백이 되는 것입니다

▎「흐르는 여백」 전문

 앞의 인용시에서 사랑의 아픔을 '쯔쯔가무시'에 비유한바 있듯이 시인은 사랑 또한 아픔과 고독의 관점에서 바라보고 있다. 「슬픈 과녁」에서 화자는 고추잠자리의 교미 장면을 '서로가 서로에게 서러운 과녁으로 꽂혀서 맞물린 몸'으로 인식하고 이러한 체위가 '엄숙해서 슬프다'고 한다. 이 '풀지 못하'는 몸은 어느덧 삶과 죽음의 임계에 다다른다. '질주의 끝'이 휴식처이자, 무덤이 되는 산란처인 것이다. 주목할 것은 화자가 고추잠자리의 '엄숙해서 슬픈' 체위를 통해 사랑의 관계를 '누가 누구를 업는' 관계, '업고 업히는 사이'로 인식하고 있다는 점이다.

 이러한 사랑에 대한 인식은 「흐르는 여백」에서 더욱 구체적으로 드러나고 있다. 눈이 쌓인 징검돌과 이끼를 덮고 흐르는 냇물과의 관계는 사랑의 관계를 표상하고 있는데 이 상관물들은 '흰 돌꽃'과 '검은 냇물'이라는 색채의 대조, 정停과 유流라는 상태의 대조로 매우 감각적인 긴장을 보여주고 있다. '검은 냇물'은 '흰 돌꽃'에게 여백이 되어주기 위해 밤새도록 '눈물'을 삼키며 흐르고 있다. 여기에서 '눈물'은 내리는 눈이 녹은 물이라는 의미와 냇물이 흘리는 눈물이라는 의미의 중의적 표현으로 자연적 현상과 대상의 감정을 유기적으로 연결하는 매개가 되고 있다.

 시인은 사랑의 본질을 고독한 흐름을 감내하며 '누군가에게 여백'이 되어 주는 '검은 냇물'의 행위에서 추출하고 있다. 시인의 사랑에 대한 인식이 드러나는 또 다른 작품 「흙의 사랑법」에서는 '누군가에게 여백이 되어주는' 냇물의 행위가 '발효'라는 작용으로 나타난다. '발효'라는 것은 일종의 썩는 행위이다. 자신의 현 모습을 버리고 썩어져 새로운 존재가 되는 것은 여백이 되어주기 위해 끊임없이 검게 흐르는 행위에 다름 아니며 이것이 시인이 여러 작품을 통해 일관되게 드러내고 있는 사랑법인 것이다. 그러므로 시인의 사랑법엔 근원적으로 고독이 내재되어 있을 수밖에 없다.

이정원 시인은 자연물과 같은 일반적인 소재나, 익숙하게 믿어왔던 명백한 현상을 시인의 독특한 상상으로 비현실적인 세계에 자리하여 둔다. 시인에게 닿는 대상에 대해 직관과 상상에 의한 형상화로 존재의 근원적 문제에 접근하고 있는 것이다. 이러한 시인의 시법은 서정적 자아와 대상과의 일정한 거리의 유지로 감정에 치우침 없이 절제된 미를 보여주게 된다. 또한 이를 통해 드러나는 시인의 존재론적 인식이 독자에게 전달될 때 그 울림이 결코 가볍거나 단발적이지 않다는 것을 확인할 수 있다. 이는 시인의 시작詩作이 기교적인 측면에서 머물고 있는 것이 아니라 그의 '영혼의 무게 21그램'을 작품에 부단히 녹여내고 있기 때문은 아닐까.

제5장
삶, 삶, 삶, 그리고 간간이 사랑

제2부 사랑에 대한 다양한 시선

: 서규정의 『참 잘 익은 무릎』

어찌 보면 시란 노마드에 대한 동경과 정착에의 향수 사이에 자리한 사유가 근간이 되고 있다고 해도 과언은 아닐 것이다. 다소 단선적인 예가 될 수 있겠지만 시대를 불문하고 시적 소재로 중요한 자리를 점하고 있는 것은 떠남을 통한 일상성에서의 탈피, 세계와의 대면 등과 같은 원심적 방향성의 소재와 어머니, 고향, 자연에의 귀의 등과 같은 구심적 방향성의 소재가 두 축을 이루고 있다고 할 수 있기 때문이다. 이는 새로움, 창조에 대한 욕구와 함께 근원에의 합일에 대한 욕망도 양가적으로 내재하고 있는 인간의 내면과도 관련되어 있는 것이다.

이번에 새로 상재한 서규정의 시집 『참 잘 익은 무릎』 또한 이러한 층위에서 읽혀진다. 그의 시집의 독특한 제목 '참 잘 익은 무릎'만 해도 시인의 삶의 이력과 맞물려 오랜 떠돎의 여정이 배어 있음

을 느끼게 함과 동시에, 긴 떠돎 후의 잠시 멈춤 내지 정착의 이미지
또한 발현되고 있어 노마드와 정착 사이의 정서를 환기시키고 있다.
그렇다면 시인은 이제 그만 안주하고 싶은 걸까. 또한 그의 시에서
노마드의 의미는 무엇일까.

『참 잘 익은 무릎』에 실린 시들의 제목에 지명이 많다는 것에서
도 간취되는바, 서규정의 시는 시간적 배경보다는 공간적 배경이 주
조를 이룬다. 그 공간을 쫓아가다 보면 언제나 마주치는 것은 풍경
이나 내면, 사상 등이 아니라 삶이고 삶이고 또 삶이다. 가히 실존에
대한 고투라 할만하다. 그 삶은 '맨 땅에 그려지는 것'이며 '시펄시펄
살아 끓는 피라야만 한다'.(「바람 저편」) 그러하기에 그의 시에서 삶은
결코 아름답거나 평안하게 그려지지 않는다. 삶은 오히려 상처, 가
시, 사막 등으로 형상화되거나 재난, 실패, 걸레, 실수 등으로 명명
되고 있다. 시인의 말대로 '삶은 예찬이 아니라 갈구' (「안창마을」)인 것
이다.

현실이 이토록 각박한 것일 때 인간은 영원이라든가 내세와 같은
현실 너머의 어떠한 것에서 위안을 얻을 수 있다. 혹은 세계와 거리
를 두고 내면으로 침잠하거나 선적인 명상과 같은 구도의 행위를 통
해 인생에의 관조, 달관, 초탈로 나아가는 방법도 있을 수 있다. 그
러나 서규정의 시에서는 이러한 피안의 세계를 상정하지 않는다. 철
저히 자아가 던져진 세계에 존재하면서 그 세계 그대로를 인정하는
것에서부터 시작하고 있다. 이러한 맥락에서 서규정 시의 자아는 니
체의 초인을 연상케 한다.

생은 앞을 미리 닦아놓거나, 뒤를 훔치지는 않듯이

깃발은 허공의 걸레가 될 땐 되더라도

스러질 한순간을 위해 바람을 갈가리 찢으며 춤출때

맨 바닥에서 누구의 깃대인줄도 모르고
먼 지진을 부르며
덩실덩실 덩달아 춤추고 있는 나여 나, 그리고 너
                                          ▌「막춤」부분

우리가 산다는 건 높은 포복 낮은 포복 통과의 요령이 아니라
철조망 밑을 기듯 시장바닥을 기며 수세미 나프탈렌을 팔더라도
이 세상 최고의 재난이 삶이라면 재난답게 삶답게
푸른 하늘 그 구석을 두루두루 살피는 일일 때
건빵구멍 같은 눈빛으로 머무르고 싶었던 인연들아
매 순간 순간을 감사하며 이젠 적도 그리울 무렵
                                          ▌「거풍」부분

　시적 자아에게 삶이란 '이세상 최고의 재난'일 수도 있다. 그러나
그러한 삶에 대처하는 자세는 '앞을 미리 닦아 놓거나 뒤를 훔치'는
것과 같은 혹은 철조망을 통과하는 데 있어서 '높은 포복 낮은 포복'
과 같은 요령을 체득하는 일이 아니다. '허공의 걸레가 될 땐 되더라
도//스러질 한 순간을 위해 바람을 갈가리 찢으며' 나부끼는 것이며,
'이세상 최고의 재난이 삶이라면 재난답게', 그리고 그러한 '삶답게'
살아내는 것이 시적 자아가 삶에 대면하는 자세이다. '혀끝이 쩍쩍
갈라지는 탈수, 한 방울 물에 타죽고 말/그것이 운명'('사막의 막사」)이

라도 가야만 하는 것이다.

삶이 재난일 때 그것은 자아에게 혐오의 대상이 될 가능성이 농후하며 따라서 이 세계가 아닌 현실 너머의 어떠한 것에서 희망을 찾고자 한다. 그러나 시인은 현실을 부정하거나 빗겨가지 않으며 현실너머의 어떠한 것에 기대를 갖지 않는다. 세계에 당당히 마주설 때 삶의 주인은 자신이며, 삶은 그에게 극복해야 할 그 무엇이다. 그것이 끊임없이 반복될지라도 극복 후에는 한층 고양된 자아로 자리하게 되는 것이다. 시적 자아의 삶에 대한 태도가 이러할 때 그 여정이 고달프리라는 것은 쉽게 추측된다. 그 고달픈 여정에서 '패배도 기술'(「타자에게」)임을 터득하게 되지만 결코 세계를 부정하거나 증오를 품지 않는다. 그러하기에 시인은 삶을 '덫'에 비유하면서도 '고귀함'을 포기하지 않는 것이다.

'가시가 가시를 알아보듯/상처는 상처를 먼저 알아보'(「탱자나무 여인숙」)기 마련이다. '끼리를 알아본다는 것처럼 아픈 일이 또 어디 있을까'(「손님」)라는 시인의 사유는 그만큼 시인의 시선이 낮은 곳을 향해 있다는 의미이다. 서규정의 시에서는 상상적 경험에서가 아닌 실제적 체험을 통해서만 발현될 수 있는 구체적인 정서가 표출되고 있다. 상상적이거나 설정을 통한 비극은 더 극적일 수 있다. 서규정의 시에서는 그러한 극적인 슬픔이나 진실일 것만 같은 설정은 없다. 오히려 불편한 진실이 극복해야 할 그 무엇으로, 삶이라는 이름으로 담담하게 그려지고 있다.

　　　　팽팽하게 당겨져 살고, 팽팽하게 박혀서 죽을 저 과녁을

마지막 화살로 이해해 가야 한다

겨냥, 사는 게 구질구질해선 안 돼

명중, 파르르 꼬리 떨리는 미세한 울분이라도 참아야 돼

사수가 쏘아 맞추는 것은 발등뿐

발사의 사거리가 짧다

아니다 너무 길다

저 바람 한번 만져보려고 제 눈을 제가 찌르고 난 뒤의 사랑, 이거
　　　　　　　　　　　　　　　▋「저 바람 한번 만져보려고」 전문

　서규정의 시에서 마주치는 것은 전언한 바대로 삶이고 삶이고 또
삶이다. 그리고 간간이 사랑이다. 그의 시에서 삶은 결코 달콤하지
않지만 '재난' 같은 삶에 두려움이나 머뭇거림도 없다. 세계가 과녁
이라면 화자는 화살이다. 과녁에 팽팽하게 박혀서 죽는 것이 화살의
운명이지만 화자에게 순간순간은 처음이자 '마지막'이다. 그러므로
'겨냥', 세계에 당당히 맞서야 한다. '실수'와 같은 삶일지라도 '사는
게 구질구질해선 안'된다. '명중', 세계에 부딪고 난 후 미세한 떨림
도 용납하지 않는다. 그러나 결국 화자가 '쏘아 맞춘 것', '명중'한 것
은 '발등' 즉 자기 자신이다. 그리고 보면 1연에서 '팽팽하게 당겨서
살고, 팽팽하게 박혀서 죽'는 대상이 명징하게 지칭되지 않고 있다.

의미상으로 보면 그 대상이 '화살'이지만 문맥상으로는 '저 과녁'이기도 한 이중적 표현이다. 결국 자아가 대면하고 극복해야 하는 대상은 객체로서의 세계가 아닌 것이다. 위 시에서 과녁에의 명중이란 '제 눈을 제가 찌르'는 행위에 다름 아니다. 따라서 '마지막 화살로 이해해 가야 하는 것' 또한 세계이자 동시에 자기 자신인 것이다. 자아에 이르는 길, 자기 자신을 이해하고 극복해 가는 길은 '저 바람 한 번 만져보려'는 희원과 같이 짧고도 너무 긴 무엇이다. 그러나 중요한 것은 허망한 손짓인 것만 같은 행위 뒤에 남는 '이거'는 바로 '사랑'이라는 것이다. 여기에서 우리는 시인이 재난, 실수, 덫으로 명명해 왔던 '삶'에 대한 긍정적 인식을, 그리고 그 삶이 결국 사랑으로 연결되고 있음을 간취해낼 수 있다.

> 해는 또 떴다, 어떻게 실수로라도 살아봐야 할 것 아닌가
> 언제나 준비된 화살로 스스로 시위를 박차고 나가
> 당당히 박혔던 과녁의 자세 하나만 이야기 하라면,
> 타협과 모순으로 가득 찬 양양한 시대를 건너며
> 불 먹은 살촉이 아교처럼 흘러내리던 눈빛과
> 나이 먹어 제외된 취업광고판 앞에서 오들오들 떨며
> 알아서 내리던 다 닳아빠진 꼬리 깃털뿐이네
> 누가 한번만 시위를 힘껏 당겨다오
> 상처란 높은 것,
> 바닷새 나는 해안에 떠오른 널빤지에 박혀 죽어도
> 화살은 장난감 가게엔 눕지 않듯이
> 드세고 빠릿빠릿한 리듬을 타고

그렇지 나리, 위퍼, 태풍들과 이름 섞으며
일도 큰일로 저질러 놓은 바닷가로 가리
산다는 건 쓰레기나 덤터기로 내몰릴 모멸이 아니라
치욕까지를 고스란히 견디어 내는 것일 때
해는 또 떴다, 나무토막 곁엔 스티로폼
플라스틱 바가지 칠판지우개도 둥둥 떠
산더미 같은 부유물 속에서 이리저리 채이다
핏총핏총 물총새 부리에 물려 높이 높이 다시 날아오르고 싶어

▌「궤적」 전문

위 시도 삶의 궤적을 화살과 과녁의 관계에서 그려내고 있다. 화자에게 세계는 '스스로 시위를 박차고 나가' 과녁에 '당당히 박혔던' 화살이 아니라 '불 먹은 살촉이 아교처럼 흘러내리던 눈빛'과 '알아서 내리던 다 닳아빠진 꼬리 깃털'로 남게 되는 곳이다. 그러하기에 화자는 '실수로라도 살아봐야 할 것 아닌가'라며 자조 섞인 목소리를 내고 있다. 그러나 그 녹록치 않은 세계라도 그것은 화자에게 절망의 나락이 아니다. 이는 '해안에 떠오른 널빤지에 박혀 죽더라도' 장난감 가게로 표상되고 있는 위장된 안정 속에 머무르지 않고 태풍의 바닷가로 나아가겠다는 의지에서 확인되는 바이다. 위 시에서 시인의 삶에 대한 자세를 다시 한 번 확인할 수 있다. 즉 '산다는 것'이 견고하게 틀지어진 위계질서에서는 '쓰레기나 덤터기로 내몰릴 모멸'일 수 있으나 그 '치욕까지를' 능동적으로 견디어 낼 때 '상처는 높은 것'일 수 있게 되는 것이다.

시인은 늘 상처 속에서 삶의 진정성을, 아름다움을, 사랑을 발견

해낸다. '탱크도 지날 멀쩡한 교량보다, 오래전에 무너진 다리'(「백년 종점」)에서 아름다움을 느낀다. 시인이 오랜 떠돎의 경험을 통해 체득한 것은 '끊어져야 아름답다'(「백년 종점」)는 것, '유리는 금이 갈수록 쩌렁쩌렁 빛난다'(「햇빛들」)는 것이다. 이는 있는 자리에서 더 축적하고자 하는, 적어도 현상은 유지하고자 하는 정착민이 터득할 수 있는 사유는 아니다. '재난'과 같은 세계에 부딪치고 그러한 세계에 상처입은 자아, 그러나 '실수'라도 의지삼아, 패배라도 기술삼아 극복하려는 강한 의지의 자아, 그러한 자아를 긍정하는 초인만이 지닐 수 있는 노마드적 사유인 것이다.

　해는 또 떴다. 산더미 같은 부유물 속에 이리저리 채이는 자아이지만, 높이 높이 다시 날아오르고자 하는 비상의 의지를 갖는다. 고양된 자아에 대한 희원을 품는 것이다. 그러하기에 시인은 늘 '생이 마렵다'(「참 잘 익은 무릎」) 시인에게 생은 축적하는 것이 아니라 비우는 것이며 머무는 것이 아니라 떠나는 것이다. 비움의 생리이자 쾌감을 동반하는 배설과도 같은 것이다. 시인에게는 사랑 또한 '나를 버리는 게 전부'(「사막의 막사」)이다. 그러므로 '한없이 가볍다는 건, 지독한 사랑이 기차처럼 울고 간 것이다.'(「손님」) 그러나 나를 버려야 하는 쓸쓸함에도 불구하고 시인은 사랑하기를 멈추지 않을 것이다. 비우는 것이 생이라면 생과 사랑은 시인에게 다른 모습이 아니기 때문이다.

　다시 묻는다. 이제 그만 안주하고 싶은 것인가. 시인은 이렇게 대답한다.

> 한번을 살아도 후회 없이 살아갈
> 암호명은 사랑과 영혼

그러니까 시여,
남이 알아볼 수 없는 무릎의 상처며
늘 뒷전에서 서성거리던 그림자와 둘이서

땡볕으로 무장한 채 찾아 헤매던 구도의 길이 있다면

실패가, 곧 최고의 작전이듯이
스스로 판 묘혈이라도 좋았다, 언제라도 그 길 위에 다시 서고 싶다
▌「참 잘 익은 무릎」 부분

제3부

문학과 존재의 지평

상처의 세계와 위무의 방책들

제1장
미끄러지는 세계에서 상처로 숨쉬기

제3부 상처의 세계와 위무의 방책들

: 이두예의 『외면하는 여자와 눈을 맞추네』

1. '외면하는 여자', 존재의 미끄러짐

『외면하는 여자와 눈을 맞추네』, 이두예가 세상에 내어 놓는 두 번째 작품집이다. 우선은 시집의 독특한 제명에 눈길이 갈 만하다 싶었지만 수록된 시편들의 복층적이고 폭넓은 스펙트럼은 오히려 제명의 독특함을 잊게 만들 정도로 강렬한 것이었다. 그것은 표층적으로는 시간적·공간적 배경의 광범위함에서도 확인되는 것이지만 그의 시에서 발현되고 있는 심상이라든가 시의 의장, 대상에 대한 인식 방법, 세계에 대응하는 태도 등은 다성적이다 못해 서로 모순되는 것으로까지 보이기도 하기 때문이다. 이두예의 시세계를 어느 하나의 틀에 일괄하여 다룬다는 것이 난망한 일로 여겨지는 까닭도 이러한 맥락에서이다. 가령 이두예 시세계의 성격은 서로 상반되는 두 시적 양식에서 운위될 수 있다는 점이 그러한데, 그 하나가 의미의 해체를 기치로 내걸고 있는 포스트모더니즘의 층위이고, 다른 하나는 대상과의 동일성을 본질로 하고 있는 리리시즘의 층위이다.

그의 시에서 의미의 불확정성이라든가 기호의 미끄러짐, 이분법적 경계의 무화 등과 같은 해체적 기법을 찾는 것은 어렵지 않은 일이다. '망미역望美驛'이 '忘Me驛'으로(「망미역(望美驛)」), 혹은 '싱크'가 'think'로 그것이 다시 'sink'로(「개기월식」) 전화되는 양상은 정확히 데리다의 '차연'(差延, differance)에 들어맞는 예가 된다. 또한 통사적 관계망을 파기하여 의미론적 연속성을 해체하는 경우도 어렵지 않게 발견된다. 그러나 이를 이두예 시의 특징이라 일컫는다면 반쪽만 언급한 셈이 된다. 끊임없이 의미를 유예하거나 해체하고 있는 것과는 달리 또 다른 한편으로는 너무도 강고한 의미를 중심에 두고 집요하게 그것에 육박해 들어가는 면모, 즉 동일성에 대한 강한 욕망을 드러내고 있기 때문이다. 그렇다면 이두예의 시세계에서 나타나고 있는 이 시의식의 분열이랄까 상반되는 시적 양식의 공존을 어떻게 해석해야 할까.

데리다에 의하면 기의는 기표의 무한연쇄 속에서 차연된다. 의미가 확정되지 않는다는 것, 하나의 기표에 여러 기의들의 흐름이 산재해 있다는 것은 결국 절대적 의미, 권위적 중심에 대한 부정의식에 다름이 아니다. 절대적이고 순수한 의미에는 필연적으로 극단적 배타성이 배태되어 있게 마련이기 때문이다. 그러므로 데리다의 차연이라는 개념은 절대적 중심의 해체를 통한 타자와의 올바른 관계 형성에서 그 의미를 찾을 수 있을 것이다.

그러나 또 한편으로는 그 의미의 미끄러짐, 즉 기의가 기표에 가

닿지 못하고 산종되어 버리는 현상은 그대로 현대사회에서의 존재
간의 무의미한 관계와 상동관계를 이루고 있다. 타자와의 관계성이
라는 측면에서는 동일한 의미망 안에 자리하는 관점이라 할 수 있겠
으나 전자가 중심이 되는 주체의 무화에 초점을 맞추고 있는 것이라
면 후자는 무화된 주체의 가벼움 내지는 상실된 의미에 대한 비극성
에 중심을 두고 있는 것이다. 이두예의 해체전략은 후자에 속하는
것으로 보인다.

> 도시철도 안
>
> 맞은 편 좌석에 젊은 여자가 앉았다
> 젊은 여자가 내린다
> 그 옆자리의 여자가 내린 여자의 자리에 옮겨 앉는다
> 여자가 내린 역에서 탄 또 다른 여자가
> 옮겨 앉은 여자의 자리에 앉는다
>
> ▌「모노드라마」 부분

'도시철도 안'이란 풍요와 속도, 합리와 과학으로 구동되는 현대사
회의 표상이라 할 수 있다. '도시철도 안'이 현대사회의 표상이라 할
때 이 공간 안에서 시인이 포착하고 있는 것은 군중 속의 고립된 존
재, 그리고 그 고립된 존재 간의 무의미한 관계에 관해서이다. 위 시
에서 존재는 '젊은 여자', '옆자리의 여자', '내린 여자', '또 다른 여자'
등등으로 명명되어 어떠한 의미를 구현하고 있지 못함을 드러내고
있다. 또한 '젊은 여자'는 '내린 여자'로 '옆자리의 여자'는 '옮겨 앉은

여자'로 환치되고 있는 것에서 의미는 계속 유예되고 미끄러져가고 있음을 알 수 있다.

'모노드라마'라는 제목에서 드러나는바, 화자를 비롯하여 '도시철도 안'의 무수한 인물들은 모두 동일한 공간 혹은 무대 안에 있으면서도 각자에게는 일인극일 뿐이다. 인물과 인물 간에 의미를 생성하지 못하고 있다는 의미이다. '도시철도 안'이라는 무대에서의 '모노드라마'란 결국 현대사회의 고립된 존재, 혹은 의미를 생성하지 못하고 부유할 뿐인 고립된 존재 간의 관계를 현현하고 있는 것이다.

> 나의 한 쪽 팔을 뱅뱅 돌린다
> 피 한 방울 나지 않는다
> 나의 발도 돌려 떼어 낸다
> 내 머리는 선반 위에 잘 보관 한다
> 피 한 방울 흐르지 않는다
> 통증이 없다
> 모두가 병들었는데 아무도 아프지 않았다
>
> ▌「마네킹」 부분

세분화·분업화 과정이 곧 현대사회의 발전과정이었다 해도 그리 틀린 말은 아닐 것이다. 문제는 이 과정에서 대부분의 가치들이 그것 자체의 고유성은 폐기되고 총체화된 구조 속의 한 부분으로 존재하게 된다는 점이다. 여기에는 생산주체인 인간 또한 예외가 아니었다. 이러한 과학적 이성의 분리주의적 사고가 객체를 도구화하는 결과를 가져오게 된 것이다. 도구화된 존재란 기능이 다하게 되면 언제든 대체가능한 전체의 한 '부분'일 뿐이다. 이를 현상하고 있는 것이 위 시의 분리된 존재이다.

인간 존재는 어떠한 분리된 분자의 총합이 아니라 그것 자체로 변화 생성 존재하는 유기체이다. 그러나 합리적이고 과학적인 사고과정에 의하면 인간 또한 팔, 다리, 몸통, 머리 등의 각각 다른 기능을 수행하고 있는 기관들의 합체로 인식될 수 있다. 이러한 사고의 극단적인 예를 환상적으로 보여주고 있는 것이 바로 위 시라 할 수 있다. 기실 현대사회에서 분리주의적인 인식방식과 그에 대한 비판적 담론은 이제 식상한 것이 되었을 정도로 일상화되어 있다. 위 시에서 팔과 다리와 머리를 '떼어 내'어도 '피 한 방울 나지 않는다거나 '통증이 없다'는 것, '모두가 병들었지만 아무도 아프지 않'은 상황 또한 이러한 맥락에서 이해해 볼 수 있다. 즉 현대인에게 있어 도구적 존재라는 사실은 일상성 속에 틈입되어 있는 것이어서 더 이상 충격적이거나 상처가 되지 않는다는 의미이다.

시인의 시선에 포착된 세계는 이처럼 '마네킹' 같은 존재들이 서로의 사이를 부유하며 미끄러져 가는 세계이다. 이와 같은 세계에서는 상처조차 미끄러져 갈 뿐이다. 상처는 개별적이고 특수한 것이며 따라서 대체 불가능한 비생산적인 것이기 때문이다. 존재가 '젊은 여자'에서 '내린 여자'로, '옆자리 여자'에서 '옮겨 앉은 여자'로 기표를 건너가듯, 상처 또한 여러 기표를 건너가며 진의를 은폐시키는 것이다. 상처여야 할 것이 상처가 되지 않으며 모두가 병들었지만 아무도 아프지 않은 세계가 되는 것이다. 이를 상처로 포화되어 있는 세계이자 상처가 결여되어 있는 세계라 언표 할 수도 있을 것이다.

2. 상처로 숨쉬기, 그 '운명애'

이두예 시의 한 축을 이루고 있는 포스트모더니즘의 세계가 상처로 포화되어 있는 세계라면 그의 시의 또 다른 한 축이라 할 수 있는 리리시즘은 이 포화상태의 세계에 '구멍'(「귀걸이 찰랑거린다」)을 내는 역할을 하고 있다. 마주침 없이 미끄러져가기만 하는 세계에 균열을 일으켜 서로 마주치고 충돌하여 의미를 생성케 하는 것이다. 완전하게 메워져 있는 벽면에서 '구멍'은 결핍이자 다시 메워야 할 상처이지만 또 한편으로는 경계가 사라진, 따라서 이쪽과 저쪽의 소통 혹은 동일성이 가능해지는 공간이기도 하다.

이두예의 시에서 드러나는 상처가 꼭 이러하다. 그의 시에서는 상처가 미끄러져 가는 대상과의 마주침, 혹은 타자에 대한 인식이나 더 나아가 타자와의 동일화를 가능하게 하는 매개로 기능하고 있다는 의미이다. 그래서일까, 이두예의 시에서 발현되고 있는 상처는 구체적이면서도 거침이 없다.

전어가 고소하게 구워지고 있었지 담배 한 개비를 물고 슬리퍼를 끌고 나간 그는 영영 돌아오지 않았어 바싹 구워진 전어를 오드득 뼈째 씹었어 비누를 풀어 씻고 씻어도 손과 머리카락에서는 누대에 걸쳐 덧칠해 온 익숙한 기미처럼 비린내 가셔지질 않았어

전생이라면
아마도 어느 뱃전에서 물고기의 배를 따 말리는
젊은 과수를 부러워했을까

바다로 나가 돌아오지 않는 남자를,
부려진 물고기들의 꼬리를 잡고 패대기쳐
아가미 왕소금 밀어 넣듯
염장을 하는

비리다는 것,

비늘 번득이는 그을린 손으로
다글다글 소금기 날 선 가슴을
꾹꾹 누르는

전어를 굽는다
수저가 놓여 있다
노릇하게 구워진 전어를 식탁에 놓으면
즐거운 식사 시간이다

▐「전어 굽는 저녁」 전문

위 시에서 상처는 삶의 일부분이 되어 있다. 그렇다고 이 시에 드
러난 상처가 일상화 될 만큼 가벼운 것이라는 의미는 아니다. 오히
려 삶의 일부로 만들지 않고는 삶 자체가 불가능할 만큼 깊은 상처
라는 의미에 더 가깝다. 그 상처는 '씻고 씻어도' 가셔지지 않는, '누
대에 걸쳐 덧칠해 온 익숙한 기미'와 같은 것이기 때문이다. 상처에
준비가 있을 턱이 없고 있다 해도 의미 없는 일일 터이지만 전어를
굽는 사이 '담배 한 개비를 물고 슬리퍼를 끌고 나간 그'가 영영 돌
아오지 않은 것만큼 느닷없을 수 있을까. 이두예의 시에서 상처는

관념적인 것이 아니라 이토록 구체적이고 경험적인 사실에서 발현되고 있다.

2연에서는 상처에 대처하는 화자의 심정이 드러나고 있는데 표층적인 의미만으로는 섬뜩하기까지 하다. '바다로 나가 돌아오지 않는 남자'를 '물고기들의 꼬리를 잡고 패대기쳐 아가미에 왕소금을 밀어 넣듯' 염장을 한다는 대목이 그러하다. 그러나 4연에서 화자는 염장을 하는 주체에서 '아가미에 왕소금 뿌려진 물고기'로 전화되어 있다. '다글다글 소금기 날 선 가슴을/꾹꾹 누른다'는 대목은 염장된 전어를 굽는 행위와 한 맺힌 화자의 가슴을 치는 행위라는 이중적 의미를 지니고 있기 때문이다.

위 시는 첫 연의 '전어가 구워지고 있'는 상황이 마지막 연에서 이어지고 있는, 수미상관의 구조를 취하고 있다. 1연에서 '바싹 구워진 전어를 오드득 뼈째 씹'고 있는 화자가 등장하고 있다면 마지막 연에서는 아직 전어를 굽고 있는 상황이라는 차이가 있다. 그가 떠나기 전의 시간을 재현하고 있다는 의미이다. '수저가 놓여 있다'라든가 다 구워진 전어를 식탁에 놓으면 '즐거운 식사 시간'이라는 진술에서 '가고 영영 돌아오지 않은 그'에 대한 기다림의 정서를 간취할 수 있다.

상처, 이두예의 시에서 그것은 '비리다는 것'이다. '비린내'는 강인하고 실존적인 삶의 냄새이다. 시인은 자기 자신을 연민하며 상처를 적당히 포장하거나 미화하지 않는다. 은폐하지도, 피하지도, 과장하지도 않는다. 시인은 삶 속에 들어와 있는 상처 앞에, 정직하고 당당하게 마주선다. 마치 바닥을 차야 물에 떠오를 수 있다는 듯이 상처 속으로 직핍해 들어간다. 이러한 거침없음은 도대체 어디에서 연원하는 것일까.

> 해풍에 꺾여질까 스스로 키를 낮춘 장미. 제 스스로 묶어두는 피
> 터지는 사랑…… 그런데 왜 중국여인네의 전족된 발이 생각이
> 나는거지. 저리 묶인 징글징글 뜨거운 사랑이라도 있어 준다면
>
> …… 중략 ……
>
> 어쩐지 너의 그 더러운 양다리 바람도 용서해 줘야 할 것 같아.
> 지금
>
> ▌「靑山島」 부분

'기대지 않고는 살아 갈 수 없는 외사랑은 존재 근간에 대한 모독'
(「나팔꽃」)이다. 그러나 '처절하게 그를 잘라버리고 바들거리는 치기'
(「나팔꽃」)를 부리는 대신 위 시의 시적 자아는 '모독'쪽을 택하고 있
다. '피 터지는 사랑'임을 알지만 '제 스스로 묶어두'려는 것이다. 그
런데 이 행위는 결코 '기대지 않고는 살아 갈 수 없'는 심약함에서
비롯된 것이 아니다. 장미가 '스스로 키를 낮춘' 것은 '해풍에 꺾이'
지 않기 위해서이듯 '피 터지는 사랑' 그 '징글징글 뜨거운 사랑' 속
으로 성큼 성큼 걸어 들어가는 것은 역설적으로 충일하면서도 강인
한 삶에 대한 의지에서 추동되는 것이다.

'제 스스로 묶어'둔다는 것, 그것은 그로 인해 산산이 부서질지라도
그 부서지는 삶 또한 긍정하겠다는 의지이다. 그 어두운 근원을 용감
하게 직시하고, 거기에 따르는 위험 혹은 상처는 '운명애'(Amor Fati)

로 수용하려는 태도인 것이다. 니체가 말한 운명에 대한 사랑, '운명
애'란 인종이나 수동적인 감수의 차원이 아니다. 고통과 슬픔과 소
멸 같은 삶의 비극성을 포함하여 삶 전체를 긍정하는 것, 그리하여
"이것이 생인가, 그렇다면 한 번 더"라고 외칠 수 있는 생에 대한 사
랑과 강한 의지를 의미하는 것이다.

 이두예의 시에서 펼쳐지고 있는 '징글징글'한 현실들과 그로 인한
상처, 그 상처에 응전하는 시적 자아의 태도는 바로 이 '운명애'를 적
실하게 현현하고 있는 것으로 보인다.

> 은행서 빈털터리로 돌아오는 길
> 주남저수지로 차를 돌린다
> 사기치고 도망간 놈, 이제 발로 차서 날려 보내기로 한다
>
> 비는 거세어지고
> 뻘은 느긋하니 다 받아들이고 있다
> 빗발 사이로 열리는 풍경
> 뱁새 떼 갈잎을 스치며
> 서로가 손을 놓치면 안 된다는 듯
> 한 몸으로 날아가는
>
> 새들을 좇아 걷다가
> 무리에서 떨어진 한 마리와 눈을 맞춘다
> 버선 수눅 같은
> 할딱이는 니 배가 이쁘다 정말 이쁘구나
> 그래 갈잎에 앉아 숨 좀 돌리자

다행이다
아직 마이너스 통장은 남았다
그것도 재산이라고 스스로를 위안한다
비비비비, 뱁새도 몸을 털며 지저귀다
다시 날기 시작한다
비는 한결 가벼워지고 있다

▌「다행이다」 전문

화자는 은행에서 '빈털터리로' 돌아오다가 주남저수지로 향한다. '사기치고 도망간 놈'을 이제 마음에서 정리하기 위해서이다. 허탈할 만도 할 화자의 시선에는 거세게 몰아치는 비를 '느긋하니 다 받아들이고 있는 뻘'이 들어온다. '거세어지는 비'를 화자가 직면한 녹록지 않은 현실로 의미화할 수 있다면 그 '비'를 '느긋하니 다 받아들이고 있는 뻘'에서 녹록지 않은 현실에 대한 화자의 태도랄까 의지를 간취해 볼 수 있다. 그것은 시련 또한 삶의 일부로 받아들이고 삶 전체를 긍정하는 '운명애'인 것이다. 이러한 존재에게 있어 상처는 자아를 끌어내려 주저앉히는 역할을 하는 것이 아니라 자아를 더 강인하게 만드는, 자기고양의 기제로 작용하게 된다. 참담한 현실 앞에서도 '다행이다'라고 말할 수 있는 화자의 강인함은 이러한 맥락에서 가능해지는 것이다.

한편 위 시에서 시적 자아를 표상하는 자연물은 '뻘' 외에도 '새'가 있다. 구체적으로는 '무리에서 떨어진 한 마리의 뱁새'이다. '서로가 손을 놓치면 안 된다는 듯한 몸으로 날아가는 무리'에서 떨어졌다는 것은 낙오를 의미하며 종내에는 영영 무리에 편입되지 못하고 소외될 수도 있는 상황에 처해 있는 것이다. 이는 '빈털터리'가 되어버린 화자 자신의 처지와 정확하게 중첩되는 부분이기도 하다. 그러므로 '버선 수눅 같은 할딱이는 니 배가 이쁘다 정말 이쁘구나'라는 대목은 대열에서 낙오한 '한마리 새'에 대한 연민과 애정의 표출이면서 동시에 파란 많은 삶에서 '할딱이는' 스스로에 대한 위무와 그러한 삶에 대한 긍정의 표현이기도 한 것이다.

위 시에서 시적 자아는 자신의 상처 속에만 고립되어 있지 않음을 알 수 있다. 상처에 민감한 자아는 단번에 홀로 떨어진 대상의 불안과 상실감을 감지하고 그에 애정 어린 눈길을 보낸다. 상처 또한 삶의 일부임을, 그 삶을 온전히 사랑해야 함을 체득해온 시인의 웅숭깊은 시선이 타자의 상처로, 세계의 '비린' 곳곳으로 확장되어 나갈 것임을 유추해 볼 수 있는 대목이다.

3. 타자와의 소통의 매개, '상처'

이두예의 시에서 상처는 자아를 강인하게 만드는 기제일 뿐만 아니라 자아로 하여금 그러한 강인함을 기저로 타자의 상처에도 두려움 없이 기투하게 하는 추동체로 작용한다.

> 취직 못한 처자가
> 목을 매었단다
> 신문은
> 몇 줄의 기사로 그를 기억한다

백주白晝 벌건
단숨에 먹먹해져 오는 밝음은 형벌이다
소스라치게 혼자다
누구라도 손에 잡고 놓지 않을 것 같은
밀어내도 밀쳐내도
아니 상피라도 낼 것 같은

떨어진 꽃을 밟아버렸다
아차차
올려다 본 담벼락에도
목을 늘어뜨리고 있는 花
花花花, 하하하…하하하
떨어질 차례예요
내 차례예요
하낫, 둘, 셋

▎「능소화」 전문

　'몇줄의 기사로 그를 기억한다', 이때의 기억은 기억이 아니다. 기억이란 '간직'이라든가 '되새김'의 의미를 내포하고 있는 개념이기 때문이다. '처자'의 죽음은 단지 기표를 미끄러져가는 여러 기의들 중 하나일 뿐이다. 복잡다단한 사회 현상 중 '하나'일 뿐이라는 의미이다. 만약 '미끄러져가지' 않고 '기억'되었다면 또 다른 꽃다운 '처자'의 '떨어질 차례예요 내 차례예요'라는 언술은 가능하지 않았을 것이다. 우리는 그 '떨어진 꽃을 밟'고 지나가기도 한다.

　이 미끄러져가는 존재를 시인은 단단히 비끄러맨다. '먹먹해져 오

는 밝음을 형벌'로 인식하고 '소스라치게 혼자'임을 깨닫게 되었을,
그리고 이러한 극도의 외로움에 '상피라도 낼 것 같은' 심정이었을
'처자'에 완전히 동일화되어 있는 시적 자아에게서 이를 확인할 수
있다. 2연은 형식적으로나 내용면에서도 '취직 못한 처자'의 죽음 직
전의 상황을 상연하고 있는 것으로 보인다. 죽음이란 선취될 수 없
는 경험으로, 죽음 앞에서 현세계의 질서라든가 의미의 지속성은 그
야말로 무의미할 수밖에 없는데, 2연에서는 의미를 사상할 정도는
아니지만 통사론적인 파기로 의미의 연속성을 단절하고 있고, '먹먹
해져 오는 밝음'이라든가 '밝음은 형벌'이라는 의미론적 모순 또한
보편적 질서에서 어긋나는 혼돈의 상태에 속하는 것이기 때문이다.
　위 시의 의의를 두 가지 측면에서 살펴볼 수 있는데 하나는 이두
예 시의 상처가 구체적이고 개별적인 것이면서도 개인적인 한의 차
원으로 축소·제한되지 않았다는 점이고 다른 하나는 주체와 객체
의 경계 없이 상처 속에서 상호 동화를 이루고 있다는 점이다.

　　　정수리가 번쩍

　　　정신없이 파고들었습니다
　　　이 아픔이
　　　다른 이를 아프게 한다는 걸
　　　생각할 겨를이 없었습니다
　　　어쩌겠습니까
　　　그러고 나니 마음 에인해
　　　그의 아픔 살그머니 더듬어 보았습니다

그는 성내지도 않고
내게 몸을 천천히 기대어 왔고
나는 와락
그를 껴안고 말았습니다

▌「못」 전문

　상처란 지극히 개인적이고 내밀한 성질의 것으로 혼자라는 외로움, 고립감 속에서 극대화된다. '상피라도 낼 것 같은' 극단적인 고립감 속에 갇혀 있는 상처받은 대상에게는 숨 쉴 구멍이 필요한 것이다. 그 숨 쉴 구멍이란 바로 타자와의 공감이고 연대이며 소통이다. 이러한 소통이 불가능할 때 상처 입은 마음은 때로 '번뜩이는 피를 토하며' 세상을 향해 '찌를 듯 날을 휘두르'(「유리벽」)게 되기도 한다. 자신의 상처가 '다른 이를 아프게 한다는 걸 생각할 겨를이 없었'기 때문이다.

　위 시에서는 '못'이 표상하는바 상처를 매개로 타자와의 소통을 이루는 양상을 보여주고 있다. 상처를 입어 본 자가 다른 이의 아픔에도 공감할 수 있는 법이다. 또한 자신 만의 상처 속에서 벗어나 타자의 상처를 보아줄 때 제 상처는 스스로 아물기도 한다. 위 시의 시적 자아의 경우가 그러하다. '정신없이 파고드는 아픔'에 '다른 이'를 '생각할 겨를'도 없었지만 화자는 이내 '마음 에인해 그의 아픔 살그머니 더듬어' 본다. '그' 또한 '성내지도 않고 몸을 천천히 기대어 왔고' 화자는 그러한 '그'를 '와락 껴안'고 만다. 상처 입은 두 대상이 그 상처를 매개로 동일화를 이루고 있는 것이다.

　시인에게 있어 상처 입은 마음을 어루만져주는, 어머니와도 같은

존재는 자연이다. 또한 시인은 자연에서 타자를 위무하는 법을 터득
하기도 한다. 상처를 매개로 자연과의 동일화를 이루고 이를 통해
치유에 이르는 과정을 탁월하게 형상화한 시가 「연蓮」이다.

긴 해가 넓은 밭을 쓸어
가뭇없이 어두워지면
개구리,
그 많은 울음을 어떻게 참았을까
뭉텅뭉텅 게워내기 시작한다
둑에 앉아
애먼 풀을 뜯던 내가 무색하다
와글와글 와글와글,
연잎 아래 사윗대 주저앉는 소리에
언제 훌쩍이고 있었는지 잊어버린다
가녀린 두 발을 버티고 잠들려던
어린 물총새도
울음을 비주룩이 물고 있다

귀는 당나귀 귀 귀는 임금님 귀

밤새 꽃대 쑥쑥 밀어 올리며
그 아래 넉넉한 어둠 만드는 것은
울음 재울 수 있는 아늑한 집 한 채 짓는 일
그러한 밤을 지새우고
아침,

넌출넌출 연잎 바람에 흔들리는 것은
귀를 여는 것 아니라
바람에 열린 귀 닫으려는
몸짓
밤 새 아무도 왔다가지 않았다
들은 것 없다

▌「연蓮」 전문

위 시에 등장하는 동물들은 상처 입은 존재를 표상하고 있다. 참고 있던 눈물을 '뭉텅뭉텅 게워내'는 '개구리'가 그러하고 '울음을 비주룩이 물고 있'는 '어린 물총새'가 그러하다. 화자 또한 '둑에 앉아 애먼 풀을 뜯'으며 '훌쩍이고' 있다는 것을 보면 그 처지가 이들과 다르지 않다. 1연이 이렇게 상처 입은 존재에 초점을 맞추고 있다면 3연에서는 이 시의 표제명이기도 한 '연'이 전면화 되어 있다. 이 시에서 '연'은 모든 것을 품어주는 대모적 존재로 표상되고 있다.

'연'이 '밤새 꽃대 쑥쑥 밀어 올리며 그 아래 넉넉한 어둠 만드는 것은 울음 재울 수 있는 아늑한 집 한 채 짓는 일'에 해당한다. '개구리'며 '어린 물총새'는 이 '넉넉한 어둠' 속에서 밤새 울음을 울 수도, 재울 수도 있을 것이다. 그러한 밤이 지나고 아침이 오면 연잎이 바람에 '넌출넌출' 흔들리는 것이 보인다. 시인은 이를 '바람에 열린 귀를 닫으려는' '연'의 '몸짓'으로 인식하고, 그 몸짓의 의미를 '밤 새 아무도 왔다가지 않았다 들은 것 없다'는 뜻으로 받아들인다. 밤새 울다 간 상처 입은 존재와의 비밀이 형성되는 대목이다.

한편, 한 행으로 구성된 2연은 1연과 3연 사이에서 의미상의 단절을 가져오는 듯 보여 특징적이다. 그런데 '귀는 당나귀 귀 귀는 임금님 귀'라는 시구가 비밀의 발설과 관련된 설화 '임금님 귀는 당나귀 귀'를 떠오르게 한다는 점에서 2연은 단절이 아니라 오히려 1연과 3연을 긴밀하게 연결시켜주는 시적 의장이 되고 있음을 알 수 있다. '연'은 상처 입은 존재의 울음을 밤새 다독여주고 품어주며 또한 그 공유한 상처에 대한 비밀을 지켜주는 존재이기 때문이다.

위 시는 참신한 기법도 기법이려니와 상처의 위무에 대한 시인의 혜안이 돋보이는 작품이다. 삶에 그토록 열정적이고 주체적인 시인이라면 타자의 상처 또한 애써 어루만지고자 할 법하다. 그러나 시인은 자연의 관조를 통해 상처 입은 존재에 대한 진정한 위무의 방법을 터득한 듯하다. 시인이 알고 있는 위무란 마음의 자리를 내어주고 그저 있어 주는 것, 남몰래 '훌쩍이고' 있을 때 뒤에서 '넉넉한 어둠'이 되어 주는 것, 그리고 그가 울고 간 자리는 드러내지 않는 것이다.

4. '눈을 맞추네', 서정적 동일성의 세계

이두예의 시세계는 모순 그 자체라 할 수 있다. 냉소적인가 하면 열정적이고 도시적인가 하면 토속적이며 관념적인가 하면 지극히 서사적이다. 이는 전언한 바와 같이 포스트모더니즘과 리리시즘의 공존이라는 특징에서 비롯되는 것이라 할 수 있다. 시인은 포스트모더니즘적인 기법으로 현대사회의 부정적 제반 양상을 그대로 상연해내고 있다. 그의 시에서 상연되고 있는 세계는 존재 간에 의미를 생성하지 못하고 서로의 사이를 부유하며 미끄러져 가는 구조화된 세계이다. 이 세계는 '모두가 병들었지만 아무도 아프지 않은 세계'이다.

이러한 세계에 균열을 일으키는 것이 이두예 시의 또 다른 축이라 할 수 있는 서정적 동일성의 세계이다. 특징적인 것은 이 동일성의 세계를 구축하는 구심점이 되고 있는 것, 혹은 동일성의 매개가 되고 있는 것이 '상처'라는 점이다. 그의 시에서 '상처'는 구조화된 세계, 그리고 그 세계에서 미끄러져 가기만 하는 존재 간의 관계성에 틈입하여 계속 유예되고 있는 의미를 비끄러매는 기능을 한다. '상처'는 '유리벽'같은 세계에 새겨지는 고통과 슬픔과 소멸 같은 삶의 비극성까지를 포함하는 존재의 흔적인 셈이다.

이두예의 시에는 양극적인 경향이라 할 수 있는 포스트모더니즘과 리리시즘이 공존하고 있다고 하였다. 공존 자체도 특징적이랄 수 있지만 두 경향이 이원적으로 자리하는 것이 아니라 현세계를 현상하고 현상된 세계에 존재하는 방식을 현현하는, 톱니바퀴와 같은 맞물림의 관계에 있다는 것에 더 큰 의미를 둘 수 있는 것이다.

  나를 외면하는 여자와 억지로 눈을 맞춘다

▮「접속」에서

시인은 외면하는 존재에, 외면하는 세계에 끊임없이 의미를 던지고 있다. 그 외면이 자주 상처로 남을 터이지만 상관없다. 시인은 어느 넉넉한 어둠 속에서 밤새 훌쩍일지도 모르지만 다시 일어서며 이렇게 말할 것이기 때문이다. '다행이다.'

제2장
상처를 가로지르는 다양한 방식들

제3부 상처의 세계와 위무의 방책들

: 김왕노의 『사랑, 그 백년에 대하여』
: 양문규의 『식량주의자』
: 최영철의 『찔러본다』

시란 생의 진술이며 표출이다. 그 형식이 전통적 운율의 시이건, 전위적 형식 파괴의 시이건, 상징적 압축의 시이건, 서사적 진술의 시이건 간에, 그리고 그 내용적 측면에서 주관적 감성의 서정시와 객관적 현실 반영의 참여시를 불문하고 하나의 작품은 그 시인만의 생의 경험을 근거기반으로 하고 있다는 의미이다. 또한 내용과 형식에 관계없이 이들 시들이 공통적으로 내재하고 있는 또 하나의 현상은 현실 세계와 시적 주체와의 대립이라고 할 수 있다. 좀 더 구체적으로 언급하자면 이들 작품세계는 현실 세계와 주체와의 불화를 근거기반으로 하고 있다는 것이다. 이 세계와 주체와의 불화가 시의 세계에서는 직접적인 부정의식의 표출의 양태로, 혹은 현실세계와는 대척되는 세계에 대한 지향과 동경의 형태로 드러나게 되며 이것이 시의 형식과 내용을 성격 짓게 하는 동인이 되는 것이다.

　세계와 불화하는 자아의 자세는 맞서 대응하는 것일 수도, 견디어 버텨내는 것일 수도 혹은 순응하며 삶을 영위하는 것일 수도 있겠지만 이들 자아의 내면에 상처를 내재할 수밖에 없다는 사실은 자명한 일이다. 시인을, 제 상처로 진주를 만드는 조개에 비유하기도 하는 것은 이러한 맥락에서일 것이다. 상처를 내재한 자아는 나름대로의 위무의 방책을 마련하게 된다. 그것은 종교의 세계가 될 수도 있고, 환상의 세계를 통해 척박한 현실을 빗겨갈 수도, 자연과 같이 인위적이고 기계적인 것에 대립되는 대상과의 동일성을 추구하는 형태로도 나타날 수 있다. 혹은 상처 속에 침잠하거나 허무에 의탁하는 것도 하나의 방법이 될 수 있다. 물론 시인에게 창작이라는 행위자체가 상처에 대한 표출이자 위무임은 두말할 나위가 없는 것이지만 말이다.

　금번에 상재된 김왕노의『사랑, 그 백년에 대하여』, 양문규의『식량주의자』, 최영철의『찔러본다』는 대체로 그 시집을 특징짓는 소재가 뚜렷하다는 공통점이 있다. 위 작품집들 또한 소위 '발달'과 '진보'라는 어휘로 점차 인간적인 것들을 배제시키면서 또 한편으로 인간을 구속해 가는 세계에 대한 상처에서 자유로울 수 없는 것은 마찬가지이다. 그렇다면 이들 시적 주체들은 이러한 상처에 대한 위안을 어디에서 찾고 있을까.

1. 사랑, 오지 않는 것에 대한 기다림
: 김왕노의 『사랑, 그 백년에 대하여』

사랑은 흔히 환희라는 어휘로 표현되기도 하지만 또 한편으로는
그 자체로 고통이며 상처라 할 수 있을 것이다. 대상을 아무리 사랑
한다 하여도 자신과 완전히 일치하거나 완전하게 소유하기란 불가
능하기 때문이다. 그러나 이러한 결핍은 사랑을 끊임없이 지속하게
하는 기제로 작용하는 것이기도 하다. 결핍을 완벽하게 충족시킬 수
는 없지만 대상과 자아와의 거리, 그 결핍을 메우고자 하는 과정에
서 삶을 구동하는 열정과 희망을 노정하게 되기 때문이다. 김왕노는
시집 제목에서도 '사랑, 그 백년에 대하여'라고 하여 그의 시집 작품
을 관류하는 소재가 '사랑'임을 밝혀놓고 있다. 그렇다면 시인은 상
처 입은 자아에 대한 위무를 사랑에서 찾고 있는 것일까. 그 대상은
누구 혹은 무엇일까.

> 한 무리가 되어 서울을 떠도는 하이에나와
> 하이에나 서식지로 적합한 행정이니 자치구니 입법이니 사법이니
> 아 대한민국이라 노래하면서
> 행동하지 못하는 나와 양심과 순결한 심장이니
> 견딜 수 없는 날이라면서 한 마리 고등어를 구워
> 가시를 발라내고 아침을 드는 내 허기진 식욕이니
> 이렇게 살아 있다는 것이 치욕이지만 살아야 하는
> ▌「아 대한민국하면서」 부분

나를 이 거리에서 말소시켜라. 아침 꽃 곁에라도
적을 두지 마라.
한 사나흘 비나 맞게 그리고 콜록거리게 하라
이 시절을 기침하게 하라. 아파하게 하라. 울게 하라
누가 이 시절을 울어 주었나. 뼈저린 날을 알았나.

▌「청산가자」 부분

위 시들에서는 세계로부터 상처 입은 자아의 구체적인 형상이 드러나 있다. 화자가 속해 있는 세계는 '살아있다는 것' 자체가 치욕인 세계이며, '거리'로 대변되는 이 세계에서 화자는 '말소'되기를, '아침 꽃 곁에라도/적을 두지' 않기를 희망하는 그러한 세계이다. 그러나 시적 자아에게 더 큰 상처는 세계가 아니라 이러한 세계에 대한 인식에도 불구하고 그에 맞서 '행동하지 못하는' 스스로와 그 양심이다. 화자는 '이 시절'에 대해 기침하고 아파하고 울지언정 깨어 있기를 염원한다.

시인은 여러 편의 시에서 '시절'에 대한, 그리고 그 시절에 대응하는 자아의 태도에 대한 통찰을 드러내고 있는데 독특한 점은 이러한 시적 자아의 태도를 '사랑'하는 자의 심리적 속성으로 알레고리화하고 있다는 것이다. 현세태에 대한 분노와 비판을 발현하거나 여기에서 벗어나 보다 근원적인 것에 대한 지향을 드러내거나 하는 것이 시적 자아의 보편적인 특성이라 한다면 시인은 너무나 인간적인 그러나 경우에 따라서는 초인적 힘을 발휘할 수 있는 '사랑'이라는 정서로 시적 자아의 태도를 표출하고 있는 것이다.

사랑의 완성은 대상에 대한 소유나 완전한 합일을 의미하는 것이 아니며 가능한 일도 아니다. 충족감에 이르렀을 때 그때부터 식어가는 것이 사랑이라는 정서의 속성이다. 완성은 곧 파괴에 다름 아니라는 역설이 사랑에 있어서만큼은 성립하는 것이다. 사랑은 오히려 대상에 대한 결핍감, 대상과의 거리에 대한 인식에서 지속되는 것이며 여기에서 연원하는 아픔, 외로움, 갈구, 열정 등이 사랑의 본질이라 할 수 있다. 사랑의 의미는 완성이 아니라 진행에서 찾아지는 것이다.

  김왕노의 시에서 사랑의 대상은 이미 지나가버린, 그래서 부재하는 '시절'이기도 하면서 동시에 아직 오지 않은 '시절'이기도 하다. 이상향의 세계는 완벽하게 현실화되지 않는다는 것, 하여 끊임없이 갈망하고 지향하게 된다는 점에서 시적 자아의 정서는 사랑하는 대상에 대한 인간의 심리적 속성과 맞아떨어진다. 그러므로 그의 시에서 대상이 '숙'(「숙아」)이, '경'(「나쁜 봄」)이 등속의 여러 구체적인 인물로 등장하지만 모두 현실에 부재하는 대상이라는 것은 필연적인 귀결인 것이다. 이렇게 부재의 대상을 상정해 두고 그에 대한 기다림을 발현하고 있는 시적 구도는 '오늘도 나는 없는 사랑을 기다립니다.' (「없는 사랑에 대한 에스프리」)라는 시구에서 압축적으로 보여준다. 이러한 대상은 시적 자아의 '가슴을 뛰게 하고' 쓰러지는 자아를 잡아주고, 식어가는 자아를 다시 뜨겁게 만드는 구실을 한다. (「내 마음의 창세기」) 하여 시인은 시적 자아를 사랑의 진행 속에 위치시키고자, 그리고 그것을 지속시키고자 하는 것이다.

  죽은 쥐 몸속으로 회색 털을 밀어내며 바글거리며 파고 드는
  구더기 떼의 몸춤을 한 번쯤 보아라.

쉰내 나는 죽은 쥐의 몸속으로 온몸을 밀어 넣는
그 모습이 역겹다가도
구더기도 한 목숨인데
날아오르기 위한 에너지를
저 죽은 쥐의 몸속에서 얻어내는 목숨의 춤사위 한창인데 하면
그마저 아름다워 보인다.
가장 더럽다고 여기는 곳에서 몸 굴려서라도
구더기 떼는 한 번 날아오르고 싶어 몸춤을 추는 거다.

날아보기 위한 꿈마저 접어버린 우리도 시궁창 같은 이 도시 밑에서
구더기처럼 정신없이 바글거리다가 몸춤으로 정신없이 역겹게 놀
다가
그래도 날자, 한 번 날아보자꾸나

▌「몸춤」 전문

등나무도
칡도
세월을 향한 질타를
꼬인 몸으로도 온통 푸른 잎으로 피워내었다.
이 시절 이렇게 푸른 것도
세상에 보내는
산천의 질타가 푸르게 타오르기 때문이다.

▌「질타」 부분

위 두 인용시는 세계와 자아의 관계, 그리고 세계에 기투된 자아

의 내면의식을 명징하게 보여주는 작품이다. 세계는 '죽은 쥐의 몸 속'으로, 시적 자아는 그 몸속을 파고드는 '구더기'로 비유되고 있다. 따라서 구더기의 '몸춤'은 세계에 던져진 자아의 실존을 형상화한 것이 된다. 그런데 이렇게 '가장 더럽다고 여기는 곳'에서 몸을 굴리는 구더기의 '몸춤'이 화자에게는 역겨움이 아니라 아름다움으로 인식된다. 이는 '죽은 쥐의 몸속을 파고드는 구더기'라는 객관적 현상에 대해, 일반적으로 기대되는 정서가 아닌 시적 자아만의 지극히 주관적인 경험에서 발로한 정서로, 이 아름다움은 바로 구더기의 '날아오르'고자 하는 꿈에서 연원하는 것이다.

세계와 불화하면서도 자아는 세계 안에 속해 있을 수밖에 없는 존재이다. 하여 김왕노의 시에서 시적 자아는 그레고리 잠자, 갑충, 변태를 기다리는 벌레, 사마귀, 등나무 등으로 존재한다. 이들은 모두 '몸춤'을 추는 '구더기'와 같은 존재로 세계 속에서 고투하는 자아를 표상하는 상관물들이다. 시인은 세계 속에서 고투하고 있는 존재를 온전하지 못한 형상이나 행위로 묘사하고 있지만 위 시들에서 드러나는 바와 같이 이들을 아름다움으로 인식하고 있다. 존재에 대한 이러한 양가적 정서는 바로 사랑과 상통하는 면이기도 하다. '등나무', '칡'이 꼬인 몸으로 보내는 '세월을 향한 질타', '세상에 보내는 질타'가 '푸른 잎'을 피워내는 것은 그것이 사랑을 배태하고 있기 때문이다.

시인은 끊임없이 사랑을 갈구하지만 사랑의 대상에게서 위안을 기대하는 것은 아니다. 시인은 자신의 사랑을 이미 '없는 사랑'이라 명명하지 않았는가. 시인은 사랑의 대상에게서 위무를 기대하는 대신 사랑하는 행위, 그 진행형에 스스로를 위치시키고자 한다. 그것이 구더기의 몸춤으로, 더할 수 없이 비틀리고 꼬인 등나무, 칡넝쿨의 형상으로 보일지라도, 식어버린 가슴으로 세계에 안주하는 존재, 그리하여 상처조차 입지 않는 존재보다 아름답기 때문이다. 시인의 이 능동적인 사랑이 지속될 것임을 우리는 유추할 수 있다. 그 사랑에 있어서 시인은 닿아보지 못한, 닿을 수 없는 대상을 상정해 두고 있기 때문이다.

> 내 마음 수천 번 네게 갔지만
> 난 단 한 번도 네게 가지 못했다.
>
> ▌「고백」 부분

2. 자연의 순환적 시공간성과 아버지
: 양문규의 『식량주의자』

양문규의 새 시집 『식량주의자』는 그 독특한 제목에서부터 먼저 독자들의 상상력을 자극하고 있다. '주의'라는 어휘가 주는 다소 날카롭고 관념적인 이미지와는 달리 그의 시집의 주된 소재이자 주제는 자연과 아버지, 혹은 자연이자 아버지이다. 시집의 제목이기도 한 '식량주의자' 또한 농사와 떼려야 뗄 수 없는 아버지의 정체성을 단적으로 드러내 보여주는 시어인 것이다. 아버지는 시인이 언술한 대로 시인으로 하여금 '지난날을 되돌아보'고, '나아갈 길'을 가늠하게 하는 잣대와 같은 존재이다.

바퀴벌레 뱃속에는 바퀴가 들어 있다

바퀴벌레 배는 까맣다

입안에는 톱날보다 날카로운 이빨도 숨어 있다

송충이 배추벌레 무당벌레 쇠똥구리 메뚜기

까치 까마귀 딱따구리, 잘근잘근 바숴 삼킨다

까만 뱃속은 아버지 묵논 물빛 수의 들어 있다

엄니 묵밭 구절초 쑥부쟁이 꽃말 들어 있다

바퀴벌레는 바퀴를 먹는다

속도가 속도를 잡아먹는,

바퀴벌레 뱃속엔 빛보다 빠른 쇠바퀴가 돌고 있다
　　　　　　　　「바퀴벌레는 바퀴를 먹는다」 전문

　작품 「바퀴벌레는 바퀴를 먹는다」는, 근대성을 '폭주 차량'에 비유
한 기든스A. Giddens의 언술을 연상시킨다. 이는 근대성의 인간사회
에 미치는 불가항력적 영향력을 꿰뚫은 인식으로, 근본적으로 근대
는 과학과 기술의 발달로 인한 '존재론적 안전감'과, 인간의 통제 한

계를 벗어나 질주하는 '폭주차량'과 같은 위험성으로 인한 '실존적 불안'이 공존하는 환경이라는 견해이다. 위 시에서 '바퀴', 특히 '빛보다 빠른 쇠바퀴'는 이 기든스의 '폭주차량'과 동일한 의미망에서 이해될 수 있는 것이다. '바퀴 벌레'는 '바퀴'에서 유추된 근대 세계를 표상하는 상관물로, 시인의 시어를 운용하는 재치와 유기적으로 직조된 의미망이 돋보이는 대목이다. 먼저 '바퀴벌레'는 '바퀴'와 동음이라는 외피적 관련성을 확보하고 있고, '바퀴'는 전술한 바와 같이 근대성을 표징하는 상관물이며, '바퀴벌레'의 생리 또한 그 번식력과 생명력이 인간의 통제를 벗어나 있다는 점에서 근대성의 속성과 동궤에 놓여 있기 때문이다.

양문규의 시에서 자아와 불화하는 세계는 실존적 불안을 극대화시키는, 근대성이 강조되는 세계이다. 이러한 세계는 '송충이 배추벌레 메뚜기 까치' 등속의 자연의 생명성을 '바숴 삼키는' 세계이며 '아버지의 묵논'과 '엄니의 묵밭'에서 간취되는 바와 같이 자연의 생리에 기댄 생산이 사라지는 세계이다. 자본주의적 삶에서는 공간뿐 아니라 시간까지도 정복의 대상이 된다. 시공간에 대한 지배는 근대적 삶의 성패를 좌우할 만큼 중요한 것이 되었다. 인간의 욕망에 의한 시간의 가속화가 야기하는 부정적 면모는 인간으로 하여금 다시 느림의 미학을 담론화하도록 할 만큼 강력한 것이었다고 할 수 있다.

위 시에서 '바퀴벌레는 바퀴를 먹는다'거나, '속도가 속도를 잡아먹는'다는 시구는 부정적 근대성의 면모를 단적으로 보여주는 표현인 것이다. 시인은 이러한 세계를 「능소화 시절」, 「핫, 수상한 시절」, 「시간강사」 등을 포함한 여러 시편들에서 현현하고 있다. 시인이 꿈꾸는 세계는 '조각 시간으로 삶을 기우'고 있는 근대의 존재가 그저

'평화롭게 시를 쓰는,/환장하게 벅찬 세상'이다. 시인은 이러한 세상
의 일면을, 자연에서 나와 다시 자연으로 돌아갈 준비를 하고 있는,
자연과 동일화된 아버지에게서 발견하고 있는 것이다.

　　　　아이가 할아버지 왜 머리가 희냐고 묻는다
　　　　할아버지가 하늘에 있다
　　　　할아버지 땅을 일구고 있는데
　　　　어찌 하늘에 있냐고 되물었다
　　　　농사의 꼭대기가 하늘이다

　　　　미루나무는 땅에서 일어나
　　　　하늘로 가는 농사꾼
　　　　미루나무 땅에 뿌리로 두고
　　　　하늘을 길로 삼아
　　　　억만년 전부터 하늘에 있었다

　　　　아버지, 그 마지막 하늘에 걸려 있다
　　　　　　　　　　　　　　　▎「미루나무 하늘에 있다」 부분

　　양문규의 시에서 아버지와 자연의 경계는 없다. '농사의 꼭대기가
하늘'(「미루나무 하늘에 있다」)이라는 시구에서 확인 되듯이 시인에게 '농
사'는 단순히 생계를 위해 선택하는 하나의 업종으로 인식되지 않는
다. 그의 시에서 농사는 하늘의 이치와 닿아 있는 유기적 대상의 위
상을 지니는 것이며 농사를 통해 인간은 '식량'의 확보 뿐 아니라 우
주적 리듬에 일치하는 생을 영위할 수 있게 되는 것이다. 아버지는

바로 이 '농사'와 별개의 존재가 아니다. 때로는 농사에 쓰이는 낡은
연장으로, 때로는 땅으로 화하기도 하고, 아버지는 농사 그 자체가
되기도 한다. 위 시에서 미루나무와 동일화 된 농사꾼 아버지는 땅
과 하늘을 연계하는, 혹은 땅과 하늘의 경계를 무화시키는 대상이
다. 구획지어지고 계량, 측정 가능한 교환가치로서의 농지가 아니라
하늘과 순환하는 자연으로서의 '땅'이며 아버지는 이러한 '땅'을 일굼
으로써 하늘에 '있는' 존재가 되는 것이다.

늦반딧불이 있다 삭아가는 작은 불빛
죽음을 각오한 지 오래인 듯 고요하다
아버지 깊은 주름 파이도록 일만 하셨다
죽음이 지척인 것 알면서 땅만 파셨다
한때는 마당 환히 비추는 달빛이기도 했지만
이제 크고 강한 다리는 풀리고
고요하고 평온해진 발소리
늦반딧불이 작은 불빛을 닮았다

▌「구수골」 부분

흙과 더불어 일생을 살아온
일흔 두 살의 아버지 감나무를 묻는다
할아버지의 할아버지가 그러했듯이
몸은 가난했으나 한없는 마음으로
자식인 양 눈물 주며 감나무를 키울 것이다

돌아가는 길 하늘이 아니라

감나무로 다시 태어난다는 걸
오래전부터 온몸으로 알고 있던 아버지
가을날 굵고 실한 열매로 남고 싶은 것이다
바람에도 곧잘 부러지는 여린 잔가지
태연히 끌어안고 하늘을 떠받치는,
아버지 낡은 뼛속에는 감나무가 자란다

▌「아버지의 감나무」 전문

승할 때가 있으면 쇠할 때가 있는 것이 자연의 이치이다. 꽃이 피었으면 다시 꽃은 지고, 열매를 맺고 나면 나뭇잎 하나까지도 모두 벗어버리는 것이 계절의 순환에 따른 생장의 수순인 것이다. 아버지 또한 한때는 크고 강한 다리로 마당 환히 비추는 달빛이기도 하였으나 이제는 죽음을 지척에 둔 존재일 따름이다. '고요하고 평온해진 발소리'와 '늦반딧불이 작은 불빛'은 이러한 자연의 순리에 순응하는 아버지의 자태를 청각화 하고, 시각화 한 것이다.

자연의 시간성은 순환적이라는 점에서 근대의 선조적 시간성과 차이가 있다. 계절의 순환성에서도 드러나는바 나뭇잎 하나까지도 모두 떨구어 내었던 나무는 봄이 되면 다시 새파란 싹을 돋우게 되는 것이다. 죽음도 자연의 일부이다. 위 시들에서는 죽음이 유한한 존재의 종말이 아니라 자연의 순환의 한 부분임을 드러내 보여주고 있다. '감나무를 묻는다'는 시구는 이중적인 표현으로, 하나는 감나무를 심는 것으로 탄생을 의미하며 다른 하나는 문자 그대로 묻는 것으로 죽음을 의미하는 것이다. 자연에서 생과 사가 다르지 않음의 의미를 압축된 한 줄의 시문 위에 부려놓은 것이다. 하여 아버지의 죽음 또한 한계, 종말이 아니라 '감나무'로의 환생으로 그려지고 있다. 단발적이고 분절적인 시간성의 세계, '폭주차량'과 같은 근대성의 세계에서 소외되고 상처입은 시적 주체는, 내일의 자신인 아버지와 자연성에서 치유의 가능성을 발견하고 있는 것이다.

3. 서글픈 '풍문'을 극복하는 힘, 순수의 서정
 : 최영철의 『찔러본다』

바람의 정체는 공기의 움직임이기 때문에 바람은 대상을 스쳐지나감으로써만이 자신의 존재를 드러낼 수 있다. 풍문이란 말 그대로 바람처럼 떠도는 소문을 이르는 것이며 한때 무성했다가 잊히는 것이 또한 소문의 속성이다. 금번 새로 상재된 최영철의 『찔러본다』에서 삶은 풍문, 그것도 서글픈 풍문의 양태를 띠고 있다. 소외된 계급의 고달픈 일상, 사랑 등은 분주한 걸음으로 지나가는 행인에게 있어서 가로수의 존재처럼, 인간의 뇌리에 깊이 그리고 길게 인식되지 못한다. 심지어 이들의 자연스럽지 못한 죽음마저도 한 때 무성한 풍문으로 떠돌다가 금새 사람들의 인식에서 사라지고 만다.

> 멀리 갈 것도 없이
> 그는 윗도리 하나를 척 걸쳐놓듯이
> 원룸 베란다 옷걸이에 자신의 몸을 걸었다
> ……
> 옷걸이에 걸린 그의 임종을

해가 그윽이 내려다보았고

채 감지 못한 눈을 바람이 달려와 닫아주었다

살아 있을 때 이미 세상이 그를 묻었으므로

부패는 이미 상당히 진행된 상태였다

진물이 뚝뚝 흘러내릴 즈음

초인종도 전화벨도 더 이상 울리지 않았다

바닥에 떨어지는 눈물을

바람이 와서 부지런히 닦아주고 갔다

몸 안의 물이 다 빠져나갈 즈음

풍문은 잠잠해졌고

그의 생은 미라로 기소중지되었다

마침내 아무도 그립지 않았고

그보다 훨씬 먼저

세상이 그를 잊었다는 것도 알게 되었다

……

▌「풍장」 부분

한 남자가 '원룸 베란다 옷걸이'에 목을 매었다. '집달관', '빚쟁이' 등의 어휘에서 그의 죽음의 원인을 일면 간취해 낼 수 있다. 그의 죽음은 '해'와 '바람'만이 애도하고 위로할 뿐, 세상은 그가 '살아 있을 때 이미' 그를 묻었다. 최대한 감정을 배제한 시의 진행으로, 처참한 상황을 관찰자의 시선으로 무덤덤하게 기술하고 있는 듯 한데, 이러한 처리는 화자의 시선을 쫓아가는 청자 또한 세상의 냉정함의 편에 서 있다는 것을 체득하게 하는 시적 장치라 할 수 있다. '초인종'과 '전화벨'이 안부를 묻기 위함이 아니라 채무관계 때문임을 미루어

짐작할 수 있지만 그 마저도 더 이상 울리지 않는다는 것은 그의 삶
이 풍문처럼 소멸되어 갔음을 현현하고 있는 것이다. '마침내 아무도
그립지 않았고'라는 시구는 살아생전 그의 지독한 그리움와 외로움을
드러내 보여주는 것이며, 세상에서 소외된 자의 고독은 '그보다 훨씬
먼저/세상이 그를 잊었다'는 대목에서 극대화 되어 발현되고 있다.

　이러한 세상에 대한 시인의 시선은 「문득」이라는 작품에서 삶을
형기刑期로 여기는 태도에서 보다 명징하게 드러난다. 시인은 '그만
큼 저 너머 세상이 재미있나 봐, 문득 삶이 형기에 불과할지도 모른
다는 생각이 드는 거라, 그리운 애인을 기다리듯 네가 달아난 쪽을
바라보기도 하는 거라'라며 삶에 대한 부정적 의식과 죽음의 세계에
대한 동경을 드러내고 있다. 삶과 죽음에 대한 시인의 의식은 작품
「참배」에서도 동일한 구도를 보여주고 있는데, 이 시에서 화자는 삶
의 세계를 '쇠창살 안', '감옥'으로, 저세상을 '넓디 넓은 여기'로　인
식하고 있다. 죽음에 대한 동경은 분명 현세계에 대한 상처에서 기
인한 것이다. 시인은 '상처를 품고 상처를 내려놓는' 과정, 이 '상처
의 힘'(「상처의 힘」)을 통해 '한 발짝씩 하늘 가까이 나아가'는 것이라
생각한다.

　　　풍문에 쫓겨 수몰되었을 누이의 로맨스를
　　　나는 알 것도 같다
　　　풍문이 밝히지 못한 단말마의 흐느낌을
　　　누구든 생의 끝 진실은 풍문이 되고 말 것이지만
　　　누이의 늦은 사랑은 아무래도 풍문이 아닐 것 같다
　　　　　　　　　　　　　　　　　　　　▌「풍문」 부분

담담하게 점령군의 한때를 회고하는 백발의 일본 늙은이를 안주
삼아 나는 소주 한 병을 다 깠다 캄캄하고 아득한 소주병 속으로 제
몸에 불을 붙인 팔월이 투신하고 있다 자욱한 잿더미의 빈 소주병
들여다보며 나는 엄마, 하고 불러보았다 온몸에 불이 붙은 아이들이
엄마, 엄마, 울먹이며 내 몸 구석구석을 헤집고 있다

▌「팔월 즈음」 부분

시인이 파악한 세계는 진실이어야 할 삶이 하나의 풍문으로 사라
져 가는 세계이다. 시인의 의식은 끊임없이 '풍문이 밝히지 못한 단
말마의 흐느낌'에 닿아있다. 풍문처럼 떠돌다 사라지는 삶의 이야기
가 시인에게는 그저 풍문으로 흘려지지 않는 것이다. '우세스러운'
풍문으로 그칠 '누이의 로맨스'를 화자는 '늦은 사랑'으로 명명하여
준다. 술자리의 무용담으로 등장한 점령지의 여인과 아이의 아픔은
그대로 화자에게 이입되어 화자의 몸 '구석구석을 헤집'고 있다. 그
대상은 위 시에서처럼 저수지에 빠져 죽은 호프집 여자「풍문」나,
우물에 던져져 죽임을 당한 점령지의 여자(「팔월 즈음」)에서 공사장에
서 돌을 나르는 여인(「뙤약볕 저 여자」), 일용직 노동자(「공친날의 풍년가」),
무직자(「태양슈퍼」) 등, 소외계층의 다양한 인물들이다. 최영철의 새시
집『찔러본다』는 실로 이러한 풍문속의 진실에 대한 깊고도 지속적
인 관심의 산물이라 할 수 있다.

지금까지 살펴본 바에 의하면 최영철의 시에서 삶이란 죄수가 형
기를 채우듯 견뎌내야 하는 그 무엇이다. 그럼에도 그의 시는 암울
하다거나 비관적이지 않다. 형벌과 같은 삶임에도 그 삶에 대응하는
시적 주체는 상처에 침잠하거나 세계에 거리를 두려 하지 않는다.

오히려 더욱 철저하게 세계 속에 존재하고자 한다. 그렇다면 그의 시에서 시적 주체는 무엇으로 삶을 견뎌내는 것일까. 그저 죽음에 대한 동경으로 버텨내는 것일까. 해답은 바로 순수의 서정에서 찾을 수 있다.

세속의 이치와 합리, 이성에 의해 구동되는 자아가 아닌 보다 근원적인 것과 합일된, 무엇이 섞이기 이전의 본연적 자아의 서정성에 의해 세계를 극복하는 것이다. 이러한 맥락에서 그의 시에 드러나는 죽음의 세계에 대한 동경 또한 현세계에 대한 도피의 개념으로 한정지어지지 않는다. 순수의 서정과도 그 맥이 닿아있다는 의미이다. 어린 아이에게 죽음은 두려움의 대상이 아니다. 두려움은 인식의 과정을 통해 형성되는 것이다. 세계에 편재해 있는 규범화 된 인식 습득의 결과로 삶과 죽음을 경계 짓게 되고 삶에 대한 애착과 죽음에 대한 두려움을 내재하게 되는 것이다.

최영철 시의 시적 주체는 이러한 인식 이전의 존재로 자리한다. 이 순수의 서정이 시적 주체에 있어서 세계에 상재해 있는 소외와 상처에 민감하게 반응하는 촉수의 역할을 함과 동시에 시적 자아로 하여금 두려움 없이 세계와 담담히 마주하게 한다. 존재가 죽음을 긍정하면서도 생의 허무로 침잠하는 것을 막아주는 동인으로 작용하고 있는 것이다. 이러한 시의식은 「게임의 법칙」, 「찔러본다」, 「기도」 등의 작품을 포함한 다수의 시편들에서 확인된다. 이와 같은 작품군에서 시적 자아의 시선을 통해 형상화 되는 세계는, 대상과 대상 간의 경계가 무화되고 예측 가능한 합리적 이성의 틀이 여지없이 무너지는 세계이다. 하여 그의 시에서는 무구함에서 빚어지는 반전, 그리고 그로인한 웃음과 쉽게 마주치게 된다.

『찔러본다』에서 이 순수 서정의 시의식은 가장 유약한 듯 보이면서도 세계를 견뎌내는 가장 강력한 무기가 되고 있다. 그것은 상처에 예민하면서도 동시에 '상처'를 '하늘 가까이 나아가'는 걸음으로 삼을 줄 아는 시인의 성숙된 정신이 배태되어 있기 때문이다. 그의 기도를 들어보자.

> 미사 시간에 한 아이가
> 미사 볼 때 제발 졸리지 않게 해달라고 기도하고 있다
> 나 조는 사이
> 하느님이 다녀가시지 않게 해달라고 기도하고 있다
> 무엇을 빌까 한참을 망설이다가
> 나는 그저께 집 나간 반달이가
> 부디 좋은 주인 만나 잘 살게 해달라고 빌었다
> 구박받다 울며 돌아왔을 때
> 집 비우는 일 없게 해달라고 빌었다
> 저 아이에 비하면 너무 큰 욕심인 것 같아
> 제발 무서운 짐승에게 잡아먹히지 않게 해달라고 빌었다
> 잡아먹히더라도 개소주 같은 건 안 되게 해달라고 빌었다
>
> ▌「기도」 전문

제3장
아픈, 그리고 치열한

제3부 상처의 세계와 위무의 방책들

: 안현심의『하늘사다리』
: 임윤의『레닌 공원이 어둠을 껴입으면』
: 이이체의『죽은 눈을 위한 송가』

1. '완전한 없음'으로 향하는 사다리 : 안현심의『하늘사다리』

안현심 시인은 최근 시집『하늘사다리』의 '시인의 말'에서 자신의
삶을 '선녀와 나무꾼' 이야기에 비유하고 있다. 사다리는 높은 곳과
낮은 곳을 연결하는 매개체이다. 따라서 시집의 제명이 '하늘사다리'
라는 것에서 이 시집의 주제를 지상의 삶과 하늘과의 연결고리로 추
정해 볼 수 있다. 부언하자면 '지상'이라는, 인간에게 주어진 조건을
감당해 나가면서, 하늘이라는 고양된 지대로 나아가고자 하는 시인
의 고투가 바로『하늘 사다리』라는 의미이다. 지상의 아름다운 호수
로 목욕 왔다가 날개옷을 저당 잡힌 선녀. 선녀는 '최초의 기억을 묻
은 곳'인 하늘을 늘 그리다가 결국은 하늘로 돌아간다. 하늘은 시인
의 언술대로라면 '시의 하늘', 곧 시창작과 관련된 세계일 것이다. 그

러나 작품 전체에서 간취할 수 있는 '하늘'의 의미는 육체성, 물질성, 유한성 등속의 시상의 삶에 대척되는 초월지대로서의 '하늘'이며 시인이 궁극적으로 이르고자 하는 '무無'의 세계이다.

안현심 시의 특징은 우선 서사적이라는 데에서 찾을 수 있다. 그 대상이 자아이든 타자이든 시에서는 매우 경험적이고 구체적인 외적 사실들이 서술되어 있기 때문이다. 이러한 방법적 특징은 서정시에서 흔히 빠지기 쉬운 개인적 정서나 감정의 과잉에서 벗어나기에 용이한 것이 사실이지만 또 다른 한편으로는 시적 긴장이나, 호흡을 통해 시적 감동을 발현하기가 쉽지 않다는 것 또한 사실이다. 그러나 안현심의 시는 지극히 서사적이면서도 그 긴장의 끈을 놓치지 않을 뿐 아니라 독자들의 여운을 붙잡아 두는 데에도 성공하고 있다. 이는 시인의 탁월한 행간 혹은 연간의 운용과 관련이 있다.

시인의 작품에는 3연이나 2연 형식의 시가 많다. 특히 서사성이 강한 시일수록 이 틀에서 벗어나지 않는다. 첫 연은 한 행, 혹은 짧은 행으로, 두 번째 연에서는 서사가 행·연의 구분이 없는 산문시 형태로 진술되고, 마지막 연에서는 주로 한 행으로, 혹은 짧은 행으로 마무리되는 형식을 취한다. 2연의 형식일 경우에는 첫 연이 서사에 해당한다. 서사, 즉 이야기라는 것은 사건 그 자체를 단순하게 전달하는 것을 목적으로 삼지 않는다. 그것은 사건을 발화자의 생애 속으로 침투시키고, 사건을 듣는 청자로 하여금 그 구체적인 경험에 동참하도록 하는 데 목적이 있다.

위와 같은 방법적 의장들은, 청자로 하여금 긴 호흡으로 발화자의 이야기를 쫓아가다가 마지막 연에 가서 짧은 호흡으로 환기됨과 동시에 하나의 이미지를 담지 하도록 매개한다. 이는 원심적인 서사를 구심적인 시로 환원하는 작업에 다름 아니며, 이때의 이미지는 서사의 구체적인 사실들에 포회되어 있던 발화자의 정서적 결정체라 할 수 있다. 이것이 바로 안현심의 시가 시적 긴장과 여운을 동시에 확보하고 있는 요인이다. 시인의 시를 접하는 독자는, 마지막 연에서 시선을 거둔 후에도 이미지화 된, 슬픔, 한, 고독, 서글픔, 쓸쓸함 등속의 시인의 정서를 오랫동안 놓을 수 없게 된다.

> 태풍 '에위니아'가 사흘째 우리 땅을 휩쓸어
> 서울에도 대전에도 비가 오고 있을 때
> 적막을 깨고 하데스가 음성을 보내왔다.

> 거기도 비가 오고 있나요? 서울 하늘은 온통 비에 묻혔어요. 쓸쓸해서, 참으로 쓸쓸해서 혼자 술을 마셨어요. 공자도 장자도 예수도 석가도, 모두 쓸쓸한 사람들이었어요. 순리대로 살면서 쓸쓸하여 한 마디 던진 것이 세상에 남아 떠돌아다니지요. 각기 다른 목청으로 쓸쓸한 노래를 불렀을 뿐이에요.

> 나직한 울림으로 또박또박 이어지던 시인의 음성,
> 쓸쓸함을 말아 쥐고 지금은 잠들었을 것이다.
> 공허한 말장난이 싫어서 혼자서 술을 마신다는 시인,
> 광막한 시간이 버거워 잠시 죽음을 택했을 것이다.
>
> ▌「쓸쓸한 시인」 전문

「쓸쓸한 시인」은 1연과 3연이 짧지 않다는 점에서 차이가 있긴

하지만 대체로 위의 양태에서 벗어나 있지 않은 3연 형식의 작품이
다. 서사부분에 해낭하는 2연은 대상의 말을 그대로 옮겨 놓고 있
다. 서울에 있는 시인이 쓸쓸하여 혼자 술을 마셨다는 내용인데, 전
술한 바와 같이 이러한 사실을 단순히 전달하는 것에 목적이 있는
것이 아니다. "쓸쓸해서, 참으로 쓸쓸해서"라는 시구는 '서울 시인'의
말이자 바로 시인의 내면이기도 한 것이다. 이는 마지막 연에서 술
에 취한 '서울 시인'이 잠이 든 것을 "광막한 시간이 버거워 잠시 죽
음을 택했을 것"으로 표현한 것에서도 확인된다. '죽음'은 극대화된
'쓸쓸함'의 표상이다. 이 시의 주된 정서인 그러한 감수성은 '서울 시
인'의 넋두리를 빌려 표출되고 있는데 길게 늘어지는 이 넋두리는
마지막 연, 마지막 행의 '죽음'이라는, 극대화된 외로움으로 이미지
화 된다.

　이 '죽음'은 첫 연의 '하데스'와 수미상관을 이루어 시의 밀도를 높
이고 있는데 '하데스'는 바로 '쓸쓸한 시인'을 표상한다. 아이러니한
것은 지하세계, 죽음의 신인 하데스가 '쓸쓸함'을 매개로 공자, 장자,
예수, 석가와 등가를 이루고 있다는 점이다. 이들이 "순리대로 살면
서 쓸쓸하여 한마디 던진 것이 세상에 남아 떠돌아다니"다가 경전이
되었듯 '하데스'로 표상되는 '시인'이 '참으로 쓸쓸해서' 몇 마디 한
것이 이렇듯 한 편의 시가 된 것이다.

　이는 안현심 시인의 시작 태도와도 상응한다. 시인의 작품에 등장
하는 인물들은 모두 '순리대로' 살아가는 순박한 사람들이며, 이들의
상처, 고통, 한, 쓸쓸함이 서사의 주된 내용이기 때문이다. '순이'로
표상되는 탈북자들의 사연(「순이의 하늘」, 「생존을 위하여」)이 그러하고, 돌
아가신 어머니의 이야기(「어머니의 초상」, 「쑥대를 뽑고」, 「독백」, 「소리길」)가

그러하다. 혼자서 아이를 낳다가 죽은 큰언니(「죄 없이 수줍은」), 투병 중에 죽은 오빠(「나는 살아서」), 홀로 남은 할머니, 할아버지(「은행잎」, 「할미꽃」, 「밤뻐꾸기」), 그리고 시인 자신의 삶이 그러했다. "단 한 톨의 쌀알도 아픈 이름 붙여지지 않고는 들어오지 않았다."(「황사바람」)는 데서 삶에 대한 시인의 고투를 엿볼 수 있다.

"서러운 사람살이"(「물구나무서다」), "서러운 애옥살이"(「화신」)에서 드러나는 바와 같이 시인이 인지한 세계는 서러움이고, 쓸쓸함이고, 아픔이다. 시인에게 시를 쓰는 행위는 바로 이들을 감수하며 지상의 삶을 살아내는 과정이자 '하늘'로 향해가는 걸음걸음이다. 여기서 하늘은 절대자가 있는 기독교적 공간이 아니다. 시인의 '하늘'은 무無, 완전한 없음의 세계이다.

> 타오르고 싶다
> 마른 장작 불꽃으로 타올라
> 재티로 흩어지고 싶다
>
> 이슬 같은 목숨
> 삭신이 쑤시도록 삶 밭을 뒹구는 건
> 내 몸 타오르는 날
> 치열하게 부서지기 위해서다
> 몸뚱이도 정신도 자유로운
> 완전한 없음에 들기 위해서다
>
> 나 살던 자리

가랑잎 하나
무상無相을 부르리라.

▌「없음을 위하여」 전문

"이슬 같은 목숨"에서 보듯 어찌 보면 인간의 생이란 한없이 가볍고 덧없는 것일지 모른다. 그러나 '무無'의 세계는 이러한 허무의식의 끝에 자리하는 것이 아니다. '무'는 "완전한 없음"이기 때문이다. "몸뚱이도 정신도 자유로운 완전한 없음"이란 생의 완성에서 획득되는 경지인 것이다. 이와 같은 경지를 위 시에서는 "마른 장작 불꽃으로 타올라/재티로 흩어지"는 것에 비유하고 있다.

수분을 포함하고 있는 장작은 끝까지 타오를 수 없기에 무거운 존재로 남는 것이 당연한 이치이다. '재티'로 가벼이 흩어지기 위해서는 제 몸 안에 있는 수분을 모두 증발시켜야 한다. "완전한 없음"에 들기 위해서는 생을 완성해 가는 과정을 필요로 한다는 의미이다. 시인에게 있어 생을 완성해 가는 과정이란, 지상의 삶에서 실타래처럼 얽혀있는 상처들을 하나하나 풀어내는 작업이 될 것이다. 그러므로 시인이 "삭신이 쑤시도록 삶 밭을 뒹구는" 것은 육신의 안위를 위해서가 아니다. 무無, "완전한 없음"이란 바로, 이와 같은 '삶 밭'에서의 치열한 고투가 있어야만 획득되는 세계이기 때문이다.

"그러나, 나는 간다/만나기 서러운 모든 것들을/만나기 위하여"(「정취암 가는 길」). 앞으로의 시인의 행보 또한 이 길에서 크게 벗어나지 않을 듯 싶다. 아프고, 쓸쓸한 길임에 틀림이 없을 터이지만 그럼에도 불구하고 "나는 간다"라고 하는 것은 이 길이야말로 영육이 자유로운 "완전한 없음"에 이르는 길이기 때문이다.

2. 비명과 침묵의 간극
: 임윤의 『레닌 공원이 어둠을 껴입으면』

> 강을 떠났다 강으로 돌아오고
> 바다에서 왔다가 바다로 돌아갈 연어들
> 수평선 너머 가쁜 숨들이 꿈틀거린다

■「항로」

'돌아간다'는 것의 의미는 구체적이면서도 일면 매우 추상적이다. 원래의 있던 곳으로 다시 가거나 다시 그 상태가 되는 것을 의미할 때는 경험적이고 구체적이지만, 인간의 죽음을 의미할 때는 존재론적인 문제와 연결되기 때문이다. 구체적인 층위에서든, 추상적인 층위에서든 '돌아감'이란는 뜻의 기저에는 돌아가야 할 상태, 즉 '원래'에 대한 개념이 전제되어 있다는 점에서는 다르지 않다.

임윤 시인의 첫 시집 『레닌 공원이 어둠을 껴입으면』에서는 이 '돌아감'의 의미가 전면화 되어 있어 매우 이채로운 경우이다. 주지하듯, 연어는 자신이 출생한 모천母川으로 되돌아오는 회귀 본능을 가진 어류이다. 그의 작품에서는 바다와 함께 '연어'가 주된 소재로 등장하고 있는데, 「항로」에서는 그것이 이 '돌아간다'는 의미의 객관적 상관물로 인유되고 있다. 이는 그의 시에서 '돌아감'의 의미가 얼마나 주조적인 심상으로 자리하는지를 시사하는 것이다.

탈북 이주민, 재중 동포나 재소 고려인, 혹은 청나라에 끌려간 고려보 사람들의 후손에 이르기까지, 그의 시에는 유독 디아스포라의 삶을 살고 있는 인물들이 빈번하게 등장한다. '태생의 냄새'를 기억

하여, 때가 되면 '샛강을 거슬러' 돌아가는 연어는 바로 이들 디아스
포라의 본향을 향한 욕망의 표상인 것이다.

> 정말이지 연어 따윈 잊어버리고 싶어
> 발길 닿는 대로 강둑만 걷자 했는데
> 모래톱에 일렁대는 녀석들이
> 샛강의 기억 저장구역을 헤엄치고 있어요
> 오래전 함흥으로 떠나던 그날에도
> 오늘처럼 진눈깨비 내렸나 보군요
> 저기, 저기 좀 보세요
> 까마귀가 쪼아대는 은비늘 촘촘히 붙여
> 성근 지느러미 힘차게 돌아나면
> 카레이스키 항로를 더듬어봐야죠
> 김 서린 유리창이 기억에서 흐려져도
> 출항을 앞둔 비늘만은 뜯어내지 마세요
> 당신은 해안선 따라 성천강으로
> 난 먼바다 회 돌아 태화강에 닿아야 해요
> 누구에게도 항로를 들키지 말아요
> 우리들 눈물로 새끼를 부화시킨다는
> 까마귀들이 자작나무 버짐 속에 숨어 있답니다
> 초점 흐린 능선에 쌓이는 초가을 눈발
> 오래전 그 머리비듬처럼 흩날리는
> 한 장의 기억
> "오마니"

▌「김 씨가 함흥으로 돌아가던 날」 부분

1950년대 유학이나 모국 방문 목적으로 북한에 갔던 사할린 한인들은 되돌아오지 못했다. 위 시는 이러한 사연으로 북한에 억류되어 있다가 50여 년 만에 이산가족을 만나기 위해 사할린을 방문한 '김 씨'의 이야기이다. '김 씨'는 타국인 사할린에서 모국으로 돌아갔기 때문에 엄밀히 말하면 디아스포라라 할 수 없지만 확장된 의미망에서 본다면 이중적인 디아스포라라 할 수 있을 것이다. 일제에 조국을 빼앗기고 사할린에 억류되었던 디아스포라, 그러나 돌아간 모국 또한 더 이상 선험적 기억 속에 존재하던 그 모국이 아니었다. 자유가 없고 생존을 보장받을 수 없다는 점은 사할린에서나 마찬가지였기 때문이다. 더욱이 가족이 사할린에 있는 김 씨의 경우 모국은 의지할 데 하나 없는 절망의 공간일 수밖에 없는 것이었다. 50여 년, 이 절망의 공간에서 어머니라는 근원적 고향을 그리며 살았다는 점에서 '김 씨'의 삶은 또 다른 차원의 디아스포라라 할 수 있을 것이다. "정말이지 연어 따윈 잊어버리고 싶어"라는 시구는 진정한 모국을 상실해버린 '김 씨'의 심정을 극명하게 드러내고 있다. '오마니'라는 근원적 고향과 긴밀하게 연결되어 있는 한, '김 씨'에게 '카레이스키'는 디아스포라가 아니라 내면화된 또 하나의 정체성인 것이다.

한편, 그의 시에서 자주 등장하는 '까마귀'라는 존재에도 주목할 필요가 있다. 위 시에서 '까마귀'는 "우리들 눈물로 새끼를 부화시키"는 존재이다. 다시 말하면 이들의 종족 보존을 위해서는 '우리들 눈물'이 요구된다는 의미이다. 위 시나 「우리들의 대화법」의 내용을 놓고 보면 '자작나무'에 숨어있는 '까마귀'는 좁게는 탈북자들을 감시하거나 검거하는 자를 의미한다. "그물을 놓고 연어를 기다리는 이" (「우리들의 대화법」)와도 동일한 의미망인 것이다. 그러나 넓은 의미에서

'까마귀'는 지배계층이나 국가, 혹은 권력 자체를 표상하는 것으로
볼 수 있다. 시인의 시에서 빈번하게 등장하는 탈북자나 디아스포라
의 문제는 결국 국가의 이권이나 지배계층의 기득권 등과 같은 권력
주체의 욕망과 결부되어 있기 때문이다. 이들 관계에 따라 이러한
문제는 쟁점이 되기도, 유보되기도, 은폐되기도 하는 것이다. 중심
에서 거리가 먼 계층에게 부여되는 것은 순종해야 할 의무뿐이다.
　시인의 이러한 시선은 디아스포라의 애환에서 피지배 계층의 실
천적 문제로까지 확장된다. 그의 시에서 이들 피지배계층은 "수없이
꿇었을 무릎에 굳은살이 돌처럼 박여"있는 '낙타'(「낙타는 말이 없다」)로
표상된다. 그럼에도 낙타는 '소리'가 없다. 시인은 이들 계층에 "비명
을 지르"고 "고래고래 악쓰"(「샤우트 창법」)라고 주문하고 있다. '소리'를
내는 것에는 용기가 필요하다. 불이익을 감수해야 할 수도, 때로는
목숨을 담보하는 상황에 처할 수도 있기 때문이다. 그러나 침묵은
"틀어쥐어야 삐걱대지 않는다"(「의자」)는 철학으로 살아 온 계층과 "납
작 엎드려 살아 온"(「바퀴의 길」)계층의 관계구도를 더욱 견고히 할 뿐
이다. "고통도 주로 낮은 쪽으로 흘러 내린다"(「사랑니를 뽑고 싶다」)는
통찰은 이러한 맥락과 동궤에 자리하는 것이다. 「샤우트 창법」, 「사
랑니를 뽑고 싶다」, 「연어들의 시위」, 「비명」 등속의 작품들에서 이
와 같은 시인의 실천적 현실인식의 면모를 확인할 수 있다.

　　　파도치지 않는 바다를 본 적 있는가
　　　부유물에 헐떡이는 치어들
　　　빈 껍질 속 집게가 진저리 치는 걸
　　　때론 바다도

거칠게 휘몰아쳐 바닥까지 뒤집어놓아야
구석구석 밀려드는 공깃방울에
작은 놈들 숨통이 트인다

적요한 양식장에 혓바닥 힘으로 웅크린 전복
오로지 살기 위해 뻐끔거려야 하는
거품 물면서도 가두리 넘지 못하는 나날
파랑, 파랑, 시퍼런 파랑을 넘어
달랑 빈 껍질 하나 남길 우리들
오체투지 끌며 가는 라마승처럼 적조가 쓸고 간 세상 속에서
느릿느릿 바다를 세워본다

▎「파랑 전복」 부분

　　소리 없는 '낙타'로 표상되었던 피지배계층이 위 시에서는 "양식장
에 혓바닥 힘으로 웅크린 전복"에 비유되고 있다. "오로지 살기 위해
뻐끔거려야 하는/거품 물면서도 가두리 넘지 못하는" 전복은 그의 작
품에 등장하는 회송되는 탈북자의 모습에, 혹은 총탄 속에 쓰러지는
이라크 시민의 모습에 오버랩 된다. 극단적인 상황에 처한 이들만이
아니라 지극히 평범하게 살고 있는 세계의 '국민'들 또한 '적요한 양
식장'에 살고 있기는 마찬가지이다. 지극히 이성적이고 합리적인 사
회제도 아래 보호 받고 있다는 평범한 삶의 이면에는, 권력의 의지에
따라 규율되고 훈육되어, 소리를 낼 필요성조차 느끼지 못하는 능동
적인 '낙타'로 전화되고 있다는 의미를 포회하고 있기 때문이다.
　　니체의 지적대로 인간의 본래적인 삶은 '가두리'안의 양식장이 아
니라 때로는 파도치고, 때로는 파랑이는 바다가 아니겠는가. "거칠

게 휘몰아쳐 바다까지 뒤집어놓아야/구석구석 밀려드는 공깃방울에
/작은 놈들 숨통이 트인다"는 시인의 통찰은 현대인들의 행동양식이
'낙타'에서 '사자'로, '사자'에서 '어린아이'의 그것으로 변화되기를 염
원하는 마음에 다름 아니다. 그리하여 시인은 침묵하지 말고 소리내
기를, 그것도 함께 지르기를 촉구하는 것이다. 파도를 일으키는 힘
은 공동체의 유대에서 나오기 때문이다. 약화된 공동체는 개인화를
부추기고 개인화된 인간은 결국 권력에 복속될 수밖에 없다.

　태초의 세계는 카오스였다. 그러나 카오스가 혼란스러움 그 자체
를 의미하는 것은 아니다. 카오스에도 질서는 있다. 인위적으로 규
율 지어진 질서가 아니라 자연 속에서 만들어진 패턴, 무위의 질서
말이다. 어쩌면 임윤 시인의 첫 시집을 관류하고 있는 '돌아감'의 심
상 또한 이러한 인식에 닿아 있는 것은 아닐까. 그렇다면 이 '돌아감'
의 진의는 단순히 디아스포라와의 관련성에 한정되는 것이 아니라
보다 거시적인 관점에서 본래적인 것으로의 회귀로 언표할 수도 있
을 것이다.

3. '말해진 적 없는 말'에 대하여
: 이이체의 『죽은 눈을 위한 송가』

　안현심과 임윤의 시들이 주로 구체적인 사실들의 서사화를 시적
전략으로 삼고 있다면 이이체 시인의 작품들은 이와 정반대의 전략
을 구사하고 있다. 그의 시에서는 의미의 연속성을 찾을 수 없기 때
문이다. 빈번한 형용모순, 통사론적 관계의 해체, 배제된 의미 등속

의 시적 의장들은 그의 시를 매우 난해하게 만든다. 이를 기표로 한 없이 미끄러져 가는 기의로 설명할 수도 있을 것이고 하나의 기표에 여러 기의들이 결합하는 현상으로 설명할 수도 있을 것이다.

기실 기표와 기의의 완전한 합일에 대한 거부, 이에 따른 의미의 모호성, 다성성 등은 탈현대성을 이루는 대표적인 구성요소라 할 수 있다. 따라서 기표와 기의를 분리하여 의미를 해체하는 전략은 의미 중심의 전통에 대한 위반과 기성의 모든 권위에 대한 비판을 수행하는 것으로, 또 한편으로는 현대 사회의 복합적 특성을 그대로 상연하는 것으로 기능한다. 의미의 확정성, 무거움, 진지함 등은 불확정성, 가벼움, 웃음, 언어의 유희 등으로 대체된다. 해체시의 대표적인 시인으로는 1930년대의 이상을 꼽을 수 있을 것이며, 그 후로 김춘수, 오규원이라든가, 황지우 등으로 그 맥이 이어져왔다. 이러한 조류들은 1980년대의 정치적 성격이 강한 시에서부터 오늘날에 이르기까지, 시에 대한 새로운 미학의 창출을 추동하면서 시사적 맥락을 형성해 왔다.

이이체의 시들 또한 그 방법적인 층위에 있어서는 이러한 계보에 그 맥이 닿아있다고 하겠다. 그렇다면 시인은 해체적 의장으로 무엇을 말하려 한 것일까. 권위에 대한 위반과 중심의 해체를 말하고 싶은 것인가, 의미의 무게와 그것에 대한 진지함에 웃어주고 싶은 것인가. 그것도 아니라면 의미를 계속 미끄러뜨리며 그저 놀이를 하고 있는 것인가. 우선 그의 시는 가벼움이라든가 유희와는 거리가 멀다. 오히려 너무나 진지하고 때로는 무겁기까지 하다. 비연속적인 의미의 흐름 또한 기호의 미끄러짐으로만 설명하기에는 무언가 부족한 감이 있다. 그의 시를 깊이 들여다보면 시인은 어쩌면 의미의 단위성 즉, 분리 그 자체를 회의하는 것은 아닐까 하는 생각이 든다. 실제로 그의 시에서 분리에 대한 거부와 통합에 대한 지향을 확인하는 것은 그리 어려운 일이 아니다.

> 사타구니가 서서히 가렵고, 따갑기만 한 내 털들. 엄마, 엄마를 엄마라고 부른지도 너무 오래됐어요. 어머니를 엄마라고 부르며 내가 엄마에게 말한다. …… 이 정도면 어머니를 닮은 얼굴인가. …… 어머니가 묻는다. 바람이 불고 있니? 세제로 립스틱을 닦으며 내가 대답한다. 아뇨, 내가 만드는 바람만 있습니다.
>
> ▍「화장일기」 부분

'분리'란 탄생의 순간에서 죽음에 이르기까지 인간이 끊임없이 경험해야 하는 삶의 과정이라 할 수 있다. 인간의 탄생은 모체와의 분리를 의미하는 것이고, 발달이라 함은 육체적인 성장과 함께 분별할 줄 아는 능력의 증진을 의미한다. 분별이란 자아와 세계와의 분리를, 대상과 대상 간의 차이를 인지하는 것이며, 같은 맥락에서 인간의 언어 습득 또한 의미를 분리하는 작업에 다름 아니다. 우리가 살면서 경험할 수밖에 없는 이별은 통합적 관계의 분리라 할 수 있으며 생의 마지막에 직면하게 되는 죽음은 세계와의 단절인 것이다. 이러한 자연적인 분리뿐 아니라 인간은 자신의 편의를 위해서라면 시간과 같은 연속적인 것까지 임의대로 분절해 사용한다. 분리가 진행되면 될수록 세계는 정교해지고 명확해지는 듯 하지만 그것은 파편적이라는 것의 또 다른 이름이며 이러한 세계에서 인간은 왜소해질 수밖에 없을 것이다.

인용시에서 "사타구니가 서서히 가렵고, 따갑기만 한 내 털들"이라든가 '엄마'를 '어머니'로 부른다는 정황은 바로 성장한 시적 자아를 드러내는 것이자, 모체로부터의 분리를 강조하기 위한 알레고리이다. 그런데 시적 자아는 '어머니'라는 기표를 '엄마'로 되돌려 놓으며 이 분리감을 극복하고자 한다. '이 정도면 어머니를 닮은 얼굴인가'라는 시구에서도 어머니와 동일성을 확보하려는 의지를 표출하고 있다. 그러나 이러한 의지에도 불구하고 기표는 다시 '엄마'에서 '어머니'로 바뀌었다는 사실을 눈여겨 볼 필요가 있다. 이는 어머니와의 통합적 관계에 실패했다는 증거이다. "어머니가 묻는다. 바람이 불고 있니?" 그러나 이 바람은 시적 자아와 어머니가 공감할 수 있는 바람이 아니다. 화자에게는 그저 "내가 만드는 바람"만 있을 뿐이다.

"너는 내가 낳은 쌍둥이"(「단어」), "우리는 서로의 몽타주다"(「연인」) 등에서도 시적 자아와 대상과의 긴밀성을 표출하고 있지만 '쌍둥이', '몽타주'라는 시어에서 완전한 동일성에는 이르지 못하고 있음을 알 수 있다. 그의 시에서 분리의 극복은 계속 실패한다. 「실외투증후군失外套症侯群」에서도 '나'는 '외투'를 잃어버린다. 아니 '외투'가 '나'를 '벗어버리고' 간 것임을 시적 자아는 깨닫는다. 시인은 '실외투증후군'이 '식물인간상태'를 의미하는 것임을 밝히고 있다. 외투를 잃어버리고 난 후의 증상이 '식물인간'상태라는 것이다. '외투'와 분리된 '나'는 '빈 몸', '홑몸'으로 표현되고 있다. 시적 자아는 '외투'가 '나'를 입고 내가 '외투'를 입고 있었을 때 그 합일된 상태로 하나의 '단위單位'가 되고 싶었다. "홑몸으로도 단위가 될 수 있는 건가" 자문해 보지만 "중얼거리는 입술 밑으로/병신처럼 침을 주룩주룩 흘"릴 뿐이다.

몸에 당신의 일기를 베끼고 바다로 와서 지운다.

　내 죽음으로 평생을 슬퍼해야 할 사람이 한 명 필요하다. 당신은 말해진 적 없는 말. 모든 걸 씻고. 이렇게 당신이 바다에서 눈물을 흘린 게, 눈물을. 바다의 푸른 계단이 차례로 무너져 내리고, 절벽에서 하얀 고통들이 비명을 지르며 부서진다. 거품들이 분말처럼 흩어지면 당신이 흘려둔 해식애로 세워지던 안개도시. 파도는 내 몸에 맞다. 나쁜 말들뿐이다. 나는 아직 당신에게 내 얼굴의 절반을 보여주지 않았는데. 당신은 몇 개의 얼굴을 갖고 있는가. 나는 쓴다. 쓴다고 생각하지 않으면서 쓴다. 쓴다고 생각하기 위해 쓴다. 쓴다. 지운다.

▮「詩」 전문

　대상과의 관계에서 뿐만 아니라 기호의 관계에서도 시인은 분리를 극복하고자 한다. 자아와 세계와의 관계를 비롯하여 모든 의미는 통합되어 있었다. 인간이 성장함에 따라 이 통합된 관계를 분리해 나가게 되고, 분리된 의미들에 기표를 결합해 가는 것이 언어의 습득과정이다. 기호는 다른 기호와의 차이에 의해 정의된다. 그런데 기호와 기호의 사이에는 기호화 되지 않은 무수히 많은 의미들이 존재하고 있다. 시인은 이 기호와 기호의 간극에 있는 의미들에 관심을 가지는 것이다.

　가령 시인은 "사랑은 이별한다고 잊거나 잊히는 것이 아니다. 사랑하지 않게 되는 것이 아니다"라고 언표하고 있다. 어찌 보면 지극히 평범한 말이며, 그 의미 또한 물리적인 결별이 곧바로 정서의 단절로 이어지는 것은 아니라는, 일반적인 내용으로 해석될 수 있다. 그러나 기호의 관계에서 보자면 어디에서부터 '사랑'이라 명명할 것이며 어디까지를 '이별', 혹은 '사랑하지 않는 것'이라 규정할 것인가에 대한 고민이 생긴다. 이를 기호의 불안정이라 불러도 좋고 의미의 불확정성이라 불러도 좋다. 분명한 것은, 정교하다고 믿고 있는 분리의 세계가 기실은 매우 두루뭉술하다는 사실이다. 또한 '사랑'과 '이별', 혹은 '사랑'하는 것과 '사랑하지 않는 것'이라는 기호들 사이에는 기호화 되지 못한 무수히 많은 의미들이 산종해 있다는 사실을 기억할 필요가 있다. 시인이 심혈을 기울이는 것은 바로 이 '말해 진 적'이 없는 산종된 의미들이기 때문이다.

이런 맥락에서라면 분리되지 않은 세계는 의미들로 가득 차 있을 것이란 추정이 가능해 진다. 의미들로 가득 차 있는 세계란 결국 의미가 없는 세계와 같은 것이다. 가령 도화지에 점을 찍는다고 가정해보자. 도화지에 빈틈없이 점을 찍었다면 그것은 점들로 가득 찬 도화지일 수도 있지만 결국 점이 사라진 도화지이기도 한 것이다. 시인의 시에서 쓰는 것과 지우는 것, 비우는 것과 채우는 것, 없애는 것과 얻는 것이 동일화 되거나 착종되어 발현되는 것은 이러한 맥락에서 이해해 볼 수 있을 것이다.

인용시에서 "몸에 당신의 일기를 베끼고 바다로 와서 시운다."라는 시구 또한 약간의 비약을 감수한다면 '당신의 일기를 베끼고' 다시 '지운다'는 것은 결국 '당신'으로 가득 채워져 있다는 의미이다. '당신'으로 가득 찬 '나'는 내가 사라진 '당신'이거나 '당신'이 지워진 '나'이기 때문이다. "내 죽음으로 평생을 슬퍼해야 할 사람"인 '당신'이, '말해진 적 없는 말'이라는 것은 바로 분리 이전의 통합의 세계에 존재하는, 아직 기호화 되지 않은 존재라는 의미로 해석될 수 있다. "파도는 내 몸에 맞다", '나'를 규정할 수 있는 것은 한정된 기호가 아니라 '파도'라는 산종의 이미지이다. "나쁜 말들뿐이다", 알맞지 않은 기표들뿐이다. '말해진 적 없는 말'을 표상해 줄 기표를 찾을 수 없다는 의미이다. 시인에게 있어 의미는 포화되어 있는 데 반해 기표는 너무 부족하다. 하여 시인은 "쓴다.", "쓴다고 생각하지 않으면서" 쓰고, "쓴다고 생각하기 위해 쓴다." 그러다가 의미가 "터지지 못해서 불안"(『단어』)해질 정도로 가득 차게 되면 시인은 "지운다." 아니, 지워진다.

시인은 의미로 가득 찬 '풍선'(『단어』)이다.
의미는 '풍선 속을 날아다니는 풍선'(『단어』)이다.

존재론적 상처의 시학과 구원의 언어

제3부 상처의 세계와 위무의 방책들

1. 상처와 언어의 의미망 : 김종철의 『못의 사회학』

이제 '웰빙'이라 하면 왠지 지나간 유행어를 듣는 듯 김빠진 느낌이 든다. 지금은 바야흐로 '힐링'의 시대가 아닌가. 우리가 '힐링'에 소리를 높이고 있다는 것은, 다시 말하면 세계가 그만큼 상처에 노출되어 있다는 의미가 된다. '힐링의 시대'란 결국 '상처의 시대'의 다른 이름일 수 있는 것이다. 사방에서 '힐링'이라는 소리가 들리지만 정작 다른 이의 상처는 고사하고 자신의 상처를 돌아볼 여유도 갖지 못하는 것이 현실이다. 끊임없이 자기계발을 해야 하고, 스펙을 쌓아야 하고, 성과를 도출해내야 하는 우리는 너무도 '피로'하기 때문이다. "멈추면 비로소 보이는 것들"을 이야기하지만 보기 위해 멈추어야 한다는, 혹은 보면 멈추게 될지 모르는 상황에 불안을 느끼는 것이 바로 '피로'한 현대인의 현실이라 할 수 있다. 이 '피로사회'에서 우리는 그저 '힐링'을 소비하고 있을 뿐, '힐링'의 주체가 되지는 못하고 있는 것이다.

'힐링'을 위해서 먼저 선행되어야 하는 것이 있다면 그것은 바로 상처를 언어로 구성해내는 작업이 될 것이다. 상처가 의식 너머에 고착되지 않기 위해서는 말해져야 하고 드러나야 하기 때문이다. 모호하게 감정의 덩어리로 남아있는 것은 일상의 경험에서 다양한 양태로 불쑥불쑥 드러나게 마련이다. 다시 말해 고착된 상처는 잊히는 것이 아니라 계속 되돌아온다는 것이다. 그것도 왜곡된 모습으로 말이다. 왜곡된 상처는 때로는 우울을, 또 때로는 분노나, 난폭함을 띠고 출몰하게 된다. 그러므로 불투명한 감정의 정체를 추상화하여 언어로 규정해내고 객관화시키는 작업이 필요한 것이다.

문학이 치유이고, 구원일 수 있는 까닭은 바로 이러한 맥락에서일 것이다. 이와 같은 관점에서 접근한다면 문학 장르 중에서도 압축적이고 비유적인 시보다는 구체적 진술이 가능한 산문이 더 합목적적이라 할 수 있다. 그런데 김종철 시인의 『못의 사회학』은 시라는 장르를 통해 이를 실현하고 있어 매우 이채로운 경우에 해당한다. 특히 시집의 제목에서도 드러나는바, 그의 시세계에 드러나고 있는 상처가 개인의 내밀한 그것이 아니라 역사적 사실에 바탕한 공동의 상처라는 데에서 그 특이성이 더해지는 것이다.

정상에서 밤을 보냈다. 덜 위험한 만큼 갈증은 더욱 심해졌다. 밤에는 참호 속에서 오돌오돌 추위에 떨어야 했다. 정글의 밤은 믿기 어려울 만큼 추웠다. 밤은 빨리 왔고 새벽은 갑자기 동텄다. 꼬옥

안고 잤던 배낭이 어째 느슨해 보였다. 나는 마지막 수통을 뒤졌다. 빈 통이다! 베트콩보다 더 무서운 놈이 내 목숨을 거둬 갔다. 분노했지만 아무도 관심 갖지 않는다. 그 순간 꿍음이 울렸다. 천연기념물 같은 나뭇가지들이 우지끈 기울였다. 포탄이 무더기로 떨어졌다. 혼비백산이다. 모두 웅크리거나 숨기에 급급했다. 간신히 무선통신이 연결됐다. 미군포병부대에서 잘못된 정보로 우리 수색대원을 잡을 뻔한 것이다. 작전은 종료되고 산상으로 날아온 미군헬기로 귀환했다. 나는 큰 물통에 코를 박고 한 시간을 그렇게 있었다. 그제서야 다 용서할 수 있었다. 나의 첫 번째 전투는 목마름이었다. 밤새 캔맥주로 잠꼬대를 채웠다.

┃「군번 12039412, 작은 전쟁들」 부분

기겁한 것은 그놈뿐 아니다. 미국 입맛에 맞는 피자처럼 박 정권이 한판에 받아들인 머리당 5,000달러짜리 우리 용병들. 필리핀은 일인당 7,000달러, 미국은 일인당 13,000달러. 반값 세일로 아무것도 모른 채 배를 탄 박정희의 패잔병들. 입 다물고 조용히 밀봉된 채 40년이 지난 지금까지 참고 기다렸다.

┃「나라가 임하오시며」 부분

김종철의 『못의 사회학』은 「슬픈 고엽제」라는 작품으로 시작하여 「눈물고개」라는 작품으로 끝난다. 월남전을 소재로 한 작품으로 열고 닫은 셈이다. 또한 시집은 모두 4장으로 구성되어 있는데 마지막 4장 〈우리들의 신곡神曲〉은 월남전에 관한 시편들만으로 구성되어 있다. 이렇게 월남전에 관한 시들을 묶어 구성한 장이 있음에도, 고엽제에 폭로된 파월 참전용사를 소재로 한 시를 따로 떼어 내어 시집의 첫 작품으로 삼은 데에서 시인의 상처의 연원을 간취해볼 수 있겠다.

위 시들 또한 이러한 계열의 작품들로, 전장의 구체적인 정황과 역사적 사실을 거의 기록 수준으로 제시하고 있다. 연의 구분만 없다면 시라고 보기 어려울 정도의, 파격적인 산문성은 월남전을 소재로 한 대부분의 시에서 보이는 특징이다. 앞에서도 언급했지만 복합적이고 불투명한 감정을 의식 위로 풀어내기 위해서는 원체험이라 할 수 있는 사건을 구체적으로 진술할 필요가 있다. 그러므로 김종철 시의 산문성은 그의 상처가 의식적이든 무의식적이든, 압축이나 비유라는 간접성으로는 해결될 수 없는 성질의 것이라는 점에서 선택된 시적의장이라 할 수 있다.

「군번 12039412, 작은 전쟁들」에서는 '목숨'에 위협을 느낄 정도의 혹독한 추위와 갈증을 그리고 있다. 그러나 이러한 육체적 고통이 상처의 전부일 리 없다. 목숨과도 같은 '마지막 수통'을 훔쳐간 전우도, 화자의 분노에 '관심을 갖지 않았던 또 다른 전우들도 갈증을 해소한 후엔 "다 용서할 수 있었"던 것과 같이 아무리 견디기 힘든 것이었다 해도 육체적 고통에 관한 기억이란 시간의 흐름에 비례해 희미해지게 마련인 것이다. 그렇다면 이들의 마음에, 정신에 깊이 각인된 상처는 무엇인가. 그것은 바로 한없이 가벼워진 존재에 관한 것이다. 이들은 더 이상 인간이 아니었다. 번호로 인식되고 불리는 것은 차치하고라도 이들의 목숨은 '미군포병부대의 잘못된 정보' 하나에 모두 날아갈 수 있는 가벼운 것이었으며 무엇보다 '머리당 5,000달러'라는, 철저하게 교환가치로 거래되는 대상일 뿐이었다. 그나마도 '반값세일'된.

"짐을 싸면서도 용병인 줄 몰랐"던(『용병이야기』) 이들은 "조상보다 종교보다/더 거룩하다는 조국의 명"에(「젊은 잎새들의 전우에게」) 응답하였지만 결국 소모품에 지나지 않았던 것이다. 이렇게 상실된 인간으로서의 가치는 회복되기 어려운 것이었다. 공포와 분노, 억울함과 상실감 등속의 감정들이 뒤범벅된 원체험에 대한 기억은 조국이라든가 애국이라는 허울 좋은 이름 아래 왜곡되거나, 스스로에게조차 외면당해야 했기 때문이다.

그렇다면 이들의 상실된 가치랄까 자아감은 어떻게 회복될 수 있을까. 이들이 "입 다물고 조용히 밀봉된 채 40년이 지난 지금까지 참고 기다"렸던 것은 "파월참전 수당 3만 원"이 아니다. 방법적 측면에서 물리적으로나 정신적으로 그리 간단하게 단언할 수 있는 일은 아니나 분명한 것은 진정한 위무와 애도가 전제되어야 한다는 점이다. 시간이 모든 것을 저절로 해결해 주지는 않는다. 치유되지 못한 상처는 반드시 돌아오게 되어 있다. 월남파병을 소재로 한 김종철의 시들에서 보이는 당시의 기억들에 대한 구체적이고 사실적인 진술은 바로 자신에게조차 부정되었던 감정들을 대면하고 그에 대한 당위성을 부여하고자 하는 작업이자 동시에 사회적 담론화에 대한 염원이기도 한 것이다.

"희망이란 이뤄지지 않지만 절대 버리지 않는 것", "열심히 살았지만 뭘 했는지 모르는/익명의 집짐승들"(「노숙자를 위한 기도」), "죽어야만 빠져나갈 수 있는/을만 죽는 을사乙死조약"(「우리 시대의 동물원」) 등에서 확인되듯, 시인의 시선은 주로 거대 권력과 자본에 억눌려 인간적 가치를 상실하고 한낱 도구로 전락해 가는 존재에 머물러 있다. 상처는 존재를 성숙으로 이끌기도 하지만 자신을 파괴할 수도 있다는 점에서 폭력일 수 있다. 특히 그것이 개인의 힘으로는 어찌해볼 수 없는 사회 구조적 성격을 띠고 있을 경우, 불특정 대상에 대한 분노로 전화될 수 있으며, 구성원 간의 공동의 삶이나 친밀함을 파괴하는 기제로 작용할 수도 있는 것이다. 이러한 통어하기 힘든 분노에 시인은 어떻게 대응하고 있는지를 보여주는 시가 바로 「칼국수」이다.

> 마음에 칼을 품고 있는 날에는
> 칼국수를 해먹자
> 칼국수 날은 날카롭다
> 식칼, 회칼, 과일칼
> 허기 느끼며 먹는 칼국수에
> 누구나 자상을 입는다
>
> 그럼 밀가루 반죽을 잘해서
> 인내와 함께
> 홍두깨로 고루 밀어보자
> 이때 바닥에 붙지 않게
> 마른 밀가루를
> 서너 겹 접은 분노와 회한 사이
> 슬슬 뿌리며
> 도마 위에서 일정하게 썰어보자
> 불 끈 한석봉 붓놀림같이
> 한눈팔아서는 안 된다
> 특히 칼자국 난 면발들이

펄펄 끓인 다시물에 뛰어들 때
같이 뛰어들지 않도록 주의하자
고통이 연민으로 후욱 끓어오를 때
어린 시절 짝사랑 같은
애호박 하나쯤 송송 썰어
끓는 면발 사이 넣는 것도 좋겠다

우리 모두 마음에 칼을 품은 날에는
다 함께 칼국수를 해 먹자

▌「칼국수」 전문

　'마음에 품고 있는 칼'은 바로 상처이자 분노를 표상하는 것이며 이는 다시 '칼국수'로 암유되고 있다. 재미있는 것은, 뫼비우스의 띠 위에 선을 그으면 앞뒷면 모두에 그려지는 것과 같이 '칼국수'가 분노와 등가인 동시에 '칼국수' 만드는 과정은 분노를 해소하는 과정과 등가를 이루고 있다는 점이다. 분노가 분노임과 동시에 분노가 아니라는 양가성을 어떻게 해석할 수 있을까. 이를 상처나 분노의 연원을 따라가다 보면 결국은 그 맥이 자신에 대한 사랑에 닿아 있다는 의미로 해석해 보면 어떨까. 위 시에서 분노의 해소를 '고통이 연민으로' 변하는 것으로 의미화하고 있는 것을 보면 이러한 해석이 아주 터무니없는 것은 아니라 할 수 있겠다.
　한편, 밀가루를 반죽하고, 뭉친 반죽을 홍두깨로 고루 밀어, 칼로 '일정하게' 써는 과정은 앞서 언급한 복합적이고 불투명한 부정적 감정 덩어리를 구체적 언어로 구성해 내는 과정에 적확하게 맞물리고 있다. 주의할 점은 이러한 과정에서 자아가 고통스러운 상처 속에 그대로 매몰되어 버리거나 그것을 더 깊이 은폐해 버려서는 안 된다는 사실이다. "칼자국 난 면발들이/펄펄 끓인 다싯물에 뛰어들 때/같이 뛰어들지 않도록 주의하자"는 당부가 그것이다. 결국 상처를, 분노를 극복한다는 것은 궁극적으로 상처 속에 내재되어 있는 자아에 대한 사랑, 가치에 대한 믿음을 발견하는 것이라 할 수 있으며 이러할 때 자아의 "어린 시절 짝사랑 같은" 순수의 세계로의 회귀가 가능해질 수 있는 것이다.

살펴본 바와 같이 『못의 사회학』에서 '못'은 가장 먼저 희생, 상처와 관련지어 떠오르는 게 사실이다. 그런데 대상과 대상의 연결이라는 못의 본연적 기능에도 시인은 똑같이 무게중심을 두고 있음을 그의 시에서 어렵지 않게 확인할 수 있다. 먼저 시인이 초점화 하고 있는 상처가 개인의 내밀한 그것이 아니라 사회 공동의 것이라는 점이 그러하고, "우리 모두 마음에 칼을 품은 날에는/다 함께 칼국수를 해 먹자"에서 드러나듯 그것을 극복하는 과정에 상처의 공유와 연대를 연결 짓고 있음이 그러하다. 이러한 맥락에서라면 『못의 사회학』의 진의는 희생, 상처라는 표층적인 의미에서보다 내재되어 있는 의미인 연결성, 즉 공감, 공유, 연대와 같은 심층적인 의미에서 찾아지는 것이라 할 수도 있을 것이다.

2. '존재'에로 들어가는 '일상'이라는 통로
   : 윤석산의 『나는 지금 운전 중』

인간은 자신의 의지와는 상관없이 이미 구성된 세계에 피투되는 존재, '세계-내-존재'이다. 여기에서 '내-존재'라 함은 단순히 '안에 있음'이라는 공간적인 층위에서의 의미가 아니라, '관계로서의 있음'을 말한다. 인간은 어떠한 방식으로든 세계와 존재연관을 맺으며 살아간다는 것인데 그것이 같은 공간 안에 '있음'으로 해서 저절로 생성되는 것은 아니라는 말이다. '관계'라는 것은 공존하고 있음에 대한 인지에서 비롯되는 것이며, 존재에 대한 관심과 지향으로 지속되는 것이다. 그러므로 인간이 세계 내에 존재한다는 것의 참의미는 존재하는 대상에 대한 관심과 이해, 배려라는 존재방식에서 찾아지는 것이라 할 수 있다.

이렇게 본다면 본질적인 존재의 의미라든가 존재방식에 대한 사유가 반드시 거창하고 특별한 경험에서 도출되는 것은 아닌 것이다. 사변적이 아닌, 그것의 살아있는 의미는 오히려 지극히 사적이고, 사소한 일상 속에서, 너무나 일상적이어서 우리의 의식이 포착해 내지 못하는 그러한 마주침 속에서 간취될 수 있는 것인지 모른다. 레비나스가 인간의 존재 질서에서 일상적 경험이 지닌 심대한 의미에 천착한 이유도 이와 같은 맥락에서일 것이다.

윤석산의 일곱 번째 시집인 『나는 지금 운전 중』의 작품 세계 또한 이러한 측면에서 접근할 때 그 진의가 보다 분명하게 드러날 것이라는 판단이다. 그는 누구나 한번쯤은 마주쳤을, 그러나 그 사소함으로 인해 스쳐지나갔을 법한 일상적 담론에서 존재의 의미와, 그 존재 방식에 대한 사유의 실마리를 간취해내고 있기 때문이다.

일을 보면서 옆에 걸린 두루마리 휴지를 풀어 뒷간종이를 마련한
다. 휴지는 한 6에서 7센티마다 마디를 이루고 잘려나갈 선을 이루고
있다. 몇 마디를 잘라 한 번 쓸 것을 마련할까? 네 마디는 다소 모자
랄 듯하고, 다섯 마디는 조금 남을 듯 하구나. 네 마디와 다섯 마디에
서 잠시 생각을 한다.

출출한 점심시간 중국집 메뉴를 들고 들여다본다. 짜장면과 짬뽕,
오늘의 입맛은 어느 쪽으로 기울고 있을까. 짜장면의 달콤함과 짬뽕
의 얼큰함이 모두 유혹을 한다. 각종 요리가 즐비하게 나열된 메뉴판
을 들여다보며, 달콤함과 얼큰함 그 사이에서 잠시 생각을 한다.

부음을 전해 듣는다. 잠시 지갑의 돈을 헤아린다. 몇만 원과 몇만
원 사이. 오늘 돌아가신 이 분은 몇만 원에 해당될까. 상주는 과연
몇 푼만큼의 관계를 이루고 있는가. 옷을 차려입고 검정 넥타이를
매면서 언뜻언뜻 거울로 비춰보이는 생각의 쓸쓸함. 거울의 안과 밖,
잠시 생각을 고쳐 맨다.

▌「쓸쓸한 생각」 전문

먹고, 자고, 배설하는 일이야 말로 인간의 존재를 구성하는 필수
적인 요소임에도 너무도 규칙적으로 반복되는 그 일상성으로 말미
암아 우리의 의식 속으로 틈입해 들어오는 경우가 드문 것이 사실이
다. 그나마 '잠'은 꿈과 같은 의식 밖의 세계와 관계되는 까닭에 '불
면'과 함께 문학작품에서 다양한 의미를 담지하고 있는 경우에 해당

되지만, 먹고, 배설하는 행위는 그 경우가 다르다. 그런데 위 시에서는 인간의 정신이라든가 내면세계와는 거리가 멀다 할 수 있는 먹는 일, 특히 배설하는 일에 관련된 고민이 전면화 되어 있어 이채롭다.

화자를 '잠시 생각'에 잠기도록 하는 고민의 상황은, 누구나 한번 쯤 경험해봤음직한 낯익은 것이지만 또 다른 한편으로는 너무도 일상적인 일에 해당되는 터라 기억의 갈피 속에 담아 놓을 새도 없이 우리의 의식에서 사라지고 마는 그러한 사건이기도 하다. '뒷간'에서, '중국집'에서 일어난 이토록 사소한 사건을 시인은 화자의 시선과 의식의 흐름을 따라 분절적으로 그려내고 있는데 이는 청자로 하여금 특별하달 것 없는 사건을 실제 사건보다 더 확대된 양태로 인식하도록 하는 기제가 되고 있다. 그런데 이렇게 일상화된 사건의 익숙함과 낯섦 사이에서 팽창되고 있던 화자의 다소 유희적인 고민은 '부음을 전해 듣는' 사건에 와서 단절된다. 아니, 단절이라기보다 시의 초반부터 전면화 되어 있던 이것과 저것 사이의 선택에 대한 고민이 '죽음'이라는 전환된 국면에 이르러 복합적이고 중층적인 변화를 일으켰다고 하는 것이 더 정확한 표현일 것이다. 일상적인 사건과 사태에 대한 고민은 단절과 이어짐의 교호 속에서 존재의 의미와 존재 방식에 대한 성찰로 이어지고 있기 때문이다.

먹는 일, 배설하는 일은 살아있다는 증거이자 생명 유지와 관련되어 있는 행위이다. 1연에서 2연으로 이어지는 생명성에 관한 담론은 3연의 죽음을 알리는 소식에서 단절된다. 죽음이라는 사건 앞에서 무엇을 먹을지, 몇 칸의 휴지로 닦을지에 관한 고민은 너무도 하찮은 것이기 때문이다. 그러나 시인은 결코 메워질 수 없을 것 같은 이 간극을 수사적으로 처리한다. 가령 "네 마디와 다섯 마디 사이",

"달콤함과 얼큰함 사이", "몇 만원과 몇 만원 사이"가 이루는 대구는 삶과 죽음 사이의 심원한 간극을 가뿐하게 가로지른다. 주목할 것은 이 간극이 메워짐과 동시에 존재에 대한 애도가 들어설 자리도 함께 사라졌다는 사실이다. 시인은 화자의, 죽음을 대하는 태도를 '네 마디냐 다섯 마디'냐, '짬뽕이냐 짜장이냐'에 관한 고민에 똑같은 무게로 병치시킴으로 존재를 한없이 가벼운 것으로 만들어 버렸다.

또 하나는 '관계'의 문제이다. "오늘 돌아가신 이 분"은 몇 만 원의 가치가 있는지, "상주는 과연 몇 푼만큼의 관계를 이루고 있는"지를 셈하고 있는 화자의 내면에서 철저하게 교환가치로 환원된 인간 존재와, 존재와 존재간의 관계를 엿볼 수 있다. '세계 내 존재'라 할 때 위 시에서의 '세계'는 계량화되고 객관화된 '세계'이며 '존재'는 사물화 된 '존재'에 지나지 않을 뿐이다. 관심과 배려가 사라진 존재와 존재간의 관계, 이 단절감이 바로 화자가 느끼는 '쓸쓸함'이라는 정서의 연원인 셈이다. "생각을 고쳐 맨다"는 것은 너무도 가볍고 사소한 '생각'에 똑같은 무게로 병치시켰던 존재의 죽음, 존재간의 관계에 관련한 '생각'을 다시 분리해내는 작업에 해당한다. "잠시 생각을 한다"라는 시구의 반복 또한 각 사건을 연결하는 장치가 되고 있는데 마지막 연에서는 "잠시 생각을 고쳐 맨다"로 살짝 방향을 비틀어 버린 것이다.

> 삼우제 지낼 제상을 차린다.
> 포는 왼쪽에 놔야지요, 과일은 앞으로 진설하구요.
> 홍동백서 아닙니까.
> 갱은 오른쪽에 메는 왼쪽에 차리는 게 법도라고

누가 말을 한다.

법도는 누가 정했나.

당신이 좋아하는 나물을 가장 앞에 놓고 싶은데

당신 손이 잘 가진 않아도, 그래도 꼭 먹어야 좋은

생선은 바로 당신 코앞에 놓고 싶은데

밥을 뜨고 국을 담고

당신 앞에 놓으며, 과연 당신이 이 음식을 먹을까

생각하다가도, 먹을 거야 눈물 훔치며

음식을 제상에 차려 놓는다.

진설, 이것이 법도라니 그 법도에 맞게

대추는 동쪽에 밤은 서쪽에

식혜는⋯⋯,

오늘 당신을 위한 다만 법도의 밥상을 차린다.

▐「진설」전문

위 시 또한 제사나 명절 차례 때 흔히 볼 수 있는 장면을 그리고 있다. 금번 윤석산의 작품집에서 어머니에 관한 시들이 몇 편 있는데 가령, 어머니에 대한 그리움을 그린「빙빙」이나「빵빵, 꽉꽉, 든든」, 어머니의 죽음을 그리고 있는「10번」등이 그것이다. 또한 '어머니'라는 언급은 없지만 어머니의 죽음과 관련된 것이라 생각되는 작품으로「꽁꽁」과 인용시「진설」이 있다.

모체로부터의 분리가 존재의 전제가 된다고 할 때 '어머니'는 존재의 근원이라 할 수 있다. 애초에 한 몸이었던 것을 상기하면 서로에 대한 지향성은 본능에 속하는 것일 터인데 위 시에서는 이러한 지향성과 객관화된 세계와의 갈등이 드러나고 있다. "당신이 좋아하는 나물을 가장 앞에 놓고 싶"고, "당신 손이 잘 가진 않아도, 그래도 꼭 먹어야 좋은/생선은 바로 당신 코앞에 놓고 싶은" 마음이 어머니에 대한 지향성이라면 이 지향성은 누가 정해 놓았는지도 모르는 '법도'에 가로막히고 만다. "오늘 당신을 위한 다만 법도의 밥상을 차린다."라는 결구는 '다만'이라는 단 한마디에 "당신을 위한" 화자의 직정적인 지향성과 그것을 통제하고 관리하는, '법도'로 표상되는 객관화, 자료화된 세계를 동시에 함축하고 있어 이 시의 압권이라 할 만하다.

"이제는 '그'가 정해 준 10번이라는, 번호로 당분간은 기억되어야 하는 어머니."에서 확인 되듯, 어머니의 주검을 중환자실에서 안치실로 옮기는 과정을 그린 작품 「10번」에서도 '어머니'를 통해 사물화된 존재를 여실히 드러내고 있다. 푸코는, 근대적 처벌은 공포가 아닌 감시이며 이러한 새로운 전략 하에 권력이 작동되고 있음을 밝히는데 그 한 예가 수감자들이 숫자로 명명되는 것이었다. 감시 또한 관리의 한 차원이다. 관리체계에서 존재의 고유성이라든가 본질적인 가치는 배제될 수밖에 없다. 존재는 '다만' 객관화되고 사물화된, 획일적인 대상중 하나일 뿐이다.

계량화되고 객관화된 세계에서 인간의 삶은 존재의 근원성과 점점 멀어지게 된다. 특별하달 것 없는 '일상'이 두려운 것은 바로 그 보편성에 근거한 내면화의 문제에서 비롯된다. 고도로 발달된 기계문명의 세계에 던져진 존재는 사소함의 반복, 그 일상성으로 말미암아 존재의 사물화를 아무런 저항 없이 받아들이게 되는 것이며 그것은 또 다른 사물화의 일상을 생산해내며 자가 증식해 나가게 된다.

결국 세계의 사물화는 더욱 가속화 될 것이며 세계 내 존재 또한 사물화된 채 고립되어 갈 것이다.

윤석산의 시가 소중한 가치를 지니게 되는 이유가 바로 여기에 있다. 느슨한 듯 풀어놓다가도 단 한 행의 시구로 끊어질 듯한 팽팽한 긴장을 부려놓는 재주도 재주려니와, 윤석산의 시에서는 누구나 경험하고 있는 일상, 어쩌면 일상보다 더 사소한 사건들 속에서, 존재에 대한, 존재와 존재의 관계에 대한 사유를 일구어 내고 있기 때문이다.

3. 낡아가는 과거의 회귀 : 김수복의 『외박』

'느림', '멈춤'의 가치가 조명되고 강조되고 있다는 것은 그만큼 현대 사회가 과열된 질주의 메커니즘에 노출되어 있다는 의미이다. 질주의 과정에서 '머묾'이란 있을 수 없다. 머무는 순간 질주는 중단된다. 자본주의 사회에서 질주의 중단은 바로 낙오와 직결되는 문제이며 그것은 어떤 의미에서 대열에서의 탈선을 뜻하는 것이다. 질주를 추동하는 힘이자 그것을 멈출 수 없도록 하는 것은 바로 인간의 욕망이다. 인간의 욕망으로 인해 목표는 끊임없이 확장되고 그 실현 또한 계속 미루어지게 되는 것이다.

이러한 질주의 욕망은 근대의 진보적 시간관과 긴밀하게 연결되어 있다. 과거로부터 현재를 거쳐 미래라는 유토피아를 향해 끊임없이 한 발씩 다가간다는 것이 근대의 진보적 시간관인데 이때 그 목적이 미래에 있음은 자명한 이치이다. 따라서 근대적 시간관을 내면화한 현대인의 욕망체계는 근본적으로 끊임없이 미래의 목적을 추구하며 살아가게 되어 있는 것이다. 결국 이러한 구도에서 '현재'의 시간은 비어있게 된다. 질주의 가속도로 인해 현재는 미래를 담보로 늘 유보되거나, 혹은 너무나 빨리 과거로 폐기되어 버리기 때문이다. 동일한 맥락으로, 과거 또한 이미 지나가버린 시간, 다시는 돌아올 수 없는 죽은 시간, 자료화된 시간에 불과하게 된다.

그러나 벤야민이 지적했듯, 공허한 현재의 시간을 충만하게 채울 수 있는 것은, 현재를 장악하고 있는 알 수 없는 미래가 아니라 오히려 우리가 폐기시켜버린 과거의 시간일지 모른다. 망각된 듯 보이지만 과거는 끊임없이 살아 되돌아와 말을 건다. 해결되지 않은 과거는 결코 망각되지 않기 때문이다. 그것은 망각되지 않고 다만 낡아갈 뿐이다. 과거 속에서 낡아가고 있는 상처와 욕망의 목소리에 귀를 기울이고 응답할 때만이 공허한 현재의 시간 또한 충만한 삶의 시간으로 전화될 수 있지 않을까.

김수복 시인이 4년 만에 그의 아홉 번째 시집인 『외박』을 상재하였다. 그런데 그의 시세계에서는 현재에 끊임없이 말을 걸어오는, 바로 이러한 살아있는 과거가 예각화되어 있어 관심을 끈다. 그의 시에서 서정적 자아는 한때 폐기시켜버렸던 과거, 어쩌면 그대로 망각 속에 묻어두고 싶었을지도 모를 과거를 복원해 내어, 그 속에서 변화의 힘을 찾고자 고투하고 있다. 이것이 그의 시를 전유하고 있는 과거라는 시간에 대해 '회상'이라든가 '추억'이라는 이름만으로 시적 자아의 태도를 규명할 수 없는 이유이다.

그해 장맛비 그칠 날 없던,

장롱 속 서책을 정리하며
침묵 속에 있는 칼을 보았다

불꽃을 피워 재가 되는
눈물을 보았다

울지 마라 숲이여,
가슴을 긋고 지나간 길들이 다시 돌아오리라

멀리 가서 박혀 있던 말들도
이제는 별이 되어 돌아오리라

새벽 돌담 뒤로 사라진 그림자를
아무도 본 적이 없다고
보고도 모른 척 했다고

어머니의 가슴으로 타들어가는 숲을 보았다

❚「숲」 전문

　"침묵 속에 있는 칼"이란 바로 과거 속에 잠재되어 있던 욕망의
암유라 할 수 있다. 제대로 사용해보지 못한 '칼', '침묵' 속에 묻어
둘 수밖에 없었던 '칼'은 과거 속으로 사라지는 것이 아니라, '서책을
정리'하는 사소한 일상사를 통해서도 환기되는 바, 끊임없이 시적 자
아의 의식 속으로 출몰하고 있는 것이다. "멀리 가서 박혀 있던 말"
또한 "침묵 속에 있는 칼"과 동궤에 자리하는 의미로, 현실에서 괴리

된 '말', 글, 시, 혹은 실천으로 이어지지 않은 사유 등으로 해석해볼 수 있다. 시에서 구체적인 정황이 서사화되어 있지는 않지만 '침묵'을 "본 적이 없다", "보고도 모른 척 했다"는 행위와 연결시키는 것이 가능하다고 할 때 이와 같은 해석으로 이어질 수 있게 된다. 이 시의 제목이기도 한 '숲'을 화자의 내면세계쯤으로 이해해 볼 수 있다면 "울지마라 숲이여"라는 시구는 과거로 직핍해 들어가는 시적 자아의 내면이 절망이나 체념에 놓여 있는 것이 아님을 보여주는 것이 된다. 이는 "가슴을 긋고 지나간 길들이 다시 돌아오리라//멀리 가서 박혀 있던 말들도/이제는 별이 되어 돌아오리라"에서 보듯 화자의 과거의 시간이 그대로 박제되어버린 시간, 죽은 시간이 아니라 돌아오는 시간, 돌아와 현재의 시간을 직조하는 살아있는 시간이기에 가능한 것이다.

그렇다고 김수복의 시세계에서 과거의 시간이 현재라든가 미래의 시간을 희망으로 연결하는 매개가 되고 있다고 단선적으로 말할 수는 없다. 그의 시적 상상력이 자연이라든가 모성과 같은 근원적인 것으로부터 연원하고 있음에는 금번 시집 또한 예외가 아니나, 정작 그의 시에서 자연이나 모성은 "탯줄이 끊긴 지 오래인/개천가"(「청모시조개 피는 눈빛」), "종일 나오지도 않는 젖"(「나귀」), "폐경/아이를 낳지 못하는 무덤"(「썰물이 지나가는 진통」) 등과 같이 오히려 고갈된 이미지로 그려지고 있기 때문이다. 중요한 것은 시인이 인생을 "눈물 마르도록/제 슬픔을 들여다보는 것/제 감옥을 들여다보는 것/제 혁명을 바라보는 것"(「낮달」)으로 인식하고 있듯, 치열하게 과거의 시간을 응시하며 그 속의 자신과 마주하고 있다는 점이 될 것이다. 시적 자아가 당면할 그것이 "그 어떤 분노"이든 "그 어떤 증오"이든 "그 어떤 깊은 강물"(「낮달」)이 되었든, 그것을 그저 낡아가게 두지 않는다는 것이다.

저녁때가 되자 골목은 더욱 깊어졌다

덜컥, 몸이 잠기고
마취된 골목

골목 안의 평화가 잠시 다녀갔다

아득한 길,

내장으로 은밀하게
기쁘게 혹은 슬프게 드나들었던
발자국 소리가 들린다

이제 그 골목길은
가택연금되었고,
그렇게 집으로 가는 모든 길이 잘려나갔다

노을이 물드는 골목을
필사적으로 빠져나온다

골목 입구에 나서서
허위와

암세포와
모든 절망의 과거를 폭로한다

지나온 모든 민족주의와 모든 자본주의와
사회주의와 맑스와 레닌과 모택동과
그러나 김구와 소월과 윤동주.

그러나 모든 상처는
몸과 거리로 통하는 출구,

골목 안에서 사유를 하고
혁명을 꿈꾸고 권력과 맞서
고독한 쓰레기통 속에서
침을 뱉어 진흙을 눈에 발랐다
눈이 멀어야 눈을 뜰 수 있었다

밖으로 나가는 길은 보이지 않는 법,
들어오는 길만의 고독한
저 먼,
억압의,
목을 치던 꿈속의 길들도

이제는 눈을 뜨고
아득한 골목이 되었다

▌「골목」 전문

　인용시에서 과거의 시간은 '골목'이라는 공간으로 표상되고 있다. 시인은 시간을 공간화하는 방법적 의장으로, 비가역적이고 지속적인 시간을 봉인 가능한 것으로 전화시키고 있다. '마취된 골목', '가택연금 된 골목', '집으로 가는 모든 길이 잘려나간 골목', '밖으로 나가는 길이 보이지 않는 골목' 등은 모두 시적 자아의 무의식 속에 봉인되어 있던 과거의 시간에 대한 이미지인 것이다. 그렇다면 "사유를 하고/혁명을 꿈꾸고 권력과 맞"섰던 과거를 의식적으로든 무의식적으로든 시적 자아는 왜 봉인해 두어야만 했을까. 그것은 골목의 "몸과 거리로 통하는 출구"가 바로 '모든 상처'이기 때문이다. 다시 말해 골목으로 표상되는 과거의 시간이 현재 자아의 의식 위로 출현할 때 상처를 수반하게 된다는 의미이다.

　시적 자아에게 봉인된 과거의 시간은 어떤 의미일까. 그것은 두 가지로 생각해 볼 수 있겠다. 상처 속으로 걸어 들어가는 것에 대한 두려움의 측면이 그 하나가 될 것이고 또 다른 하나는 역사적으로 상처임에 분명하고 상처여야만 할 그것이 더 이상 상처로 환기되지 않는 현재의 자신을 확인하게 되는 것에 대한 두려움이 아닐까.

　상처를 떠올린다는 것은 자기보호라는 인간본능을 거스르는 일인 만큼 자연스러운 일도, 쉬운 일도 아니다. 인간은 과거 상처 속에 노출되는 것에 대한 무의식적 공포를 지니고 있기에 그러한 상황에 대해 합리화하거나, 왜곡된 형태로 기억하거나, 상처 자체를 망각 속에 은폐해버리는 등의 방법으로 자신을 보호하고자 한다. 그러나 상처가 제대로 아물기 위해서는 언젠가 한번은 반드시 제대로 아파야 한다. 어떠한 차폐막도 없이 적나라한 통증 앞에 마주 설 수 있어야 한다. 그러할 때만이 과거 속 상처의 시간이 현재의 창조적 시간으로 전화될 수 있는 가능성이 열리게 될 것이다.

다시 「골목」으로 돌아가면, 화자는 '가택연금'되었던 '골목'을 '필사적으로 빠져'나와 '골목 입구'에 선다. '골목 입구'는 거리와 골목의 경계, 현재와 과거의 경계이다. 이 경계에 선 시적 자아는 "허위와/ 암세포와/모든 절망의 과거"를 '폭로'한다. '폭로'는 "침묵 속에 있는 칼"(「숲」)의 잠재되어 있던 욕망, 끊임없이 실현을 요청해오는 과거 속의 욕망이었다. 이처럼 과거 속에 잠재된 상처와 마주하고, 유보되어 온 욕망의 실현을 요청하는 목소리에 응답하는 것은 과거에 상실된 것에 대한 복원의 의지이자 공허한 현재를 충만한 시간으로 변화시켜야 할 시인의 임무에 해당하는 일일지도 모른다. 폐기된 과거가 자꾸 말을 걸어오는 살아 있는 시간, 그 순간을 포착하여 거기에 응답할 수 있을 때 봉인은 풀리고 "저 먼,/억압의,/목을 치던 꿈속의 길들"도 "아득한 골목"으로 사라져 갈 수 있게 될 것이다. 그때에야 비로소 진정한 희망을 이야기할 수 있지 않을까.

> 드디어 온 몸속이 검게 타올라
> 드디어 죄 없는 무기수들이
> 오래된 감옥에서 줄지어 나오기 시작한다
> 붉은머리학들도 해의 알을 품고 날아오른다
>
> ▎「먼동」 전문

제5장

서정정신의 회복을 위하여

제3부 상처의 세계와 위무의 방책들

: 송기한의 『문학비평의 경계』

    굳이 하버마스의 이름을 거명하지 않더라도 인간 사회의 문명화 과정이 전문화의 과정이라는 것은 자명한 사실이다. 영역을 불문하고 모든 것은 세분화, 전문화 되어 왔으며 현재에도 진행중이다. 세분화 되고 전문화 된다는 것 자체가 부정적인 것은 아니다. 과정자체의 성격은 오히려 긍정적이라 할 수 있다. 이는 보다 디테일해지고 세련되어졌다는 의미이며, 또 다른 한편으로는 과거 큰 카테고리의 의미망 안에서 주목받지 못했던 가치들을 되살리는 작업이기도 하기 때문이다.

    문제는 이렇게 세분화되고 전문화된다는 것이 총체화의 과정이라는 사실이다. 주목받지 못했던 가치들은 그것 자체의 고유성으로 구축되고 부각되는 것이 아니라 어떠한 거점에 의해 관리되는 대상으로 존재하게 된다. 그것은 거대한 권력 시스템에 의해 운용되는, 전체의 한 부분으로 존재한다는 의미이다. 아도르노가 현대사회를 관리사회라 부른 이유도 이러한 맥락에서이다. 문명화과정이라고 하는 것이 다른 한편으로는 지배의 과정에 다름 아닌 것이다.

지배라는 의미망에서 보면 자연의 일부분이었던 인간이 유기적인 통합의 관계를 파기하고 자연을 지배의 대상으로 삼은 것이 바로 문명의 시원이자 계몽의 시작이 아니겠는가. 분리 이전의 자연은 문명과는 대척되는 미개, 미지의 세계를 의미한다. 인간에게 알려지지 않은 것, 낯선 것은 원초적인 것, 분화되지 않은 것을 의미하며, 인식의 체계 안에 환원되지 않은 이러한 세계는 인간에게 공포로 인지된다. 그러므로 순수하게 자연적인 생존은 문명에 있어서는 절대적 위험을 의미하게 된다. 자아가 엄청난 공포를 심어주는 저 단순한 자연으로 도로 돌아갈지 모른다는 두려움과 연결되어 있기 때문이다. 인간은 끊임없이 이러한 공포를 몰아내고 인간을 주인으로 세운다는 목표를 추구해왔던 것이다.

그렇다면 인간은 인간 자신을 포함해 이 자연과 서로 적대적 요소로 대립할 수밖에 없는 것일까. 이 문제에 대해 깊이 천착해 온 이가 금번에 상재된 『문학비평의 경계』의 저자, 송기한이다. 그의 최근의 저서, 『한국 현대시의 근대성 비판』(제이앤씨, 2009), 『한국 시의 근대성과 반근대성』(지식과 교양, 2012)의 제목에서도 드러나는바, 송기한은 근대의 제반 모순을 다각적인 관점에서 추적하고 그에 대한 안티테제로서의 반근대적 사유를 모색해왔다.

근대는 인간만을 위한 것처럼 보였으나 실상은 전연 반인간적인 것이었음이 판명된 것이다. 그러한 근대의 위기를 이해한 철학자들,

일찍이 다양한 형태로의 반성적 과제를 모색하고 제시했다. 근대성 논쟁에서 이해되었던 그들 나름의 해결방식이 그러하고, 인간의 욕망을 보다 바람직한 방향으로 억제하고자하는 다양한 모색들 역시 그 본보기가 될 것이다. 그 다양한 모색들이란 실상 인간적인 것들을 어떻게 축소할 것인가에 대한 것이라 해도 과언이 아닐 정도로 이에 대한 다양한 접근들이 제시돼 온 것이다. 인간이란 무엇이며, 그 유토피아는 어떻게 실현될 수 있을 것인가. 또 어떻게 인간적인 것들의 경계를 허물어 갈 것인가. 그리고 그 끝은 어디에 닿아 있는 것일까. 자연과 인간의 궁극적 관계는 무엇이고, 이 둘의 관계 설정은 어떻게 할 것인가.[1]

기실 근대는 지나간 과거의 한 시대가 아니다. 끊임없는 문명화의 과정 속에서 인류는 왜 진정한 인간적 상태에 들어서기보다 새로운 종류의 야만 상태에 빠지게 되었는가 하는 문제는 반세기 전 한 철학자의 의문에서 그치는 것이 아니라 바로 작금의 현사회에도 유효한 질문이 되고 있는 까닭이다. 송기한의 저서가 의미 있는 이유는 이러한 맥락에서이다. 그는 한국의 근현대 문학이 형성되어 온 과정과 흐름을 면밀히 관찰하고 이를 '지금 여기'의 시대적 문맥 속에 자리매김하고 의미화하는 작업을 꾸준히 해왔다. 『문학비평의 경계』도 그 연장선상에 놓이는 결과물이라 할 수 있겠다.

『문학비평의 경계』는 총 3부로 이루어져 있는데, 1부에는 주로 현대시의 경향이나 시사적 맥락을 살펴보는 글들을 모았고 2부에는

---

1 송기한, 「문명과 반문명의 변증법」, 『문학의 경계』, 역락, 2012, pp. 19 ~ 20. 이하 인용에는 제목과 페이지만 명기하기로 한다.

시인론, 3부에는 시집론을 수록하고 있다. 1부에서 저자는 현대시의 서정적 기반이 현저하게 개인과 관련되어 있다는 것, 거대담론보다는 좀 더 작은 영역과 밀접한 관계를 맺고 있음을 밝히고 있다. 시대적 흐름이 그러하다고는 하나 그러나 그것이 시인 자신의 개별적이고 구체적인 일상성이나 관념에 그치고 만다면 문학의 가치라든가 의미는 기대하기 힘들게 된다. 이를 시대적 조류 속에 적정하게 위치시키고 가치와 의미를 부여하는 것이 바로 비평의 책무라 할 수 있을 것이다. 이는 비평에 있어 가장 기본적인 사안이기도 하지만 시가 사회사적인 맥락에가 아닌 개인적 서정에 밀접하게 관련되어 있는 현실에서는 더욱 긴요하게 요구되는 작업인 것이다. 『문학비평의 경계』는 이러한 시사적 향방과 관련하여 매우 탁월한 경우이다.

　　21세기 초엽에 놓인 우리 시단에서 주류랄까 하는 것을 인지해내기가 쉽지 않다는 전제에서 이 글을 시작했다. 그러나 우리 주변을 꼼꼼히 들여다보면, 손에 잡힐 듯한 혹은 눈에 보일 듯한 줄기들이 전혀 없거나 감지되지 않는 것은 아니다. 다만 지난 세기 우리 주변을 지나치게 엄습해왔던 거대담론의 실체가 너무 큰 것이어서 그것이 갑자기 빠져나갔을 때 오는 허전함이 우리의 감각기관을 마비시켜 둔하게 했을 따름이다. 인류가 사회를 만들고 그 속에서 삶을 영위한 이후로 시의 소재나 문학의 영역을 외면하고 회피할 만큼 이상적인 사회는 존재하지 않았다. 따라서 그 현실적이 아니면 이상적인 모습이나마 간직하고 그려보려고 시인들은 부단히 애를 써 왔다. …… 우리가 감각하는 지독한 공허감이 현재를 공백으로 인식하는 것일 뿐 우리 주변에서 면면히 흐르는 내밀한 느낌들을 어찌 다 막을

수 있을 것이며, 또 그것을 문학의 주된 담론으로부터 비켜서 있게
하는 것도 불가능한 일일 것이다.[2]

우리 시단에서 분단이라든가, 자유, 개발 등속의 거대담론이 물러
나고 난 후 "지독한 공허감"이 자리한 것은 사실이다. 그러한 감각은
"현재를 공백으로 인식"하도록 하기에 충분한 것이었다. 그러나 저
자는 그 빈자리에 시선을 고정한 채 다른 사적인 영역의 가치들을
주변화시키는 것을 경계한다. 그는 "우리 주변에서 면면히 흐르는
내밀한 느낌들"이 "문학의 주된 담론"의 중심에 자리할 수 있음을 역
설하고 있다. 이 평론집에서 저자가 공들이고 있는 부분이 바로 이
러한 사적 영역의 "내밀한 느낌들"을 사회적, 문학적 맥락 속에 위치
시키는 작업이다. 저자는 자칫 구태의연해 질 수 있을 개별적 일상
의 체험들을 시대, 철학, 역사, 문학사 등속의 보편적 가치들에 적확
하게 매치시키고 있다. 이는 자아의 내성에 매몰될 수 있는 서정시
의 장르적 한계를 초월한다는 측면에서도 매우 의미 있는 작업이라
할 수 있다. 이는 「타자와 자아를 드러내는 의장으로서의 서정시」라
는 글에서 잘 드러나고 있다.

　　서정시는 자아의 의미나 존재론적 의미를 주로 탐색하는 장르이
　다. 자아가 어떻게 구조화되는 것인가 하는 것은 전적으로 시인의
　몫에 해당되는 것이긴 하지만, 그것은 장르적 성격과 그 한계에도
　영향을 끼친다. 자아의 직접적인 노출의 방식인가 아닌가, 혹은 자아
　를 배제한 타자화된 방식인가 아닌가 등이 그러하다. 그것은 사회적

---

2 「기억과 불온한 현실의 변주, 그리고 우주적 통일」, pp. 227~228.

환경이나 작가의 세계관으로부터 자유로운 것은 아니지만 어떻든 서
정시는 이런 다양한 의장으로 구조화되면서 시의 의미역을 부채살처
럼 확장시켜나가고 있는 것이다.[3]

익히 알려져 있듯, 서정시는 자기 고백의 문학이다. 서정시가 자
기 고백의 장르라는 것은 내성이나 자아의 문제에만 머물기 쉽다는,
다시 말해 사회나 시대와 같은 보다 큰 담론 체계를 드러내는 데 있
어 한계를 노정하고 있다는 의미이다. 저자는 시인들의 자아와 타자
를 다루어가는 방식의 차이 속에서 이러한 한계를 초월하는 방법을
간취해 내고 있다.

먼저 인류라는 거대 집단을 소재로 하고 있는 박찬일의 「인류에
대한 관심」에서는 익명화된 현실을 말하고 있다는 것에 착안하여
푸코의 사유와 비교 분석하고 있다. 이 시에서 사유되고 있는 익명
의 문제는 서정시 본연의 자아라든가 주체와는 거리가 먼 것이다.
저자는 이 시가 "개별적 주체들의 욕망이나 서정적 자아의 내밀한
문제와 같은 서정시 특유의 소재적 특성"에서 벗어나 있는 점에 주
목한다. 시인이 "초역사적이고 초인간적인 보편사의 문제"를 다룸으
로써 구체적인 개별사의 범주를 초월하고 있기 때문이다. 저자는 이
시를 예로 들어 서정시가 자아의 한계에 갇히지 않으면서도 훌륭한
시적 형상화를 이룰 수 있으며 깊은 사변적 주제까지 담아낼 수 있
음을 보여준다.

한편, 분단이라는 거대서사에 속하는 담론을 다루고 있는 경우로
이세기의 「대청도를 지나며」를 예로 들고 있다. 80년대의 감수성을

---

3 「타자와 자아를 드러내는 의장으로서의 서정시」, p. 71.

상기해보면, 현실에서 분단이라는 주제는 시대성에 뒤떨어진 식상한 주제가 되어버린 실정이다. 그러나 저자는 이러한 시점에서 오히려 분단이나 통일과 같은 담론들이 더욱 적극적으로 권장되어야 한다고 보고 있다. 개인적으로 이 글에서 돋보이는 대목은 "상처는 아물면 굳어지고 잊혀진다. 그것이 현재 진행형이 되려면, 계속 덧나야 한다. 그래야만 상처로서의 지속성이 있는 것이고 인식주체들에게는 그 아픈 기억이 끊임없이 각인될 것"이라는 통찰이다.

저자는 이세기의 「대청도를 지나며」를 통해 분단이나 통일과 같은 거대담론을 어떻게 서정시의 범주에서 포획할 수 있을 것인가를 보여준다. 그것은 "자아를 초월하면서 시대적 문맥을 읽어내"는 것, 즉 "거대담론을 담아내되 좀 더 구체화된 사건과 역사를 통해 성취"해내는 방식을 통해 가능하다는 것이다.

이 글에서는 이 외에도 여러 시인들의 작품 분석을 통해, 서정시의 특성이라 할 수 있는 개인적 정서가 대사회적 함의를 포괄할 수 있는 방법, 서정시에서 자아의 범주와 사회의 범주를 동시에 아우를 수 있는 방법 등에 대한 저자의 성실하고 치밀한 탐색이 확인되고 있다.

이러한 서정시의 장르적 경계를 확장시키는 작업은 2부 시집론, 3부 작품론에서도 이어지고 있다.

박남희가 『고장난 아침』에서 탐색해 들어가는 것은 그런 절대성이 아니다. 시인은 상대적 흐름과 가치를 소중히 하는데, 그가 가치를 두는 것은 절대적 질량으로 남아있는 어떤 것에 있는 것이 아니라 상대적으로 가감이 가능한 어떤 것에 있다. 그런 상대적 유쾌성이야

말로 물화된 현실을 헤쳐 나가는 시인의 거멀못이다. …… 실상 서
정적 자아의 이러한 상대적 관점은 포스트모던이나 해체적 사유에
가까운 것이다. 시인은 이들처럼 굳이 기호로부터 의미를 추방시키
지 않고도 중심을 와해시킨다. …… 그는 가공과 인공을 싫어할 뿐
만 아니라 근원을 파괴하는 물신화라든가 사물의 선험성만을 강조하
는 어떤 절대적 진리에 대해서도 통렬히 부정한다. "아파트도 타워팰
리스도 없이/동굴 하나로 여태껏 살아가는/이 땅의 가난한 옹녀" 같
은 근원만이 인간 삶의 근본 조건임을 알기 때문이다. 그의 상대적
관점이란 이런 본질이나 근원을 위한 방법적 의장이었다.[4]

중세의 영원주의나 절대주의와 같은 절대적 세계관은 근대의 순
간성, 내지는 상대적 세계관으로 대체되었다. 이를 잘 반영해주는
것이 포스트모던적 흐름이었고 해체적 사유의 모델들이었다. 그런
데 저자는 이 글에서 "서정의 영역에서는 이런 음역들의 표현"이 불
가능한 것인지를 묻는다. 시에서 이러한 해사성이나 해체성을 도입
하지 않고 서정성만으로 상대적 사유를 포착할 수 있는지를 묻고 있
는 것이며 그 해답을 박남희의 『고장난 아침』에서 찾고 있다. 박남
희의 시에서는 "기호로부터 의미를 추방시키지 않고도 중심을 와해
시키"고 있기 때문이다.

주목되는 것은 이렇게 근대의 대표적 특성이라 할 수 있는 상대적
관점이 박남희의 시에서 본질, 근원에 육박하려는 방법적 의장으로
기능하고 있다는 분석이다. 이는 서정의 영역에서 상대적 관점을 포
지하고 있다는 사실 자체에 이미 함의되어 있는 것이기도 하지만,

---

4 「상대적인 것을 통해 얻은 근원의 자리」, pp. 220 ~ 225.

그러나 중요한 것은 저자가 끊임없이 서정시의 장르적 한계를 초월하여 그 영역을 확장시키고자 고구함에 있어, 그것이 어디까지나 '서정'을 포기하지 않는 선에서 이루어지고 있다는 점이다.

서정이란 무엇인가. 그 본령이 자아와 세계의 유대적 통합에 있다는 것은 잘 알려진 사실이다. 여기에서 세계란 자아에게 포착된 모든 시공간적 대상을 의미하는 것으로 볼 수 있지만 보다 구체적으로는 인간이 진보하는 과정에서 포기해버리거나 배제시킨 가치들, 근원에 가까운 의미들이라 할 수 있을 것이다. 여기에서 저자가 '서정'을 놓으려 하지 않는 이유를 간취해 볼 수 있다. 그것은 바로 저자가 최근까지 고구해 온 근대성, 근대에 대한 제반 모순들, 그리고 그에 대한 반성적 사유로부터 비롯되는 것이다.

> 자연과 인간이란 결코 화해될 수 없는 영원한 타자일까. 이들이 하나의 동일자로서 공존하는 것은 불가능한 일일까. 이런 질문 앞에 설 때, 우리는 결국 우리 자신을 되돌아보게 된다. 결국은 인간 자신이 반성의 주제가 되어야 한다는 것이다.[5]

자연과 인간이 "하나의 동일자"로서의 공존이 가능한 세계가 바로 근원의 의미 영역이 될 것이다. 근대는 순간성이나 일시성으로 표상된다. 그러나 이러한 휘발적 속성이 전면화 되는 세계에서는 인간조차도 불구화 된 존재, 도구적 존재로 자리할 수밖에 없다. 그렇다고 절대적 세계를 재현할 수도 없는 노릇이다. 그것은 거부할 수 없는 권위로 그 또한 인간을 왜소하게 만들 것이기 때문이다. 저자가 서

---

5 송기한, 『한국 시의 근대성과 반근대성』, 지식과 교양, 2012, p. 23.

정성을 중심에 두고 끊임없이 현실 세계와의 조우의 지점을 모색하는 이유가 바로 여기에 있다. 어떠한 것도 절대의 자리에 위치할 수 없는 현대에서 절실하게 필요로 하는 것이 바로 이러한 조율의 작업이 아닐까 한다.

아도르노는 아우슈비츠 이후 서정시를 쓰는 것은 야만이라고 했다. 서정시가 자아와 세계의 관계성에서 발원된다는 사실을 이보다 더 명징하게 드러내는 언표도 없을 듯하다. 이러한 맥락에 기대어 『문학비평의 경계』에 드러난 저자의 사유를 조심스럽게 언표화해 본다면 이러하지 않을까.

> "인간이 진보하는 역사의 과정에서 다시 새로운 야만의 세계로 진입하지 않기 위해 끝까지 포기되어서는 안 되는 것이 있다면 그것은 바로 '서정정신'이다."

송기한의 『문학비평의 경계』에는 현학적이지 않으면서도 밀도 높게 포진되어 있는 폭넓은 이해의 전거들로 읽는 즐거움이 있었다. 저자의, "결국은 인간 자신이 반성의 주제가 되어야 한다"라는 테제를 기억하고자 한다.

저자약력 박진희

대구출생
세종대학교 식품공학과 졸업
대전대학교 대학원 국어국문학과 졸업
문학박사, 문학평론가
현재 대전대학교 · 한밭대학교 외래교수
2006년 『수필과 비평』으로 수필 등단.
2009년 『시와 정신』으로 평론 등단.
2013년 청마문학연구상 수상.
저서에 『유치환 문학과 아나키즘』, 『현대문학속의 성과 사랑』(공저)

문학과 존재의 지평

초판인쇄　2014년　4월　3일
초판발행　2014년　4월　15일

지은이　박진희
발행처　박문사
발행인　윤석현
등 록　제2009-11호

주소　서울시 도봉구 창동 624-1 북한산현대홈시티 102-1106
전화　(02) 992-3253 (대)
전송　(02) 991-1285
전자우편　bakmunsa@daum.net
홈페이지　http://www.jncbms.co.kr
책임편집　김선은

ⓒ 박진희, 2014. Printed in KOREA.

ISBN 978-89-98468-25-5 93810　　　　값 18,000원

· 저자 및 출판사의 허락 없이 이 책의 일부 또는 전부를 무단복제 · 전재 · 발췌할 수 없습니다.
· 잘못된 책은 바꿔 드립니다.